光阴里的炊烟

莫 沽 / 著

中国文联出版社

图书在版编目（CIP）数据

光阴里的炊烟 / 莫沽著 . -- 北京：中国文联出版
社，2017.7（2023.3 重印）
ISBN 978 - 7 - 5190 - 2807 - 7

Ⅰ.①光… Ⅱ.①莫… Ⅲ.①小说集—中国—当代②
散文集—中国—当代 Ⅳ.①I217.2

中国版本图书馆 CIP 数据核字（2017）第 161749 号

著　　者　莫　沽
责任编辑　郭　锋
责任校对　乔宇佳
装帧设计　中联华文

出版发行　中国文联出版社有限公司
地　　址　北京市朝阳区农展馆南里 10 号　　　　邮编　100125
电　　话　010 - 85923025（发行部）　　　　85923091（总编室）
经　　销　全国新华书店等
印　　刷　三河市华东印刷有限公司

开　　本　710 毫米×1000 毫米　　1/16
印　　张　17
字　　数　209 千字
版　　次　2023 年 3 月第 1 版第 2 次印刷
定　　价　78.00 元

序

黄文山

这是一部散发出浓郁泥土气息的散文集，是一部新时期韵味十足的农耕物语。

散文中的绝大部分篇章记录的是屏南的农人、农事、农情。贴近季节、贴近泥土、贴近心灵，原汁原味，不假雕饰。

屏南是一个典型的山地县，全境被鹫峰山脉盘踞，为福建省平均地势最高的县份之一。高山流水、茂林深潭构成了屏南优美的生态环境。同时，屏南又是传统农耕文化积淀深厚的地方，民风古朴、人文鼎盛。鸳鸯溪、白水洋、水松林、古廊桥……叠印着一幅幅明媚多姿的山水画卷。这样一个如世外桃源般美丽而宁静的地方，自然令人徜徉不尽。

从小成长于斯的莫沽热爱自己的家乡，家乡的一座廊桥、一间老屋、一处风景、一道小吃，在他的激情迸溅的笔端，都那样色彩绚丽、意味绵长。你看他写峭崖："虎潮潭两岸悬崖峭壁，古树参天，悬崖上雄瀑飞泻，雾气腾腾，声如洪钟。瀑顶有一柏树顺崖倒长，如游龙俯首映潭，对影千年。"（《山巅一壶酒》）写漈头的乡村小吃："漈头扁肉皮薄且滑，漂在碗中，如祥云绕月，又似鸥飞雾海，让人浮想联翩。舀入口中，口感细腻润滑，温婉如玉。稍稍咀嚼，肉脆而不腻，皮薄而不黏，稍不留神便已滑入你的喉咙了。"（《漈头扁肉》）

即便到了异地他乡，见到似曾相识的风景，又会联想到自己的家乡。"如今，我就走在下梅，眼前的一砖一瓦，一墙一弄，一桥一水竟都那么熟稔，甚至连扑面而来的微风，也似曾轻抚过我的脸庞。可是，我又的的确确是第一次走进下梅。为什么对下梅有如此特殊的情结，如五百年前就曾拥有的那一个回眸？连我自己也说不清了。"

"我小心翼翼地踩在油光发亮的鹅卵石路面上，如同用我笨拙的十趾拨动着村庄古老的音符。许多尘封的记忆，皆随着静静的当溪流水飞扬起来。"（《万里茶路一泉源》）

大山的情愫浸润在莫沽的内心深处，时不时便会勾起一段生命的鲜活记忆："当'担的担子沉——哟！嘿哟，嘿哟！'的小调从村外飘来时，孩子们就欢呼雀跃地循声奔去，那沉甸甸的担子里是童年的梦想和希望；随着歌声的增强，孩子们渐渐地能看到一支整齐、威武而雄壮的'担外头'队伍了，队中条条汉子都是孩子们心中的勇士，他们个个精神饱满、神采奕奕地唱着雄浑而又夹着浓浓方言腔的小调，迈着矫健的步伐，担着同肩的担，撬着同方向的拄杖……

"盼呀盼，眼看孩子们就要与担的队伍相遇时，一部分孩子突然转身就往回跑，给大人报信去了，另一部分则悄悄地站在路边，给担的队伍让

路，并满怀崇敬的心情，用无比羡慕的双眼送着队伍进村，之后又叽叽喳喳、兴高采烈地在后面跟着喊着。"(《山里担夫》)

以一群孩童的目光、孩童的感觉来记叙山里曾经的一种生活场景，让人印象深刻。如大山般强健的担夫们，热力四射。担夫的调子从远古唱来，至今仍在山间飘荡，传递着大山的激情。而这也正是莫沽自己对故乡的印象。

长篇散文《记忆中的农事》仿佛一幅农耕全景图。描写的是四时农活，刻画的是人情世态，饱含生活情趣，同时沉淀生命哲思："冬季，走在乡间，一堆堆稻草垛如山间蘑菇、雨中油伞、乡野小塔，又如童话中的温馨茅屋，给这个万物萧疏的季节增添了无限生机。稻草垛下有觅食的鸡鸭、胡闹的家畜、戏耍的孩童，还有美丽的乡村爱情故事呢！当然，最重要的是，那里安放着农家人一颗殷实的心。"温暖的笔触，饱蘸情意，让人心生感动。

莫沽将自己的散文结集取名《光阴里的炊烟》。可见，这是一部有烟火气的散文。朴素的文字，记录着大山里的日月星辰、村弄柴扉、犁耙岁月还有沉甸甸的回忆。袅袅炊烟，是乡村的标志，也是山野里最引人之处。因为有烟火，才有如许生气，接续着一个个缤纷的季节和一个个让人动容的故事。

莫沽为人朴实诚笃，正如他的为文，直抒胸臆，毫不矫饰。去年在漈头耕读博物馆参观时，馆主张书岩先生告诉我们，莫沽对博物馆的兴办帮助甚多，说时脸上带着感激之情。但莫沽自己却从未声张。他用一颗真诚的心，爱着家乡，写着家乡，同时关心着家乡人、家乡事，为之倾注满腔热忱。

　　这也正是这本散文集的可贵之处。当然，集中的部分作品艺术上还稍嫌粗糙，还应多下些剪裁和提炼的功夫，描叙也需更节制才好。莫沽还年轻，在他面前，文学的道路还很长。我因此对他有了更多的期待。

2016 年 04 月 11 日

■ 作者系中国作家协会会员、福建省作协副主席

目录

第二辑-坎坎有声

第三辑-犁耙岁月

第四辑－心髓绮窗

第五辑－节日语丝

第六辑－先人背影

第七辑－灶间回味

第一辑　村弄柴扉

日出日落，树枯树荣，晴耕雨织，诗书弄雅，村民们的生活简单得像门前哗啦啦的流水，像溪边一圈一圈转个不停的水车。

从古村到老宅的遐思

阿爷说："一个人若失去故乡，就犹如断了线的风筝，将会迷失方向。"

父亲说："离开故乡四十多年，在我的记忆中，故乡只剩下模糊的影子了，唯有一些当年舍不得扔掉的老物品，还能唤起我对故乡的一些记忆。"

我说："爸爸，就在我们生活的这块土地上，有一个处所，能唤起您对故乡的回忆，能让您的心飞回故乡。"

我带父亲去了，他老人家被感动得热泪盈眶……

——题记

一

杨朔在《泰山极顶》中说："你如果想捉住点历史的影子，尽可以在朝阳洞那家茶店里挑选几件泰山石刻的拓片。"倘若你走进国家级历史文化名村——漈头村，便可很随意地捕捉到历史的影子。在这座拥有千年历史的古村中，就连地上的石头，都写满了历史，甚至你会觉得迎面吹来的，带着山野气息的，和着翠绿味道的轻风，也都夹杂着唐风宋词的韵味。

漈头古村位于屏南县城东边屏宁二级公路 5 公里处，主街道由整齐划一的条石铺就，远看犹如一幅精美的拼图，两侧古民居挨挨挤挤，却又错落有致，街上商店不多，街头街尾两间扁肉店争相吐出白烟，刚刚上桌的扁肉，犹如一朵朵精致的白云在碗中飘荡，香港《成报》曾以"漈头云吞，滑进喉咙"来描述。齐天大圣殿就藏在这密密麻麻的古民居中，因为香火而突显出来了，那袅袅香烟上，满载着村民千百年来虔诚的信仰。

"高山活水注川流，作对游鳞逐浪游。"这是屏南建城董首、文武庠生张步齐对漈头鲤鱼溪的信步吟唱，意境很美，美得让人向往。

穿过大街，美丽的鲤鱼溪就在眼前，河水清清，鲤鱼游弋。溪面上，小桥竞飞，各展娇姿，桥下鱼儿嬉戏，闻影追人，争相抢食，一些鲤鱼不但能啃游客所赠予的瓜子，还能神奇地吐出壳呢！两岸尽是熟悉的土墙土瓦，飞檐翘角，古香古色，许多古民居的大门上，都悬挂着古朴的牌匾，这些牌匾汇聚了封、赠、诰、立等几乎所有牌匾的来源方式，可谓五花八门，每一块牌匾都是一幅珍贵的墨宝，都有一个真实的故事，都溢满了浓浓的书香味，都是对当年主人最精辟的评价。面对这些历尽沧桑的老屋，稍作观察，便会发现有古代徽州建筑的遗韵，有明清建筑的痕迹，有一种古朴厚重的韵味扑鼻入心。这美，有诗的美感，有诗的神韵，有诗的意境，美得让人心醉。

走在鲤鱼溪畔，听三个不同版本的鲤鱼传说，赏小桥流水鲤鱼人家，观古香古色古朴民居，一派小桥流水，鲤鱼人家的景象会让你的心飞得很高，飞得很远。在外漂泊了半个世纪的父亲感叹道："这里真是我们梦中的故乡啊！"在这条鲤鱼溪畔的一条幽深的小巷里，有一个屏南耕读文化博物馆，她犹如一颗深埋在大山深处的明珠，默默地绽放着漈头古村被浓缩了千年的农耕文化的光芒。

二

小巷深深，小路悠悠。有多少足迹在这里留下，有多少故事在这里传说？在这条曲曲折折的通往耕读文化博物馆的小巷里，我的脑海里突然闪出一个古老的问题——"家是什么？"

小草说："大地就是我的家。"

露珠说："草尖便是我的家。"

孩子说："妈妈的怀抱才是我的家。"

情侣说："家是一潭清水，平淡而又温馨。"

游子说："家是避风的港湾，疲惫人生的栖息地。"

……

若说古韵十足的漈头古村让众多游子有回到故乡的感觉的话，那么耕读文化博物馆就是芸芸游子梦中的栖息地了。在馆中，我直观地感知了"门当户对""渭水访贤""三顾茅庐""太乙燃藜""状元游街"等典故，有古籍家谱记载的，也有当地民间流传的；看懂了门当上"双狮守户""松梅龟鹤"等石雕图案的含义。我体会到了"雕"与"画"对于古代富贵人家非同寻常的意义，主人采厓圆雕、浮雕、镂雕及嵌雕等工艺，以琴棋书画、花鸟禽兽、传奇人物和典故传说等为题材，或直接取材于"渔樵耕读""五子登科"和"衣锦还乡"等日常生活场景，在石、砖、泥、木等原材料上，雕刻出了精美的图案；有的则干脆采用丰富的工笔画、油画和山水画等手法，对这些物体进行"包装"，给这些原本生硬的、没有情感的石、砖、泥、木等，蒙上了浓厚的文化色彩，赋予了鲜活的生命。从而使屋子的主人在图案的暗喻中，祈盼延年益寿、添丁增福、招财进宝、五福临门、祈福纳祥，也在一定程度上展现了主人的地位财力、品位情操、族风家规、精神慰藉以及对美好生活的向往。从中也可以依稀窥见先辈对大自然的无奈，对自然生命的祈求佑护的现实功利；在历史推进中，善恶、美丑等审美观的变迁轨迹。

"莲中花更好，云黑月常新。"古人对女人小脚病态的审美观催生了缠足歪风畸俗。"小脚一双、眼泪一缸，""三寸金莲"不仅让无数妇女饱受折磨摧残，而且让她们蒙上一层永远也洗不干净的耻辱。父亲在"三寸金莲"展示窗口前驻足了，那一双双小巧精致的"三寸金莲"，勾起了父亲封尘了半个世纪的一些悲伤记忆。

时光回溯到 20 世纪初，那时爷爷还是个热血青年，他与村里一批年轻人赴南洋种植橡胶获得成功，创下足以立足的基业后，多次回国接奶奶出国定居。每一次，奶奶都拒绝了，理由是她不想让她的小脚在国外受到歧视。无奈之下，爷爷将辛辛苦苦创下的基业，托付给我的四个舅公管理，自己选择回国了。想不到，后来竟饿死在大饥荒年代，尚未完成学业的父亲不得不过早地扛起了家庭的重担……

岁月冲淡了记忆中的悲伤，那一双双小巧精致的"三寸金莲"，也似乎完成了它的使命，都摆出一副懒散悠闲的样子。或许它永远都不会明白，正是它那独特的身材和精致的模样，才重新唤起人们对缠足那段畸形风俗的思考，才能真正理解"天足运动"的伟大意义！

馆中收集展出了大量的古牌匾，这些古牌匾与琳琅满目的雕刻、彩画等，从不同的侧面折射出当年主人内心深处，向世人传达出的微妙而含蓄的心声。这些寓意深刻的雕刻、彩画等，犹如一张张幻灯片，播放了主人理想中的未来生活画面；古牌匾则是主人在经营这个家时，所取得最辉煌硕果的一个浓缩窗口。

三

岁月无声，悄然逝去。随着岁月逝去的是老屋一拨又一拨的主人，逝不去的是永远回荡在老屋中的欢声笑语。逝去的是老屋不断佝偻，甚至倒下的躯壳，逝不去的是溢满老屋的血浓于水的亲情。这情催人恋家，这情催人恋根，这情催人恋土。

越往馆的深处，家的感觉惑浓厚。

馆的深处，光线昏暗，厨味飘香。这里展出明清以来的锅、铲、碗、秤、菜刀、油灯、笊篱、筷子笼和米粿印等厨房用品，每一件都那么熟悉，那么亲切，那么温馨。让人想起曾经和自己在老家度过的那段美好岁月，每一件都能勾起人们对许多愉快往事的回忆。

农家人厨房多兼做餐厅，这里有孩子们争抢食物、等待食物的影子。那时孩子多，稍好一点的食物，母亲会给孩子们逐一分配，胃口好的，三下五除二囫囵吞枣了，就往善良的姐妹们碗里抢。若有客人来，孩子们会坐在厨房里耐心等待，客人们会将面条、粉干等"美食"分一些给孩子享用。分享到"美食"的自然倍感开心，除了享受到美味，还能体验到成功的愉悦。

大户人家的厨房边上有墙弄，弄边有楼梯通往二楼，是供主仆下厨或妇人礼让客人的通道，其功能相当于时下超市中的员工专用通道，在一定程度上，它反映出封建社会妇人地位的卑微。窄窄的墙弄，陡峭的楼梯，斑驳的疏影，是孩子们玩"捉迷藏"等游戏的乐园。

"一升水洗脸，一斗水洗脚"。在一个精致的明代脸盆架前，有一个小巧的全段木雕刻出的木脸盆，脸盆里倒映出先辈节约用水的影子。"贪食两粒鸦片屎，丢了一个文状元"。一杆沾满铜锈的鸦片枪，流传着"叔侄两进士"之一的进士张正元，抽鸦片丢状元的轶事。"荡锤声响，茶油飘香"。一台古老的榨油床，诉说着榨油坊中动人的爱情传说……"砻砻谷，谷砻砻，糠养猪，米养人，瘪谷养鸭母，鸭母生蛋还主人……"在土砻边，我们哼起了奶奶的儿歌。"远看像头牛，近看牛没头。风从肚中出，满嘴黄金流。""风籼！"噢，我猜中啦！重新摇动风籼的风叶时，儿时猜中关于风籼这个谜语时的激动心情，仿佛就在昨天。

在农耕文化体验馆里，父亲扶起了光滑的犁把，踩动了笨拙的脚踏碓，母亲摇转了轻盈的纺车，我带着女儿在不断的惊喜声中，捡起一个个田螺……父亲感叹于博物馆主人新颖的创意，庆幸于那些即将消失的古物有了个新的家。我正想向父亲引见博物馆的主人——张书岩先生（大家都亲切地叫他老张），却见他正朝着我们乐呵呵地走过来了。

老张年逾花甲，精神抖擞，为人豪爽。退休后发现村里许多古文物因已经失去使用功能，而被当作垃圾处理掉，特别是当他看到一道清朝皇帝的圣旨竟然被当作一块擦脚布使用时，他的心碎了。为了唤起人们对农耕文明的记忆，他采用借、赠、租、购等方式征集村里的古文物，并在自己的老屋里展出。此举不但受到游客朋友的追捧，而且使村民意识到古文物无可替代的价值，而主动加以保护，达到了唤醒村民自觉保护古文物的初衷，这给他以极大的鼓舞。此后，他越干越起劲，短短几年就已经发展成为拥有十二座古民居，十一个展馆，三万多件明代以来古文物的耕读文化博物馆了。

馆内只是展示文化的一角，馆外才是古村精彩的世界。漈头村除了年代久远各式各样的古民居外，还有古祠堂群、古牌坊群、古墓群、古廊桥、古书院等古建筑。古村中的科举文化、民俗文化、戏剧文化、武术文化、饮食文化等都远近闻名，有"戏剧之乡"、屏南"四大书乡"之首等美誉。说起漈头村的文化，不论是物质的还是非物质的文化，老张都滔滔不绝如数家珍。

岁月匆匆，世事变迁。锈迹斑斑的历史挡不住机声隆隆的城市化进程，许多古村由此消失了，众多游子失去了故乡，迷失了方向。漈头古村，原汁原味的农耕文化奇异地在这里传承延续下来了，她为众多游子还原了一个晴耕雨织的故乡生活场景。走进漈头古村，心也随之飞回到了故乡。耕读文化博物馆，故乡老宅中的土砻纺车，一碗一筷等，不管是大的小的，还是粗的细的，都可以在馆中一一拾起，让人睹物思人，触景生情。走进耕读文化博物馆，就仿佛走进众多游子共同的家园记忆。为芸芸游子搭起一个共同的家园，这或许是老张之前没有意料到的又一收获吧！

一座没有犬吠声的村庄

一

这次采风活动从一条机耕路开始。机耕路两旁的青山并没有高大成片的树林，只是一片接一片低矮起伏的与杂草混生的灌木林，但却苍翠欲滴。采风的目的地是一座叫"甲弟"的村庄。

这座村庄的名字，让我想起福建省历史文化名人，柳城第一进士游朴墓前德政坊上，"开先甲第"这四个雄浑厚重苍劲有力的阴刻楷书大字。这座村庄的名字听起来与科场和学风之类相关，似乎要证明她曾经的繁荣，可是如果"甲弟、乙弟"地随口叫起来，就显得她的弱小了，甚至觉得还带些土气。突然想起《史记》云："帝小甲崩，弟雍己立，是为帝雍己。"小甲是商朝的第七位皇帝，在位36年颇有建树，雍己小甲弟也，甲弟继位后商朝开始衰弱……这样的联想显然过于牵强。真不知在这静静的泥土路上，山野之间，我怎么会有这种胡乱的想法。

路越走越孤寂，路边小溪叮叮咚咚的流水声丝丝入耳，此时，也仿佛是在为这份孤寂添加一个个的筹码，前进的队伍不知不觉地变得安静了。突然，我们听到了犬吠声，随着队伍的推行，这声音也急促起来。又一道弯过后，一座青砖黛瓦小巧精致的农舍呈现在我们眼前，小农舍依山而筑，周围由苦竹、荆棘、桃树和梨树挤成的篱笆与山坡对接，形成天然的围墙，在密密匝匝的桃花梨花柰花的映衬下，活像一个被母亲抱在怀里的孩子。农舍院子里，两条大黄狗一边狂叫一边用锋利的爪子使劲地拨动着，像是拼了命也要钻出来似的。有两三个女同志迅速地闪进队伍中，战战兢兢地跟着，生怕那狗就闯到跟前。看到这种窘迫相，立即就有男同志笑出声来说："别怕，也许它正是以这种方式来迎接客人呢！有朋自远方来，不亦乐乎？"果然，队伍前行还没几米，犬吠声就消失了。

二

又过了两道弯，一片茂密的树林展现在眼前，林子不大，但每一棵树都绿荫华盖高大挺拔古老苍劲，在周围低矮的灌木丛的衬托下，显得鹤立鸡群，就像一个个昂首挺胸的哨兵，路边的那条小溪就从林子间悠悠而出，机耕路延伸到林子前就遁进林子间了。有人高呼："到了！"我一回头见是禾源，就问："你来过甲弟了？""没有，因为这片林子的出现就预示着一座村庄的存在。"他自信地回答道。禾源先生的判断的确有根有据，《入地眼图说》中关于风水的记载云："凡水来处谓之天门（乾位），若来不见源流谓之天门开；水去处谓之地户（巽位），不见水去谓之地户闭。夫水本主财，门开则财来，户闭财用之不竭。"乡村中筑坝、建桥、堆山和造林等都是人工"闭地户"的常用手段，而在开山肇基之初，受人力财力物力的限制，造林成为人工"闭地户"的首选。禾源先生的话勾起我对故乡风水林的回忆，记忆深处的那片风水林就处于村尾的出水处，将出水口遮拦得严严实实的，以守住村子的一方风水。据上辈老人介绍说，那还是肇基始祖海公亲手种下的。一些村子的风水林虽然不是刻意种植的，但却是刻意筛选后保护下来的。保护风水林是很有讲究的，除不能砍伐外，还不能在附近随意葬墓，不能将污秽物品扔在附近，更不能在林子间随意开路等，眼前的这条机耕路就是巧妙地从林子的隐蔽处穿过的，让人在林子外不能一眼看透村子，而在村子中亦不能一眼望穿村外，这就达到了"地户闭"的目的。

穿过浓荫密布的林子，豁然开朗，层层梯田环绕着一座精致古老的村庄，似乎要抱起整个村子，朝着大山上最高的一眼泉奔去，四周竹海滔滔，绿荫苍翠，远看就像茫茫荷塘中一莲独秀。偈语说："玉簪插壁地力重，莲花宝地文人出。"茫茫竹海就像无数根玉簪，层层梯田恰如盛开的莲花，这样的地方就该是年年"甲弟"文人辈出的地方，甲弟应当名副其实啊！村前双溪交汇，水声潺潺，房前屋后，桃花相映，梨花点缀，蜂蝶纷纭，一幅小桥流水人家的田园水墨画呈现在眼前。

沿着村侧一条通往田野的小路可以爬到村庄后门山最高的一眼泉水前。站在这里，可以尽览层层叠叠的梯田，这片由一代又一代村民用双手精心开垦堆砌起来的梯田，大多数已经蓄起了水，在阳光下波光粼粼雾气腾腾，似乎已敞开胸怀对孕育谷物做好了充分准备。站在这里，可以清楚地看到果树花丛间，一幢幢排列有序的土墙青瓦的老屋，一条条迂回曲折的小弄。在田北侧的一大圈枯草的中间，我捕获了这眼泉，这圈枯草乍然一看，有些荒凉，仔细一看，又发现这一大圈枯草是由里向外层层展开的，一些新鲜的嫩芽正从枯草丛中探出头来，那些嫩芽也是由里向外乖巧排列着，像是由一双双巧手特意播种下的，正中一圈水，大如盆，碧绿碧绿的，成串成串的气泡不断涌上来，经过一翻推挤后，自由自在地向四周散去了，漂浮的草籽也随着散去了，这散去的正是播种草籽的那双无形的巧手啊！小草以这种奇特的方式，借助自然的力量，为自己的后代创造最宽阔的生存空间。它有它的活法，在这荒凉的逆境中，它活得竟然是这样的生机勃勃。原来，顺其自然才能利用自然，才是生活的本真啊！

三

在一条小巷前，我发现青瓦下的大门紧紧地关闭着，并上了锁，不知怎么地就有一丝悲凉掠过我的脑后。

走进这条幽深的小巷里，时光仿佛倒流到了远古岁月，刚刚蒙在心头上的一层阴影，瞬间就在眼前的诗意中消失了。土黄的墙边不时有一个小小的屋子紧贴着，小"黑爷"若躲在这童话屋般的小天地里，必定能无忧无虑地成长；鹅卵石铺成的路面上，干净整洁，不时有一两朵果树花飘来，有红的、有白的，都轻盈地落在了地上；黛青的瓦楞边悄悄地伸出了一两枝果树花，虽然仅开在拥挤的小巷里，但却开得自由自在，这深深的小巷丝毫也挡不住它的细碎灿烂。"春色满园关不住，一枝红杏出墙来"，诗人叶绍翁若能走在这样的小巷上，不知又能哼出怎样的千古绝唱？踩在这如诗的路面上，就如踩动了一颗灵动的心，心随之飞扬起来了。

小巷的尽头是一个鲜花盛开的果园，却又像是一个花园，除了果树外，还有水栀花和玉簪花等也都春意盎然。果园边有一条湍急的小河，似乎倒映出了村民繁忙的脚步。河水清澈见底，两岸山花烂漫，一条小巧玲珑的石拱桥，在两岸画上了一道美丽的弧线，那些开得热热闹闹的鲜花的影子在小桥上快乐地穿梭着，但小桥靠近园子一侧的桥埳却已经开裂了，这座用石头拱起的生硬的小桥给人以摇摇欲坠的感觉，刚刚消失的阴影又笼罩上心头了。

这座宁静而美丽的村庄不大，越往深处，我的心变得越沉重了。一扇接一扇紧闭的大门和冰凉的大锁不断刺激我的眼球。村庄的深处杂草丛生，到处是断垣残壁，这些迹象无不表明了这座村庄的没落，最可怕的是，一圈下来后，竟然听不到一声犬吠声，难道这是一座"空巢村"？不，这到处鲜花盛开，溢满了浓浓春耕气息的村庄怎么会是一座"空巢村"呢？我正在胡思乱想，却突然看到不远处有炊烟正在袅袅升起，我看到时间已近中午 12 点，想必外出劳作的人们将陆续返回，不禁为自己刚才荒唐的想法感到可笑。

这幢炊烟淡淡的房屋前有个美丽的院子，院子四周的桃花熙熙攘攘地开放，中间两丘菜地已经翻土了，四周被整理得井井有条的，蜜蜂在花丛间快乐地穿梭，小鸟在桃树上尽情地歌唱，似乎为客人的到来吹起了唢呐，为苏醒的大地奏响了凯歌。这唯一一幢向我们敞开大门的房屋，有如一股暖流涌上了心头，一种回家的感觉油然而生。走进大门，屋内被收拾得干干净净的、静悄悄的，偶或传来一两声小树枝折断的声音，一位正在灶边生火的大叔见到我们，就乐哈哈地迎了上来……

大叔的话犹如晴空霹雳，劈中了在场每一个人的心。大叔说这的的确确是一座"空巢村"，空得连一个常住人口也没有，先是年轻人迈出大山到城里"淘金"，剩下老人和孩子守卫着村庄，接着老人和孩子也陆续被接到县城或更远的城市去了。老人们不能容忍铁锈爬上心爱的犁铧，不能容忍荒草在田野里蔓延，更不能容忍青苔在老屋里滋生。他们隔三岔五地回到村庄，用老茧擦亮犁铧，用汗水拔去荒草，用佝偻的身躯挡住青苔。他们似乎要用微弱的呼吸来延续村庄的生命，用老迈的步伐来诠释对这片热土的无限眷恋和不舍情怀。若不是眼见为实，真的难以想象，这一座世外桃源般的村庄，生机与繁荣只是由老人们撑起的表象。

四

这天晚上，我梦见一位老人的呼吸慢慢地衰落了，脉象也渐走渐远，最后消失了，随即传来一声老屋的倒塌声，紧接着传来一片老屋倒塌的震响。

村外传来一声歇斯底里的划破天宇的犬吠声……

我猛然惊醒，墙上的电视还开着，播放的是一场精彩激烈惊心动魄的多米诺骨牌大赛。

她铺展在屏山之南

一

水为生命之源，亦为文化之源。一座拥有溪流的村庄，就少了一份乞水的艰难，而多了一份文化的灵性。

屏地多山，溪流纵横，多数村庄临溪而筑，村民傍水而居。太乙生水，流转不停，生生不息，人丁自旺。如此，一村一溪，如一鸟一窠巢之普遍；一村两溪，就多了一溪活水，如玉兔有三窟，多了一条生路，多出一份希望。倘若一村有两溪，溪水且西流，则为地力之重地。双溪古镇，即为如此意象之地。

早在一千多年前，一位姓陆的老人就相中了这块宝地。

二

"先有陆氏，后有双溪；先有双溪，后有屏南。"这是双溪陆氏子孙在千年历史长河中，垒砌起来的豪情话语。顺着这条血脉，让时光回溯到一千多年前的那一场战乱中。乾符五年（878年），黄巢军挥戈江南，地动山摇，江山失色，古田局势随之动荡不安。来自京兆府的年轻县令陆噩看破官场，随手一扔乌纱帽，隐居福州黄巷过起清闲生活。梁末帝乾化三年（913年），陆噩已成为一位古稀老人，他携夫人游氏，从古田水口沿着茶盐古道，一路北行，至双溪境漈下洋卜居。

鹅湖、鹅湖路、鹅湖境……走进双溪，以"鹅"字命名的地名比比皆是。据村中老者说，这是为纪念一只灵性大白鹅而命名的地名，其中还有一个美丽的传说呢！据说梁末帝乾化年间，漈下洋陆家的大白鹅突然失踪，数月后又安然无恙地回来了，回到家的大白鹅并不觅食，而是衔着主人陆噩的裤脚，将他引到紫山脚下。一到紫山脚下，大白鹅立即跑去与一群小白鹅戏耍去了。孤鹅成群，添丁吉地，鹅谢主人，陆噩顿悟。谙熟堪舆术的陆噩环顾此地，背倚逶迤屏山，面前东西二水环抱宽阔明堂，"东流自水竹洋发源，西流自天台顶发源"，东水西流乱人方向，西水东流叮咚有声，二水汇合于龙虎山口折南隐去。左龙右虎守关，印山东挂，文案南横，西罩金钟，紫山镇北。更让他兴奋的是，屏山脉走五凤，如迎朝阳，如出云端，俯瞰大地，大有"五凤朝阳"之势，而他脚踩的位置正位于凤爪之上，如此地力重地定然人丁兴旺，日后必出达官贵人。不久，陆噩举家搬迁至此拓土肇基，取两溪交汇之象，名曰"双溪"。有诗唱曰"山奇水秀绕双溪，地广盘环可立基"，是谓"先有陆氏，后有屏南"也！

已年逾古稀的陆噩将一家人如种子一般播撒在屏南之南这块沃土上，萌发出一枝枝新绿，燃起了这块土地上的缕缕炊烟。一千多年来，除陆氏外，还有张、宋、薛、黄、周、陈、吴、郑、蒋、颜等40多个姓氏的人慕名而来安家立业，古镇所在地人口发展到8000多人，外迁人口不计其数。经千年历史长河的洗筛，众多名人如金子般熠熠生辉于这块土地上。宋时有筹建北岩寺的校书官陆承厚；清初有曾孙 72 人，在县城（古田）同造十八栋"蓝灰大厝"，庄田跨三县的陆金华；建治后有殿试钦点守备的武进士张渊澜；乾隆年间有任台湾守备，战死沙场，被追封为广威将军的武举薛文潮；清末有创办"六合春"茶行，茶叶销往东南亚，富甲一方的周绍京、周绍虞、周绍堃三兄弟；还有父举人，子侄双贡生，一门三代四登科的进士宋肇祥，等等。坊间更是将这块土地"地力重"的故事传说得神乎其神。说清道光初年，一位龙姓知县在县衙中喜得龙子，后殿试第一，状元及第；光绪初年，又有一位陈姓知县在县衙中生下二子皆高中进士，等等。是大白鹅的灵性得到应验？是陆玺从风水学角度判断得准确？抑或是冥冥中的巧合？

三

历史长河悠悠流淌，时间是解释上述问题的最好答案。

清雍正九年（1731 年），古田知县赵琳，以地方辽阔，鞭长莫及，议请分隶，至十二年（1734 年），由闽浙总督郝玉麟具题，得到圣上俞允。分隶已定，县治设在哪里？古田知县朱岳楷"亲诣相度，卜吉于双溪之汇、屏山之南，建立县治"。雍正皇帝赐以嘉名曰"屏南"。这块"地力重"的土地再次验之，这就是"先有双溪，后有屏南"吧！

关于县治的最后确定，民间还流传有一个小故事呢！相传当初有十几个地方参与县治竞选，朱岳楷亲临现场，察地观象卜吉，反复挑拣筛选，最后仅余下杉洋与双溪两处。杉洋为状元故里，宰相隐居之所，朱子过化之地；双溪为二水之汇，"五凤朝阳"之象，水西流之重地。两处各有千秋，令他举棋不定。一日，朱太爷梦见关公横刀如秤，含笑西去。受此启发，朱岳楷各取两县升土过秤，取重者为县治，这就是传说中的"秤土定县治"。

不知道陆噩随鹅迁居之初，是否预料到这块荒芜之地，在800多年之后，竟然会发展成为一县之中心，而且历时200多年？

四

若将双溪古镇比作一棵枝繁叶茂的古树，她就宛如开屏孔雀将美丽身姿尽情铺展在屏山之南。宽敞的中山街是她粗壮的主干，上下街、后街、东街等组成主枝，营房街、鹅湖路、衙署路、复兴路等是她的旁枝，那一幢幢古民居恰似生机勃勃的绿叶。祥兴号、井丰沛、丰盈号、六合春、四兴隆……古民居门前发黄残缺的老柜台，这些都是它们的名字，曾经是主人家的造血器官，如今皆已封存于老人们的记忆里了。偶尔有人提起，却依然能闪耀一下它曾经的光芒，犹如天边划过的一颗流星。

"一花一美人，一花一楼台，一一将花数，一花酒一杯……"这是那位姓符的县令对灵岩寺牡丹的吟咏。徜徉在由陆氏家庙、书院更改成的千年古寺灵岩寺和北岩寺之间。我眼前立即浮现出那位名叫赵朴初的大儒，挥毫为北岩寺题写寺名的身影；那位被乾隆皇帝追授为广威将军的薛文潮，又如何亲手将那株洛阳牡丹栽下，惹得一代又一代的赏花客花情涌动。位于鹅湖路入选《福州十邑名祠大观》与《海峡名祠大观》的陆氏宗祠，因曾作为新四军第三支队第六团团部，而散发出一抹红色的光芒。她与供奉本邑进士张疆、出过武进士张渊澜的张氏宗祠和出过广威将薛文潮的薛氏宗祠，形成了稳固的铁三角，彰显出古镇旺族的威严；此外，小城古代送客作别与迎接贵客的南安桥、东街宋氏老宅、张氏盖屏户、复兴路蒋氏老宅、千年凤井等众多古建筑会让你感觉连曲折幽深的小巷，都在那古老的耕读文化传承中，夹杂着唐诗的清新脱俗与宋词的含蓄悠扬。

老县治衙署，营房街周氏老宅、黄氏老宅，屏山路进士第，侯门埕薛氏老宅等曾经无名无姓的地方，皆因一人的功名而显赫，那一条名叫劝农桥的古老廊桥，是历任县令劝农耕作的祭坛，从首任县令沈钟开始，不断有张世珍、毛大周、史恒岱、符兆纶、江若干等一任任县令，前赴后继，视民为子，登桥劝农的身影，游走于八闽大地少有遗存的大规模土木结构文庙、古代学子考前集中地点考坪、古代茶商交易及文人墨客斗茶场所茶园境之间，让人难以判断这里曾经是博取功名的名利场，还是以茶清心的嗑聊坪？城隍庙、关帝庙、城墙残垣、校场遗址、更楼等被老县治文化熏染得发黑的古建筑或遗址，依然倔强地维护着曾经华贵地位的尊严。

花园里，那一处幽静的城中之堡，居住着悠闲恬淡的宋氏人家，他们与城内的居民既相互往来又相对独立。田园、房屋、水井、水车……应有尽有，只要关上城堡门，不管城堡外马蹄声响，厮杀声起，里面依然是一方纯净的天空，一片宁静土地，如生活在另一个世界。如今的花园里，虽在土改后搬迁入许多异姓居民，但她依然是一方净土，给人一种无限向往的神秘感。

五

元宵灯会、端午走桥、中秋拜月、游香火龙等传统民俗信仰活动抚慰着古镇居民的心灵；乱弹戏、提线木偶等古老戏曲愉悦了居民的闲暇时光；抬阁、鼓亭音乐、民间锣鼓、传统吹唱、民间仪式歌谣等技艺又丰富了居民业余生活。这一切皆宛如那些倒下的城墙、巷弄，消失的老屋、牌匾一样，都糅进这个 200 多年老县治文化的底色中去了。

花灯制作、剪纸、布艺、灯彩、竹编、木艺、红茶制作、风味小吃、传统药膳等民间技艺，吸引了无数追随者的探寻。所有这些，皆为流动在古镇血脉中生生不息的血液。

她从"棠棣之华"中走来

"千峰历历耸晴空，十里金台一径通。涧绕东西交二水，桥横上下跨双虹。人家尽住松阴里，春鸟争鸣落日中。最是隔溪山背上，数声清馨晚来风。"乾隆年间，庠生周天玉一首《棠溪即事》对二水交汇，停蓄一潭，漾洄万状的棠溪风光的吟诵，不知让多少后来人为之向往，诗中的"棠溪"即指被列入第一批中国传统村落名录的棠口。

棠口，古称岩头店、挖板、水竹坂、活坂等，村前发源于闽东第二高峰东峰尖的古均溪和白洋溪交汇于传说中的酒潭。神奇的酒潭烟波弥漫，似有陈酿飘香，古老的木拱廊桥飞渡两岸。九曲溪边上，神鲤吞云逐雾，红石隐约如印。金台上，老松古樗华盖绿荫，百年西洋建筑群尽显沧桑……举人周大俊诗赞曰："银汉迢迢天上临，派分两涧绕林深。雌雄剑合经秋净，牛女躔分静夜沉。终古茫茫飞白鹤，当窗浩浩入牙琴。杖藜缓步澜回处，云影波光思不禁。"溪边悬崖上摩崖石刻："棠溪第一"！如此胜景深藏于千峰耸立的群山怀抱，让外人可望而不可即，正应了《论语》"唐棣之华，偏其反而，岂不尔思，室是远而"之佳句，而取溪名为棠溪，村名为棠口。

滴水成泉，众泉成涧，聚涧成溪、成河。溪是水的家，一滴流水，无忧无虑，朝着省力的方向前行，就归入溪，回到了家。茫茫人海，芸芸众生，人如滴水，如孤舟，宁静的港湾就是家。人往高处走，水往低处流。宋神宗熙宁元年（1068年），生活在棠溪下游熙岭墩里村的周子美，溯流而上，发现了这一处水竹摇曳蒹葭苍苍的水竹坂，子美在肥沃的坂上别榛编茅，落地生根，生儿育女，成家成村，繁衍有子孙11000多人，多数随着一溪之水，散居五湖四海。棠口村现有4500多人，周姓占3900多人，另有黄、张、危、苏等姓氏的传统血缘聚居村落。

走进棠口，一座座静静孑立的古建筑，宛如一个个岁月老者，会让你的时光瞬间倒流。那一座一墩两孔以雄鸡展翅为造型的"编木"式木拱廊桥，就是千乘桥。千乘桥为国家级重点文物保护单位，她以飞架两岸的雄姿，锁住村庄的一方风水，担当"北抵县城，南通省郡"之重任，她充满朝气与活力，没有一丝的老态，让你难以想象得到她竟是从南宋理宗年间（1225—1264年）走来的。前人"曲岸斜阳双羽泛，平桥流水数家分""十里烟霞迷处士，一潭素影斗婵娟"的题咏是最好的写照。

相比巍峨凌空的千乘桥，静栖于桥头的祥峰寺尽管曾经文人雅集，但仍显得有些沧桑低调。祥峰寺始建于宋理宗淳祐三年（1243年），原址在现寺后山上墺，而眼前的祥峰寺是为了千乘桥而从上墺迁来的，她在两岸村民的恩怨与重托声中款款而来。山门前石锣石鼓，寺院内四水归堂，寺墙与民房仅一墙之隔，缕缕炊烟有情交织。清晨清脆的钟声与悦耳的鸡啼声，在潺潺的流水声中争鸣。举人周大俊诗曰："寒毡依旧傍招提，懒性由来合静栖。醉去不分僧阇宿，狂来漫把佛幡题。三生尘梦楼三鼓，一片禅心月一溪。慧灿传灯留半偈，可堪刮眼有金篦。"倚靠在斑驳的山门边小憩，我的脑子中突然闪出一个有趣的问题："究竟是晨钟唤醒了鸡啼，还是鸡啼催促了晨钟？"或者皆不是吧！因为比起门前亘古不绝的流水声，所有晨钟暮鼓鸡鸣犬吠等来自生命的声音，就显得十分仓促与微不足道了。

"高挹金台俯酒潭，夐坛松岛迭相参。好山好水来奔赴，直把屏南作剑南。"这首诗是进士张正元对八角亭的吟咏。八角亭又称观湖亭，建于清嘉庆元年（1796 年）。据光绪版《屏南县志》记载："八角亭，上架崇楼三层，高出云表。"登楼四望，山色湖光，宛然如画。楼下大溪水色深碧，时号曰"酒潭"。乾隆二十年（1755 年），张世珍署屏邑令，叹曰："阁名奎光，象文明也。凡州邑皆有，而屏独无……"想不到岁月仅更迭了 40 春秋，棠口村竟然人文蔚起，文武并进，"一门四举人"，"一村四豪杰"，兴建奎光阁传为佳话。

漫步在棠溪之畔，我不禁陶醉于桥、寺、阁的美丽传说了。传说千乘桥原名棠口大桥、祥峰桥。两岸居住着周黄两姓，桥建成后，周盛黄衰。黄家河伯看出其中的原因是，周家宅地为蜈蚣形，黄家为燕窝形，通桥后，周家的蜈蚣过桥吃了黄家燕窝的燕子蛋导致黄家衰败，就找周家河伯论理，两河伯争执打斗，桥毁。村民不知内因，筹款重建，又毁。至康熙四十四年（1705 年），五显大帝托梦给周黄两家，将桥造成雄鸡形可阻止蜈蚣过桥，黄家人还不放心，又将祥峰寺迁至桥头，利用晨钟暮鼓声及如鸡啄米的"啄啄"木鱼声，震慑蜈蚣。据说嘉庆年间周大权总理重建千乘桥时亦梦见五显大帝显灵呢！

桥建成后，中间桥墩如鸡头昂首，左右两拱如预振鸡翅，远观恰如展翅雄鸡。因祥峰寺的到来，更桥名为祥峰桥，桥中神龛祀五显灵官大帝。迁一座寺院，解两族恩怨，天堑变通途，南北振兴，知县（古田）张佑后题匾"慈云彼岸"。《古志》载："祥峰桥，在棠口，有亭。因桥头有祥峰寺，故名。"两涧、酒潭、松岛、廊桥、古寺……众多文人墨客慕名而来，祥峰寺文人雅集。嘉庆元年（1796年），周家在桥头建起了"高出云表"的集崇栖厅、奎光阁、观景楼于一体的八角亭，以防止风水流入黄家。明争已止，暗斗犹存，两岸恩恩怨怨终归于一溪清水付之东流。

慎终追远，缅怀先人，是中华民族的优秀传统。周氏宗祠位于村前岩头谷中，宋理宗宝庆元年（1225年），由周氏第四世祖周文桂主持建造。宗祠坐东朝南，面对"笔架山"，祠前九曲环抱，方湖映月。祠内悬托"汝南堂"堂号牌匾，正厅大柱书"世守濂溪爱莲说，家传用里采芝歌"家训对联，追溯周姓源流，训导后代子孙。

充满神秘色彩的人工湖方湖位于周氏宗祠前，中宽数亩，春涨湖漫，"有神鲤数尾，随波飞腾云雾间"，内有两口古井曰"方湖双镜"，是一个赏月怡情的好去处。湖外九曲溪环绕，溪中有红石印一方，相传石印若现，必主科名。进士张璜溪有《方湖》诗云："露白风恬夜气清，湖光月色两盈盈。举头笑指嫦娥道，卿照人间我照卿。"

方湖边的松岛上有一组高4.6米、长35米的大型花岗岩浮雕，上面雕刻着闽东红军独立师与当地父老乡亲共同抗敌建功的场景，记录了在棠口集结改编为新四军六团北上抗日的神圣庄严时刻。站在这组气势恢宏的纪念碑前，我仿佛听到20世纪30年代，闽东独立师在棠口教堂吹响了让这块大地苏醒的号角声！

棠口教堂位于村后龙身冈上，由英差会利用清朝"庚子赔款"白银所建，占地面积31亩，建造有12座西式楼房，总建筑面积12000多平方米，形成集教堂、医院、学校、工厂等于一体的大型西洋建筑群，其规模在闽东农村首屈一指。

民国二十四年（1935年）秋，中共闽东特委组织部长、军政委员会副主席阮英平率闽东独立师击败反动民团进驻棠口村，受到棠口教堂的大力支持，棠口人民的热烈欢迎。"11月7日，阮英平率闽东独立师进驻棠口潘美顾医院，获取大批药品和医疗器械……"1999年版《屏南县志》记下这鲜红的一笔。

潘美顾医院为棠口教堂医院，现院内保留有阴刻"妇幼医馆"四个大字，立于宣统二年（1910年）的石牌匾。站在院内，我感受到了从巴洛克式综合楼和西式小洋楼妇幼医馆散发出的浓郁红色气息。姑娘厝青砖黑瓦、高大玻璃排窗、木制百叶窗帘、齿状花边墙饰，卧室宽敞明亮，造有炭火暖气道，整个建筑给人以典雅、温馨、哀婉、崇高的美感。姑娘厝住的牧师、医生、教师等为清一色"娘子军"。

民国二十七年（1938年）正月，姑娘厝内宣布了一项永入红色史册的决定。叶飞到南昌新四军办事处接受项英、陈毅命令，随同新四军政治部组织部长李子芳一起来到棠口。李子芳郑重宣布了新四军军部的命令，闽东红军游击队改编为新四军第三支队第六团，团长叶飞，副团长阮英平，团辖三个营，团部就设在姑娘厝。2月初，叶飞、阮英平率六团团部和部分队伍进驻双溪。14日，随着一声军号的响起，部队分别从棠口、双溪出发，北上奔赴抗日前线。日后，这支以老六团指战员为原型创作的话剧《芦荡火种》和京剧《沙家浜》唱遍了大江南北。

三年的游击战争烽火，将棠溪之水映得通红。时间让这段燃烧的岁月逐渐模糊，但历史不会忘记，人民也永远不会忘记。1986年8月，叶飞视察闽东挥毫为"姑娘厝"题写了"新四军第三支队第六团团部旧址"。2015年9月29日，从棠口采集的红色热土，光荣地与从新四军发源地、集结地、出发地和成长地（湘、赣、粤、闽、鄂、豫、皖、浙、苏、鲁、沪等全国11个省市35处）采集的象征新四军血脉、基因、精神的红色热土一起，安放在长城脚下铁军纪念坛里，让后来人永远缅怀新四军为中华民族伟大复兴所作出的伟大贡献。

走在棠口，除上述古建筑外，还有始建于乾隆十九年（1754 年）的"夫人宫"，乾隆五十一年（1786 年）的山头奶殿、"三圣夫人殿"，道光二十五年（1845 年）的林公殿，以及老宅、古井、古墓、石牌坊、黄牛墓等无法一一详述。

"莫道箱中无意味，一杯清茗替壶觞。"这是书于棠口村万象春茶行茶点箱上的一副茶联，道出了主人家以茶代酒接待客人的雅趣。在棠口村，随便走进哪家屋子，一杯清香的茗茶皆少不了。历史上，屏南是产茶大县，棠口为产茶大村，咸丰以前，棠口茶叶主要运往武夷山，之后多数通过传教士销往欧洲。清明时节满山遍野采茶女，为孤寂的山野增色，落日时分，采茶女们纷纷挑着茶青赶市，"一阵风香肩贩出，旗枪争上买茶场"是这一乡村场景的现场速写。

清末鼎盛时期，全村有万象春、合兴泰、广利、两仪森、逢春发、广福祥等十多个茶行，主要品牌有银丝茶、柳青茶、白茗、棠溪功夫等，年产茶上百吨，其中由武庠生、周作衔父子创办的万象春茶行年产茶七八十吨。"光绪八至九年（1882—1883 年）民间便有茶叶购销机构'茶行'。棠口村'万象春茶行'年收购茶叶七八十吨，所收购的茶叶通过传教士远销英国等地。"《宁德茶叶志》记载了万象春茶行盛极一时的茶事活动。

"千锤打锣，一锤定音"是一句流传在棠口村数百年的俚语，却又是村中制锣绝活的真实写照。棠口铜锣做工精致，大锣直径 90 厘米，小的16 厘米，重的 50 斤，轻的仅半斤。种类繁多，有卖果子专用的"果子锣"，卖油粮用的"糖锣"，衙门用的开路锣、打更锣，庙会用的大中小镲等十多种。每一面锣的声音都洪亮悦耳，经久耐用，久负盛名。这主要源于祖传制锣技艺的传统绝活，以及源于家族严格的传承体系。据《周氏族谱》记载，清末至民国时期，棠口铜锣进入鼎盛时期，村中常年从事"兑锣"行业的有 40 多人，产品远销江西、浙江、江苏、湖南、贵州等大半个中国。

棠口村流传至今的杖头木偶戏被列入省级非物质文化遗产，周回利为屏南杖头木偶戏第二批省级非物质文化遗产项目代表性传承人。据《周氏族谱》记载，棠口杖头木偶戏于清末由周郑宝向漈头村张林青学艺传入，经其发扬光大，将小木偶改成大木偶，小戏台改成大戏台，剧本也增加了《陈大奶出山》《猪八戒讨亲》《周三打虎》《水漫金山》等三十多本，戏班享有盛名。民国十二年（1923 年），周郑宝的杖头木偶戏班到福州街演出《水漫金山》，观众云集，受到各街巷市民的盛情聘请。戏班每天演三场，连续演了两个月，导致福州城内各戏院的门票收入锐减。最终在各戏院的干预下，被迫退出福州城，至今仍然在屏南大地上传为美谈。

子曰："未之思也，夫何远之有？"过去棠口深处大山中，来一趟不容易。如今，高速已通，高铁在望，屏南已经成为省城福州的后花园，而棠口距县城仅五分钟的车程，成为县城的郊区了。棠口，这个从"唐棣之华"诗韵中走来的传统村落。您若想来走走，已不是远不远的问题，而是思念与不思念、行动与不行动的问题了。

长桥·长桥

一

"其源发自辰溪，奔流至此，分为两水，中夹一岛，曰'卧龙岛'，下复一溪，号曰'龙江'。"这是乾隆版《屏南县志》对龙江的记载。龙江只是一条溪，还没能形成江的规模，她的下游也不是江，而是古田溪，再往下才是浩浩荡荡的闽江，但龙江却是屏南境内唯一以"江"命名的溪流。那么，祖辈为什么要这么命名呢？

发源于辰溪的龙江属于短而壮的溪流，水量大，且湍激，经一个个峡谷的孕育后，至长桥村头于二石相峙把守，俨若龙门的龙门港喷泻而出，形成气势磅礴的一百多米宽的溪床。村尾有"五条石龙过溪"，"又有龙舌石，其间奇奇怪怪，如堆袍、如晒甲、如印复、如珠者，不可胜数"。漫步在溪岸边，溪水涟漪，烟波浩瀚，雾气腾腾，大有江的气势，又有龙迹可循是为龙江。

溪正中有一块二水夹流的冲积洲，即为卧龙岛。据明版《古田县志》

记载，岛上"松荫蓊蔚，影映楼台"，昔建有名噪一时的"沧州书舍"，戊子年废于兵火。相传水中蛟龙若露头角，必有人登第。明永乐乙未进士"断狱数千，无有称冤者，时号为'章铁板'"的一代清官刑部郎中章润曾就读于此，而章润发甲时尝一见蛟龙……美丽传说，奇石雄水为这一溪之水添色。"水不在深，有龙则灵。"龙江，龙江，她那咆哮的流水中究竟还蕴藏着多少迷人的故事？

二

顺流眺望，水尾处一座木拱廊桥在水雾的氤氲中如青龙卧波，在阳光的折射下如长虹高挂，在白云的衬托下又如天上鹊桥，飞架两岸，非凡人所能建，这就是传说中的万安桥。《玉田志略》称："两溪相接，亘如长虹，俗云仙人所建。"

镶嵌于桥正中桥墩上的阴刻桥碑，记载了长桥始建于宋元祐五年（1090年），距今已近千年。这座五墩六孔的木拱廊桥原名龙江桥、龙江公济桥等，长98.2米，是全国最长的木拱廊桥，也是申报世界"非遗"和"申遗"的龙头廊桥，长桥村的村名即由此而来。有诗赞曰："千寻缟带跨沧州，阳羡桥应莫比幽。月照虹弯飞古渡，水摇鳌背漾神州。汉家墨迹留中砥，秦洞桃花接上流。锦渡浮来香片片，令人遥想武陵游。"

在漫长的历史长河中，长桥或患于水，或焚于火，或坏于盗，或毁于战乱历经劫难。古志载："长桥，一名'龙江公济桥'，宋时建，垒石为墩五，构亭于其上，戊子被盗焚毁，今仅存一板可渡而已。"只要村子的炊烟不绝，村子就在，村在，桥就在。每次，又都在成城众志中挺立起来了。在民国二十一年（1932年）那一次重建中，有工匠从三四层楼高的廊屋上跌落溪中，却安然无恙，遂更名为"万安桥"。

溪因水壮、潜龙而得名龙江，桥因祐民而得名万安桥，村因桥长而得名长桥。长桥，长桥，这座古老的村落悠悠地倚在万安桥边一晃千年！

长桥古镇，廊桥故里，第一批中国传统村落。这里是屏南平均海拔最低的可莳双季稻的另一片天空，所种出来的稻米长又白。古志载："长桥早，粒颇长，舂白如雪"这里在公路没有开通之前，是屏南唯一通水路接闽江的乡镇，是屏南的南大门；这里是屏南大地上开启传播基督教文化先河的地方；这里解放初是屏南县治所在地，还是屏南大地上电灯最先亮起来的地方。

翻开《江氏族谱》，江姓先祖早在宋朝时期就已在龙江境肇基。唐光启元年（885 年），江氏先祖江日升自河南光州固始县跟从王审知兄弟入闽，后裔江清、江源兄弟于南宋时期迁居龙江境，后迁往龙江桥头后宅坪。遥想当年龙江两岸，散布有 36 个小村庄，杂居着江、黄、林、樊、张、王、章、游、吴等 10 多个姓氏人家，既吵吵闹闹各自为政，又熙熙攘攘同饮龙江一水，那是一种怎样的景象？

时间上溯至明洪武九年（1376 年），包姓入闽始祖包廉旺十三世孙文归公次子包彦如一粒蒂落的草籽，飘落到古田横溪里廿都龙江境（今屏南长桥）。但见境内溪阔水壮，桃花夹岸，廊桥飞渡，洋洋沃土，难以极目；又闻得卧龙岛上书声朗朗，影映楼台，鸟语蝉鸣，松涛阵阵，疑为偶入武陵源。这一粒熟透的草籽，卯足了劲，落地生根，汲沃土油膏，沐溪水精华，终于一枝独秀一花独艳。经 600 多年的开花结果，过筛择优，这一粒小小的草籽，不但勃发成村中的旺族，而且繁衍子孙 8000 余人遍居海内外。

三

村子里深深老屋墙弄的土墙沧桑斑驳，地上的鹅卵石被先人的脚掌摩擦得油光发亮。"林子大了什么鸟都有！"走在这与时间并行的弄子里，常常听到村民如此自豪的话语。以包姓为主拥有 3700 多人的长桥村，在这个山城小县里是一个大乡村。如今，龙江边土木结构的旧屏南县人民政府大楼还不愿意老去，依然倔强地凝望着古村履行着她曾经神圣的职责。透过老屋厚厚的土墙，我读懂了村民们的言外之意："村子大，了不起的人物亦多！"

有功高受封的。如江枢，宋朝御史。据乾隆版《屏南县志》记载，枢先剿灭繁昌变，后统军林清德等除贼首王原，定乱。"上喜，特进荣禄大夫。"其胞妹江姑，被后人尊称为江夫人、江姑奶、虎婆奶。《玉田志略》记载："于淳熙二年（1175 年）五月初五午时得道于石龙岗，能治虎害，并显圣助战胞兄平寇立功，表奏圣上敕封九天巡按江氏夫人。"

有读书入仕的。如章润，字时雨，号沛霖。明永乐乙未进士，刑部郎中。"遇事刚果，有古人风。"历官十载"断狱数千，无有称冤者"，时号为"章铁板"。廉洁奉公，两袖清风。其居屋小而破旧，不蔽风雨，同朝监察御史王宝重其清节，造屋供其居住。章润病逝后崇祀于"乡贤祠"，龙江桥建有进士坊和御史坊，废于康熙年间。诗叹曰："中郎公去后，何处觅丰仪。坟墓只荒址，祠坊仅故基。"

有任侠好急难的。如包文礼，字约生。生于明万历年间，是一位富于传奇色彩的侠士。乾隆版《屏南县志》记载："甲寅寇攻寨，势如累卵，礼乞师于刘将，将不允，负墙而哭，感其诚，遂出军解其围。"耿精忠反，闻文礼名，召不应，遭兵执之，又不从。淹禁三载，王师到，始得释。退隐龙升峰著书讲学。古田县令赞曰"德义并著"。

有武功盖世的。如包国善，字世昌。父子三人，皆具有膂力，善尤最，遇敌毫无畏惧，所向披靡。"甲寅寇攻寨，实籍御守。暮年与族中诸老宴会龙江，觥筹交错，优游颐养。"进则如龙门港汹涌巨浪，退则如龙江一溪静水，真是一方水土养一方人啊！

有热衷慈善事业的。村中有一位在千年历史长河中，一度消失得无声无息的人，在 20 世纪 90 年代末，随着文物部门对万安桥文化的挖掘，又从桥墩的石碑上，重新走进人们的视野。碑文云："弟子江稹谢钱一拾三贯又谷三十四石，结石墩一造……元祐五年庚午九月谨题。"江稹，这位名字被永久刻入桥碑的汉子，捐钱 13 贯（相当于谷 16000 斤），谷 34 石（约 4080 斤）。在那遥远的农耕时代，捐献两万多斤的谷子，是一个不折不扣的慈善家了。

还有孝名远扬的。如包国治兼程 300 多里赴宁德买鱼孝母，感动女神让他从虎口脱险。也有刁横莽撞的。如王子开、王子锡兄弟，聚众斗殴、霸占航道、借题勒索的不法之徒，终被首任县令沈钟缉拿归案，留下一身臭名。

春风无恙，溪水悠悠。溪水里的浪花蹦蹦跳跳一阵子便消失了，村子里的人吵吵闹闹一生便也消失了。真是浪花如人，人如浪花，虚虚空空，对比亘古长河皆如昙花一现！嘻，"人过留名，雁过留声"。如江枢兄妹、江稹、章润、包文礼、包国善、包国治等先辈，在其短暂的人生旅途中，或驰骋仕途，或精耕世俗，皆以不同的方式光祖耀宗，流芳百世；而王子开兄弟之流，恶名昭著，则为后人所唾弃。

四

村中官宦名士文人墨客颇多，超逸绝尘者众，吸引了众多附庸风雅的风流雅士前来煮酒论茶、吟诗作画，或登高悠游、抒怀畅志，留下许多带着墨香的名胜古迹。

翠岛，即沧洲，卧龙岛。岛上建有进士坊、乡贤祠、沧洲书院等。相传章润退隐后在此讲学，四方学子名士纷至沓来，成为学子名士云集，充满诗意的论学休闲场所。岛上曾有郎中木，似桐，花开如锦，四时不凋，风清月白，树下有琴瑟声与水声相和。章公殁，木遂枯。有赋赞曰："青松荫兮晨光媚，白鹿随兮道范巍。宫墙在望，圣哲堪思。广青毡于此地，宠降帐于兹基。于以集众美，萃群英……"

灵应泉，位于江夫人庙后，距沧洲书院仅百余米。该泉水是烹茶的上上水，除了本村外，周边乡村还有众多的茶客前来汲水烹茶，以求一品真香。"灵应泉，四时不竭，其水甘甜，味用中冷，夏秋汲无宁日，环村多取以烹茶。"乾隆版《屏南县志》记下了这一场景。

"百尺楼头瞰太原，依稀风景拟陶园"是赞美龙升峰的诗句。龙升峰，又名龙江第一峰。上有寨，道崎岖，山上松阴幽，荫层楼叠阁，为包约生栖隐之所。有诗赞其隐居著书会友的悠闲生活："密友访时频吐风，名花香处即开樽。夜看剑气光如炬，照彻窗棂读万言。"

"地结灵坛垂万古，石藏遗指显千秋。"虎婆岩上留有虎爪迹，香条遍于岩际，是江姑得道的地方。学子们赶考前必登岩许愿，以祈求路途平安，文思泉涌。板顶是村民习武驰马射箭的练武场。此外，还有沧洲岭、灵石岩、石龙冈、眠象山等众多景点都是文人雅士的好去处。

时过境迁，物是人非。如今的长桥古镇街道宽敞笔直，车水马龙，洋楼林立，商铺繁荣，人来人往……完全一副新农村建设范儿。乡村奔跑的脚步，乡愁回眸的记忆。在快与慢的较量之间，长桥古镇是否已被都市的喧嚣所同化？

五

一座石头老屋吸引了众人的眼球，近前一看，是一座廊桥博物馆。通过木拱廊桥"编木"式结构的大门，如走进一个浓缩的廊桥世界。这个"编木"式结构大门和展厅内的廊桥模型，都是由当地桥匠黄春财父子用木拱廊桥传统营造技艺建造的。黄春财是木拱廊桥传统营造技艺国家级传承人，万安桥上墨书有他父亲黄象颜的名字。民国二十一年（1932 年），黄象颜任主绳重建万安桥，留下大名，那时黄春财的爷爷黄金书已重病卧床，为技术指导。据黄春财介绍，他爷爷的师傅卓茂龙无师自通，人称"茂龙仙"，莫非他的造桥技艺是神仙所传？

展厅内展板、桥模、电子屏幕，将一座座美丽的木拱廊桥、古老的传统营造技艺尽情展示，一股现代化的气息扑面而来。展架上鲁班尺、斧头、刨刀等简单古老的大木作工具，却造出了技术含量极高的木构桥梁——木拱廊桥。走出廊桥博物馆如穿越了一座木拱廊桥，征服了一条溪，一种质朴的自豪感油然而生。

沿着博物馆背后的古巷，穿过长桥古村，万安桥呈现眼前。桥墩下豆腐、光饼、麦芽糖小贩粗厚的叫卖声，台阶上妇人家晒苦瓜干的悠晃身影，溪边村姑高高举起的棒槌，老屋内村奶奶绑竹锅刷娴熟的手法，廊桥上手舞足蹈侃大山的、翘足引颈听说书的，或干脆躺在美人靠上呼呼睡大觉的老少村民……各种慢生活的画面层层堆集，形成一幅恬淡的乡村生活水墨画。

　　漫步在长桥古镇，您会发现这里有都市的繁华，却又不失一份乡村的静谧。新与古、闹与静、快与慢等矛盾在这里都如此和谐统一。虽然我与长桥常常邂逅，但离开时依然有因不舍而带来的一丝惆怅。那一刻，我真想把那一颗浮躁的心留在长桥。

清歌绿溪话柏源

　　"狮象把水口，美女来乘龙。福禄面前拱，怀抱孩儿来。"记载于《武功堂柏源村苏氏家谱》的偈语，柏源村民们虽似懂非懂却时时勤拂。大到起厝、造坟、结婚、生孩子，小到开犁、酿酒、理发、拔法笋，几乎做所有大小事情前，都得哼上一两遍这祖上流传下来的歌谣，心里才踏实，才有谱。宛如村民门前长生水，一拂就逾七百年。

　　柏源，又名源柏、黄柏，古称梅洲、湄洲、水竹坂，全村1600多人，为第一批列入中国传统村落名录的古村。村子里的人说："山有山龙，水有水龙。"村后门山龙脉源于鹫峰山脉主峰辰山，郁郁葱葱，带着茶香，一路蜿蜒而来，经仙山脱脉后成结于柏源村东梅花山。一条柏源溪，汇聚上坑、下坑、南坑仔、大炉坑、樵坑五涧之水，溪中龙井、龙椅、龙灶、龙石门等龙迹若隐若现，如五龙聚首，涛声如雷。清进士张方车《为春涨涧声远题》诗曰："盘空一夜走风雷，十万军声压屋堆。晓起开门看马迹，岂知声自涧中来。"经日积月累的大浪冲积，堆积成一块富饶的冲积洲。

　　古时，洲上盛产窈窕水竹，是为水竹坂。坂上清风月影，竹浪沙沙，梅树穿插其间，竹梅影射婆娑，寒冬时节，万物萧疏，这里却蜡梅点点，红绿相间，点缀绿洲，十里梅香，梅洲、湄洲之名由此而来。古邑副贡生杨文嵩题《观梅诗》云："寒花斗雪古梅洲，阵阵幽香月下浮。十里溪边多老干，间寻春色上骅骝。"满洲的绿尽情倒影染绿了奔腾溪水。放眼望去，这一洲的绿，衔远山，融白云，接天际，连连绵绵，卿卿我我，青洲绿水，青旗欢歌，形成一个圆圆融融的意象之库。

柏源村入屏始祖苏朝美于宋淳祐九年（1249 年）自樟岭（现属古田）迁居里路，起大厝于廿三都七保乌石下富石后村，铺有南蛇岭通往山外。因村高田低，所产出的粮食、所需要的盐货，皆逆岭而上，肩挑回村，血汗换粮，做吃艰难。至四世孙以昌时，家中大白鹅丢失，数月后，带回一群嘎嘎小鹅，昌受大白鹅启示发现了富饶的水竹坂。站在坂上，身后梅花山龙脉雄壮，眼前五涧如龙聚首，东有帐里孩儿（景点），南面水尾左狮右象双峰把守水口，西立雪岭和双峰（旧志称金字山）浑然天成的福禄岔，北边蟒蛇冈、金钟覆地、美女上排扑朔迷离，中间泱泱竹梅林夹水成库，真是一块风水宝地。昌心花怒放，择日迁居肇基，袅袅一炷香，开锄一抔土，成为柏源开村始祖。

溪随地势走，村随山形落。宛如日头两落福禄岔，一年双送夕阳暖，一为寒露后，二为春节前。落日择时送暖，一切皆有安排。苏以昌深晓其理，在他的带领下，柏源村背倚梅花山，依山而建，面临柏源溪，傍溪而筑。村子坐东朝西，水出丁。村前雪岭盘案山，瑞雪数点，樵担如月，清歌穿溪。有《雪岭归樵》诗唱道："石磴盘盘隔水西，数枝雪蕊点春畦。归来樵担肩横月，一曲清歌过绿溪。"案水朝堂如弓如鞍，丁自旺。

村民在扑哧扑哧的喘气声中，挥汗抡锄追赶着月亮，田中禾苗的方阵是他们心中的蓝图，村庄的规划是这方阵中的二横三纵，活像一个平躺的

"日"字。巷弄是农人锄下垒起的塍，老屋是村民精心莳下的禾，至今，村里保留下来的120多幢古民居，皆巧妙分布于横纵交叉点，如闪烁的星星；而宗祠、路亭、拓主殿、古民居、石牌坊、旗杆夹等30多座明清古建筑，则如星空中的七星北斗分外耀眼。

屋里的孩子要长大成家，田里的禾苗要抽穗结果。老屋的子孙容纳不下了，就要起新厝砌新灶分新家，多一个灶台，多一张饭桌，多一炷炊烟，多几双筷子，村庄就这样一天天在二横三纵方阵的扩大中壮大。村民门前皆有精致水沟，引入回环长生水，清清欢欢，源源不绝，是村民浇灌、冲洗的基本生活用水，是孩子们玩水的乐园，是猪牛鹅鸭等家畜的饮用水，是村子消防必备的水源，还寓意着屋主人寿命如长流细水，长命百岁，寓意着村庄如源源活水，生生不息。

"养生谷为宝，继世书流香。"顺着这条华夏耕读文明的藤，我看到柏源代代村民对土地的敬畏，对书本文字的渴望。日出日落，树枯树荣，晴耕雨织，诗书弄雅，村民们的生活简单得像门前哗啦啦的流水，像溪边一圈一圈转个不停的水车。在这简简单单的耕读生活中，他们竟不知不觉地建起大厝，立起望柱，骑上高头大马，甚至把名字刻入石碑、载入史册。

据《武功堂柏源村苏氏家谱》、乾隆版《屏南县志》等古籍记载，元成宗年间，二世祖苏振，官居儒林郎，开柏源读书出仕之先河。顺治十年（1653年），贡生苏景程先后任同安训导，永安教谕等职，康熙八年（1669年），告老回籍，创办书院，户习弦歌，人文蔚起。至同治年间，先后有万水、标光、标元、瑞元、冠英、冠馨等一大批学子入贡出仕。在宗祠前路弄边、围墙里苏万水厝门前、顶头厝上弄等地方，残存有十多块"八"字形旗杆夹，上阴刻有"道光戊戌年（1838年）九月吉日贡生苏万水立"等立杆时间和主人姓名。古籍、石碑皆如村子的相册，收藏一个个风流才子，记载那一时期的鼎盛文风。虽说君子志在行仁，出仕非其欲，但出仕则更能尽其德义，弘其仁道，为后世所垂范。

"圆则杌棿，方为吝啬"语出《太玄·玄摛》，村西雪岭田头山边竟有天元实物——"天元石"，如上祖一不小心而遗落下来的一枚印章。石上有茂盛遒劲古松，壁上有"天元"二字时隐时现。道光版《屏南县志》载："天元石，在柏源村金字山麓。石上隐有'天元'字迹。"天圆则动、则变，天方则静、则止，为此，村中的年轻人或畅游书海，或学艺经商，或闯荡江湖，等等，一刻也不闲住。俗话说："三十六行，行行出状元。"除了读书出仕者众多外，还有道法、堪舆、耕种、耆硕、贞洁等名人辈出。有元至正（1341—1370年）年间，闾山学法，剑斩曲潭黄鳝精，为民除害，村人立姚奶宫祭祀的姚三姑；有一代堪舆大师流传风水好地口诀于民间的苏德盛；有挥锄发家庄厝布三县的苏万水；有年96岁，索履端方，终身未尝入城府，子孙邑庠，五世和一群居的苏长福；有"操凛冰霜""女有士行"林氏贞洁二娘；还有视死如归的闽北独立师屏南游击队交通员苏儒智等不可胜数。

读书可出仕，务农亦留名。翻开《苏氏家谱》，一生务农的苏作标竟然名列柏源四大望族，他家的庄厝（收租的田庄）广布于屏南、古田、南平三个县。"十八把锄头落地，七十二人分家"的童谣，唱的就是这位种田大户，鼎盛时期一家有18个劳动力，直至一家拥有72人时才分家的轶事。

在读书与耕田的简单生活中富足，用简单的方法致富，从书中寻找黄金，在无为中有为。古老的柏源，她那深深的小巷，斑驳的老屋，古老的水碓，宽宽的晒谷坪，广阔的田野，耸立的金字山，甚至亘古的溪流，无不蕴含着高深的人生哲理。

　　柏源村民信仰广泛，基督教、道教、佛教皆有众多信徒。村民认为，土地上的收获是神的恩赐，收获离不开神的恩典。为此，果实要先敬神后享用，苏氏宗祠、观音亭、拓主殿、北坛公殿、南山佛殿、土地庙里面祀奉的各路大神都是这块土地上的保护神，村中主要的传统祭祀庆典日有正月十五元宵节和农历七月十三日拓主公苏公明王诞辰日。宁静的拯灵堂诗声朗朗，颂歌飘扬；古老的殿庙宫堂香烟弥漫，香火不绝。美好的信仰慰藉着村民纯朴的心灵，是村民战胜自然灾害的精神动力。

　　农历七月十三日，是拓主公苏公明王的诞辰日，村民们至今保留有在此神圣节日举行隆重的纪念活动的传统风俗。成立有专门理事会，"福首"（首事）由各房中推选有名望的长者担任，各房每年轮流"做头"，演三日神戏，经费按人口摊"丁钱"。节日前夕，家家大"扫廊"，沐浴更衣备香火茶点迎接苏公明王，"福首"提前安排人员外出请戏班演神戏。活动当天，演员化装成"八仙"到拓主殿举行"打八仙"仪式，"法官"判"起马"后进行全村"游神"活动。村民们放鞭炮，摆茶点，点上三炷香迎神，并将接到的三炷香火插在自家厅堂的香炉上，俗称接香火。接来一炷香，平安过一年，多美好的祝福啊！

　　这一天，外出村民皆返村参加庆典活动，办全村宴，吃通村酒，村中人口倍增，大街小巷人山人海。各个店铺还在送神人的参与下，举行传统的"赛炮"活动，大家你一炮，我一炮，一炮还一炮，炮声笑声不绝于耳。三日后演捐戏，家中遇上喜事的捐喜钱演"喜戏"，祈福的捐福钱演"福戏"。遇上好年份，捐戏的人多，连演十多天，整个村庄鞭炮声声，喜气洋洋，那种浓厚的节日气氛毫不逊色于过年呢！

　　开门两件事，读书与耕田。走在柏源村，赏古村伴青山，听清歌过绿溪，不知不觉间已走出了日常生活的烦琐圈子，抛却了小城的吵闹喧嚣。

我快乐地呼吸着祖辈农耕生活沉淀下来的稻香，贪婪地吮吸着老屋内氤氲的书香。那颗悬浮的心逐渐归于平静，如受到一次穿越时空灵魂的洗礼。

北苑茶香中的千年古村

位于闽东第二高峰屏南西北部东峰尖脚下的谢坑村，人口约 1600 人，是闽东大地上为数不多的从北苑贡茶的茶香中走出来的千年古村。村中的古道、古廊桥、古寺、古茶园和古寨门等琳琅满目的古建筑，无不折射出谢坑曾经茶叶产业的繁荣。清·乾隆版《屏南县志·分县始末》记载，立县之初，县治双溪村仅四五十灶。而谢教坑村，竟达四百户。谢教坑，就是如今的谢坑，为屏南开县第一村。

翻开谢坑村族谱，谢坑，果然不同寻常。沉淀在历史长河中并流传至今的非物质文化遗产有四平提线木偶戏和四平戏等，已分别列入省级和国家级非遗名录；宝兴银矿和北苑贡茶在历史上为屏南支柱产业，而北苑贡茶制作技艺仍在延续。

"云际通津"，闽东北茶马古道上的要塞

"游心无方，抗志云际"出自曹植《七启》。李周翰注曰："云际，言

高也。""追奔逐北，奄有通津"出自《梁书·武帝纪上》。词语词典注释："通津，四通八达之津渡。"在东峰尖脚下谢坑村的一座古寨门上，镶嵌着由这两个词组成的"云际通津"四个繁体字碑刻，在岁月的流逝中，似乎在自豪地诉说着，谢坑村曾经是闽东北茶马古道上咽喉要塞的辉煌历史。

从"云际通津"古寨门下的古巷穿村而过的，是一条载满灿烂茶叶史的茶马古道。古道像一条弯弯的扁担，一端挑着屏南境内最高峰东峰尖，另一端挑着建瓯境内最高峰辰山，辰山下的凤凰山是北苑贡茶的中心。

何谓北苑？丁谓《北苑茶录》曰："北苑，里名也，今日龙焙。"宋·赵汝砺《北苑别录》曰："建安之东三十里，有山曰凤凰，其下直北苑，帝联诸焙，厥土赤壤，厥茶惟上上。"古籍记载了北苑茶乃上上茶，历代文人墨客更是对北苑茶倍加推崇，大诗人陆游品后拍案："建州官茶天下一绝！"

谢坑村与北苑贡茶中心区凤凰山的直线距离仅三四十公里，据宋·朱子安《东溪试茶录》记载："……官焙三十二，东山之焙十有四：北苑龙焙一，乳橘……南溪之焙十有二：下瞿一……谢坑八，沙龙……西溪之焙四……北山之焙二……"从中可以看出，三十二官焙分东南西北四大焙，统称北苑贡茶。"北苑龙焙一"属东山之焙，"谢坑八"属南溪之焙，谢坑为北苑贡茶的重要组成部分。至今，谢坑人不讲属福州语系的屏南话，而是讲闽北语系的建瓯话，民俗风情和房屋建筑等也更接近建瓯，村中还保留有古茶岭、古茶亭、古茶园、刻有"茶岭扬帆"的古寨门，以及传承至今的北苑贡茶制作技艺。

北苑贡茶鼎盛时期，外围产茶区覆盖面极广，包括屏南、古田、政和、寿宁、福鼎等闽东大部分县份。其间，闽东茶叶多往北苑走，而谢坑村当时是茶商出闽东往闽北的必经要塞，为闽东一个重要的茶叶集散地。谢坑村海拔约900米，从村后通往建瓯水源的分水隘海拔逾千米，为闽东通往北苑古茶道上海拔最高的隘口，是闽东北茶马古道上的咽喉要塞，是名副其实的云际通津。

"茶岭扬芳"，谢坑茶事美名曾扬

流传在谢坑收录于村中陆氏家谱的一首藏头诗，记载了种茶规模、茶叶品质、品牌影响力以及产茶历史。诗中隐藏的"茶岭扬芳"四个字，以石匾额的形式镶嵌于谢坑古寨门上，落款为"道光二十一年仲冬"。

走进谢坑村，古巷两侧斑驳的黄土墙，褐色的木板门，高大的马头墙和厚实的青瓦片，仿佛都散发出淡淡的茶香。踩在被脚板磨得油光发亮的铺路石上，如踩着古老季节遗存的鼓点，十趾间蹦出的是挑夫粗犷的小调。古巷边孤寂的老井，憨厚的石水槽，仿佛在自豪讲述着当年挑夫们释担歇息，抔水畅饮的贩茶故事。

出了谢坑村，迎来的就是"茶岭扬芳"古寨门。古寨门用花岗岩条石干砌，门框上用巨石板作梁，上部改用泥土夯成，顶部加盖瓦片。远看犹如一位戴着斗笠的脱俗老人，仿佛在对出村的行人千叮万嘱。穿过寨门回眸，矩形寨门变成了条石弧线形拱门，顶上阴刻"茶岭扬芳"四个古朴雄浑大字的石匾额，散发出质朴的茶香，增加了古寨门的厚重感。

据《古田县志》载："古田种茶始于唐，兴于宋，南宋为鼎盛时期。北宋时，古田年产茶 25—30 吨，南宋增至 446 吨。"由此可知，古田在当时已是产茶重镇。而位于东峰尖下的谢坑、横坑和苦竹（富竹）等村庄，只是古田大地上的一个角落，所产出的茶却能脱颖而出被选为贡茶，足见质之好，艺之精，品之上，名之"扬芳"也！

"茶岭扬芳"四个阴刻大字，无疑是对谢坑一带，在道光二十一年

（1841 年）前数十年，甚至数百年繁华茶事活动的嘉奖和颂扬。如今，望着茕茕孑立的古寨门，透过古朴雄浑的"茶岭扬芳"四个大字，我仿佛听到谢坑陆氏先祖铿锵有力的茶市话语了。

茶事遗址，芳香佳名传千秋

谢坑村遗留下来的古代茶事活动建筑，除"茶岭扬芳"古寨门外，还有长桥、古茶岭和茶岭亭等。长桥是一座位于谢坑村水尾的木拱廊桥，又称为水尾桥，由董事陆子成于嘉庆年间募建，是连接周宁、政和等县茶马古道上的一座重要桥梁。桥上"清茶半筒正解渴，长桥一座好乘凉"的对联通俗易懂，读起来十分亲切。

海拔逾千米的分水隘是建瓯与屏南的分界线，跨越分水隘的古茶岭被附近两地村民称为"龙凤岭"。据谢坑村长者介绍，北苑贡茶以"龙凤团茶"为最，北苑盛产龙茶，谢坑盛产凤茶，为此，这条连接谢坑与凤凰山的茶马古道又称龙凤岭，建瓯境内段为龙岭，屏南境内段为凤岭。

茶岭亭是屏南境内唯一以茶命名的路亭。沿着"茶岭扬芳"古寨门前的茶岭而上，岭头就是茶岭亭了。翻开清·乾隆版《屏南县志·桥梁路亭附》，"茶岭亭在谢教坑"七个字跃然纸上。原来茶岭亭早在清·雍正十二年（1734 年）屏南开县之初就伫立于茶岭上了。亭内梁书云，茶岭亭由陆氏肇基始祖陆华伍公子孙鼎新，于"民国拾伍年十二月初吉时"重建。梁下一副"野鸟有声开口劝君且住歇，山花无语点头笑客不须忙"的对联，道出了往来客商为财不惜身体，风餐露宿、奔波忙碌的情景。如今，步入亭中，感受着茶岭山野美景，虽然这里再也不复当年的繁忙景象，但游人仍然会被这副对联的意境吸引，会心一笑。

走在从北苑贡茶中走出来的谢坑古村，不必畅饮，只要呼吸着茶的真香即有回甘之妙，一颗浮躁不安的心就随之归于平静。

五老峰肩上的"小桃源"

"大象无形，大美无言。"大声的音乐恰似无声，大美的风景无须张扬。

——题记

一

西施浣纱鱼沉水，大美不可复制。东施效颦，弄巧成拙，成为千古笑料。

若将世界地质公园、国家级 5A 景区白水洋比之于美女，恰如西施，天生丽质，毫无矫揉造作感。"上下两洋，计有八里许。中有大石一片为溪底，石洁水清，俨若白锡灌地，临川一望，即见其底……"早在乾隆五年（1740 年），屏南首任知县沈钟就在《屏南县志》上记下了神奇的白水洋。现有拨山谷为平洋者，不正为今之东施乎？耸立于白水洋边上的五老峰，宛如五位守护这一方"奇特景观"的长者，他们的肩上扛着一个鲜为人知的"小桃源"——岩后村。

前些天，我和几位文友在一位省旅游局挂职干部的陪同下，走进了岩后村。

二

穿过长长的白水洋峡谷，沿着五老峰下的古磴石拾级而上。

初，背抚习习清风，脚踩潺潺水声，眼观奇山异水，步履倒是轻快。

渐渐地，脚开始发酸了，当发觉对岸挂在头顶上的潭头和天坑垅两村，已皆可平视，而潭头村原本孤悬欲坠的吊脚楼，也成了四平八稳的靠山楼时，一种莫名的自豪感催生了我们的脚力。

至半山腰，腿已发软，恰有路亭可供小憩，人性之极。我循亭搜索，想寻找些碑文、墨书之类遗迹，无果。或许是这位挂职干部看出了我的心思，就介绍说，该亭于数年前由几位驻村干部合力捐薪而建，未曾留名。噫，这几位驻村干部饱受这长岭之苦，方能体察民之所需也！而留亭不留名，更是将其背影永远刻入这条长岭、这座村庄啊！

此后，大家谈的多是关于这几位驻村干部与长岭、半山亭、岩后村的种种有趣推测，不觉间已上岭头。有细心的文友报出了一个骇人数字：上山磴石1592级！想不到的是，登后大半程的古磴石竟没有人再喊过累！

枯藤老树，树密林幽，欢欢雀跃，啾啾鸟鸣。岭头林深不知何处去？

缘岭而下，涧水潺潺，行百余米，豁然开朗，屋舍幢幢依山而筑，良田层层顺坡铺开。远处，有妇人躬身刈草，有农人忙于耕作；村中，鸡犬追逐嬉戏，老者借阳取暖。真是"寻到深幽处，居然别有天"，好一处世外"小桃源"啊！

这个名叫岩后的村庄，位于五老峰的肩窝处，古称豪山境，肇基于明朝，为张姓传统血缘村落，仅 140 多户，480 多人，却辖有潭头、天坑垅、罗岗等五个自然村。村庄以大片良田为库，一条山涧从宽阔的后山环村而降，一路入田出田，如顽皮的羊羔，最后全都聚于狮象两山把守的水尾。水尾处有如虹廊桥接岸锁关，桥下飞瀑如练千层叠落，水进水出，有遮有挡，开合自如。村口有夫人宫祀降妖伏魔护胎佑民扶危济难的女神陈靖姑，宫对面梯田上有八卦乱石阵，这里面还有一个美丽的传说呢！

传说很久很久以前，有五老在豪山境布下八卦乱石阵，专抓童男童女送往天坑岩炼长生不老丹，百姓深受其害叫苦连天。幸逢陈靖姑云游白水洋，剑破乱石阵，收复五老为守护白水洋的五老峰。村民为感恩陈靖姑大德，就在乱石阵对面陈靖姑破阵的龙冈上建夫人宫祭祀陈夫人……村中长者感叹，福地色彩神奇，传说火药味呛，子孙后辈定然桀骜不驯啊！

村庄清一色土墙黑瓦，斑斑驳驳，磴石巷弄，幽幽深深。有一大石池居中，如村之眼，池水笕引于山泉，水满自溢，跳溅如珠，在暖阳的折射下如晶莹剔透的泪。走在这样的巷弄中，有一种厚重踏实的归宿感，很容易嗅出家的味道，一颗浮躁的心趋于平静，但这味道中似乎又夹杂着一丝道不出的酸涩，让那一颗稍稍平静的心，又潜入另一个角落里悄悄骚动。

究竟是什么原因，让我的心无法真正归于平静？

三

整个村庄最引人注目的是，插在村中制高点建筑上一面迎风飘扬的五星红旗。这面鲜红的五星红旗在绿树环簇的青山映衬下，成为万绿丛中名副其实的"一点红"。这一抹鲜艳如血耀眼如珠的红，聚焦了文友们的话题。

"是岩后小学吗？"

"该是岩后小学吧！"

"肯定是岩后小学啊！"

……

"岩后革命烈士纪念馆！"从"S"形古磴石下得一道弯，在转角平台处，红旗下的建筑物一览无余，文友们不约而同地发出了惊叹！这座藏在白水洋深处，美若小桃源的小山村，曾经竟然是一座充满硝烟的红色村庄。

纪念馆前留下烈火焚烧痕迹的残墙断垣是烈士张家镇的故居遗址，从这块巨大的宅基、精致的石墙基、厚实的土墙中，不难看出当年这座房屋的气派和主人殷实的家底。

站在高高飘扬的五星红旗下，凝望伤痕累累的老屋残址，一股浓烈的硝烟味一下子将我的思绪拽入 20 世纪 30 年代那一场惊天地泣鬼神的战火中去了。1934 年 10 月，第五次反"围剿"失利，中央主力红军退出红色根据地开始艰难的万里长征，国民党乘机进行"清剿"，先后调集有 56 师、58 师、33 独立旅疯狂扑向闽东红军独立师和游击队，妄图一举摧毁闽东革命根据地。

地形复杂险恶的白水洋峡谷和巍巍豪山山脉，成为红军游击队抗敌的天然屏障，五老峰肩上的豪山境地处政和、屏南、周宁三县交界处，红色革命思想在这里如种子般迅速传播，村中男女老少纷纷加入游击队参与战斗，他们利用熟悉的地形优势，开展联络、送信、送粮、掩护、放哨等革命工作。村民张家镇、张郑意、张达文、张廷虎、张发朝等，在叶飞、阮英平、黄道、曾志、吴华禄等闽东北红军领导人的带领下加入红军游击队，岩后很快成为红军在闽东北地区开展革命工作的结合部。1936 年 6

月，中共政屏县委、政屏县苏维埃政府在岩后村成立，张家镇成为第一任政屏县委书记。

敌人万万没有想到，这场实力悬殊的战争持续了三年。留守下来的革命队伍不但没有被"清剿"，反而呈星火燎原之势发展；闽东革命根据地不但没有被摧毁，反而如磐石一样坚固。

四

登上五老峰顶，虽然山风凛冽，但丝毫不影响居高临下的视线。俯瞰如天笔一扫的白水洋，粼粼银波，木拱廊桥，天然浪道，戏水游客，甚至连大小路口等一切皆尽收眼底。当年，这处绝佳的观景台，正是村民们帮助红军游击队站岗放哨的天然瞭望台呢！

五老峰左右两峰分别是棋盘顶和红军岩。棋盘顶因顶上有天然大棋盘而得名，传说是五老下棋喝茶、观洋赏月的休闲场所，也是叶飞、黄道、阮英平、黄立贵等闽东北红军领导人召开紧急会议的临时会场，"化整为零""调虎离山""红心白皮"等扭转被动局面，具有历史性意义的战略战术在这里敲定。红军岩边上因隐藏有红军洞而得名，岩洞不大，仅能容纳十多人，曾经却是红军游击队伤病员疗伤养病隐蔽的后方医院。山风呼啸，河水湍激，战事深入，伤员增加，许多闽东伤病员被转移到这里治疗，为解决"伤员多，医生少"的难题，闽东特委专门委派叶玉城医生前来支援。

"一方水土养一方人。"村民们的性格就如这块土地般敦厚，信念如大山般坚定，意志如劲松般顽强。岩洞容不下伤员，就近搭盖茅舍为屋；医生缺少，学医的张发祯自告奋勇顶上；药品不足，采青草药补济；粮食不够，挖野菜充饥……纯朴的村民对付凶狠的敌人，采用的是对付天灾的古老土法。

这所简陋的红军医院最多一次接收 12 名伤病员，从 1936 至 1937 年，短短两年内，在这里治愈重上战场的伤病员有 60 多人，成为一所响当当的红军后方医院。当年，这所红军医院使用的部分急用医药箱、担架、病床、手术刀、剪刀等老什物，虽然都已破旧不堪，但每一件都有着道不尽的故事。如今，它们都静静地躺在岩后革命烈士纪念馆里，履行着新的平凡的职责，若没有熟悉这段火红岁月的人提起，看起来与其他老什物并没有什么区别。

这座由村小学改建成的革命烈士纪念馆，除了展示烈士遗物，还展示烈士肖像和生平事迹。走进纪念馆，刚刚还嘻嘻哈哈的文友们的神情突然变得肃穆。张家镇、张达文、张达炳、张郑意、张廷虎、张发朝等一张张年轻英俊的脸谱，在那段燃烧的岁月中定格，生命的旅程被残酷地画上句号。"吊打黄阿婆""父子皆就义""兄弟三烈士"等一个个鲜活悲壮的故事，将豪山境子孙桀骜不驯的品性刻画得淋漓尽致……

爱情如血，生命似肉，自由为骨，而支撑起血肉之躯的正是坚硬的骨骼。为了自由，这个小小的村主有一百多人跟着叶飞将军闹革命；为了自由，全村有 16 人被追认为革命烈士，32 人被认定为"五老"；为了自由，村庄被敌人烧光三次。"为了自由，我宁可牺牲生命；为了自由，我宁可牺牲爱情。"在这个小小的纪念馆里，我感觉自己瞬间走进了诗人桑多尔·裴多菲的心。

五

炊烟如香，把脉村庄，村旺则旺，村衰则衰。走出纪念馆时，晌午的炊烟已经稀疏升起。那些尚有炊烟的老屋，尽管稀疏，但定然还有人气；而那些没有炊烟老屋的主人是否使用煤气灶？不！答案是否定的，因为从山上砍一担柴火回家远要比从山下扛一罐煤气上山轻松得多啊！显然，稀疏的炊烟是原住民减少的结果。

炊烟孤独，村庄寂寞。岩后，曾经火红的豪山境，这座省定老区基点村似乎与许多山村一样，逃脱不了衰亡的命运。"没有公路是否会加速这座红色村庄的衰亡？"这个小问号，或许就是扰动我心池，让我无法真正归于平静的小精灵吧！要建造一条山村公路就要破坏一个国家5A级景区的原生态，谈何容易？没有公路，岩后就只能永远扛在五老峰的肩上。胡思乱想间，恰巧遇上了年逾古稀的老支书张家同。

老人家平静地告诉我们，每年都有许多红二、三代和游客慕名前来瞻仰观光，国家也不断委派驻村干部帮助村民致富，修古磴石道、办纪念馆、造廊桥、建旅游公厕……县里已经规划将村子融入白水洋景区开发红色旅游。村民生活水平明显提高了，但多数村民还是选择搬迁到交通便捷的地方生活。"据说岩后村建设公路的方案，已经进入专家认证阶段，到时'五老'的使命就完成了！"说这话时，老人家的脸上露出了兴奋的神情。

老支书在村里过着普通隐淡的生活，宛如静静躺在纪念馆里的老什物一样，若没有人提起，很难看出他是一位烈士后代。

"希望在有生之年，能看到汽车开进我们村！"老支书朴实的道别语，至今还萦绕在我的心头。

廊桥、老宅、风水树，还有担夫的小调，都在守望中苏醒，且与我亲密对话。它们不嫌弃我说的粗糙，我记下了这些话语。

第二辑　坎坎有声

风言桥语

一

　　屏地山多雨丰，溪流纵横。先民如风喝退了拦路荆棘，吹开了荒蛮山路，抚顺了大山的秉性；又循着水性，或石或木，搭桥过河。孤寂的山村，由此听到了山外的风声，留下一桥软语。"木为骨来，板为肉；榫卯为血，瓦为发……"这是村民们对木拱廊桥精湛技艺的传唱。一条木头桥，在村民们心目中，成了有血有肉还有头发的英雄化身。风言如是传唱，桥语如是记载。

　　山有木兮好构桥，源于就地取材之便利。独木成桥，成于小溪、小涧之上。位于上培村下游的单条桥为江南著名险桥之一。该桥以独木架于白洋溪与上培溪交界处，溪床宽百余米，嶙峋怪石拢一溪之水于溪床正中虎头港喷出，上架一木仅半米多宽两米多长，走在狭窄的独木桥上，令人目眩，稍失足跌入溪中，则九死一生。北岸桥头有一巨石，有缝隙如恶虎血盆大口，为防止山洪将桥板冲走，村民们将桥板插入石缝固定。即便如此，桥板还是经常被山洪冲走。沱江凤凰古城段木平梁桥的桥板，一端用铁链锁住，发洪水时桥板被冲入江中，如牵遛之鱼，亦成一道风景。分龙雨时节，看似平静的小桥却暗藏杀机，尽管有劲风从上游带着噩讯吹来，但不知情的路人依然被瞬间俯冲而下的大水连人带桥一起卷走。

当溪涧的宽度超过原木的长度时，则需要通过伸臂才能承接得住桥板，这一生活小经验在造桥技术上的应用，应该就是发明木伸臂桥的原始智慧吧！当伸臂的应用还无法满足溪流的宽度时，则需要在溪中加桩或墩，这就出现了一墩（桩）两孔、两墩（桩）三孔的双孔或多孔木平梁桥了。

若溪水深无法立墩（桩），抑或，要通航或避开山洪呢？一阵风吹到精疲力竭或许还到不了对岸，一簇簇前呼后拥的风就轻而易举地将前面的风吹到了对岸。整天风里来雨里去的先民们将那些相对较短的木构件，通过榫卯连接的方式使其逐节延伸，解决了跨度上的难题；又通过改变榫卯连接角度的方式增加矢高，一座座大跨度、大矢高的无脚桥，就这样凌空飞架于大河之上。

二

位于白玉与康里两村峡谷间的龙井桥，所在的溪床宽阔，桥下潭深，无法立柱，造桥难如登天！然而，龙井桥早在久远的农耕年代就已经建造起来了。来来往往的山风轻描淡写地丢下一句风言风语。

循着山风来去的踪迹，我来到了龙井桥边，两岸悬崖峭壁，古树阴森，一桥如龙飞渡，天堑变通途。登桥俯瞰，桥下孤岩孑立，深潭如井，潭水碧绿，旋涡如陀螺飞，如龙喷雾，是为龙井。据上一辈人说，井内藏有蛟龙，时隐时现，时人可见。孩童见了保平安，新妇见了能添丁，老者见了可增寿，书生见了便登科。若久旱无雨，大地干焦，前往祈雨无不灵验。井内蛟龙潜伏，井上廊桥飞渡，龙井桥，应该就是以此命名的吧！若往桥下多看两眼，则令人头晕目眩。龙井桥，不愧为江南十五险桥中的骄子！

徐徐山风捎来一个美丽传说，传说当年廊屋建起后，只要锯椽上瓦即可大功告成，可是没有一个木匠敢在桥屋顶边上锯椽子。被誉为"二鲁班"的主绳师傅知道其中的难度，心想自己锯算了，就提锯登顶挪到椽子边，只见桥下万丈深渊，雾气腾腾，身上清风抚背，令人毛骨悚然。还没开锯，双腿已打战不止，不用说也锯不成椽子了。"二鲁班"蹲在桥头冥思苦想，始终找不出好办法。一日，风和日丽，他突然看到观音菩萨撑着一把小花伞从桥屋顶飘飘而过。"二鲁班"一拍大腿，茅塞顿开，他在椽子下倒挂雨伞，遮挡视线，障目定心终于顺利地锯下椽子……为感恩，桥中建神龛祀奉观音菩萨。

如此险桥，材料仅为原木，又无脚无钉，古人究竟是用什么方法将如此庞然大物支撑起来呢？我手脚并用沿着桥塊爬至垫苗座边，欲窥探其中的奥妙。抬头仰视，桥底部以原木为拱，先三节，后五节，三五上下交叉，穿插别压。初看密密麻麻如百凤朝阳，细看又井然有序如网如篱，形成一个由三节苗与五节苗两个系统相互咬合的稳固拱架结构。

风为草民开路，草民造桥的路就从编草开始。编草为巢，编竹为篱，编藤为筐，编线为衣，编木为梁……古老的草、竹、藤、纱、线等软性材料的编织技术，在一代代先民的日常劳作中，不断沉淀、积累、升华，发展成由木、铁、钢等刚性材料的编织技术，先民的智慧在这小小的拱架系统结构技术中发挥得淋漓尽致。龙井桥前，同行的三位国外知名桥梁专家带着疑问惊叹："哦，木头也能编织?！"我想这只是中国古代劳动人民大智慧的一个小小体现吧!

　　有专家将木拱廊桥拱架系统结构命名为"编木结构",那么该项技术就该称为"编木技术"了。"编木技术"在现代建筑中已经被广泛应用,如宁德市火车站外观设计,北京奥运村"鸟巢"造型,等等。曾经屡屡毁于飓风的木头桥,在"编木技术"诞生后,成了风歇脚的小站,成了拢风聚水与风为友的风水桥,如万安桥、龙井桥、鸾峰桥、岭腰后山桥、三仙桥、溪东桥、半路亭桥、东坑下桥等,不论是闽东北的还是浙西南的,无不在或宽阔、或险峻的河道上与风相伴数百年。

　　我所到达的东端桥堍上的垫苗座为木制垫苗木,整根垫苗木仅由一个被凿平的岩壁点和两根植入岩壁的短石柱支撑,而那笨重巨大的桥体就架在这根小小的垫苗木上。从对岸望去,龙井桥宛如一位立在指尖上的翩翩舞者,那一刻,那个巨大笨重的家伙,竟似风一样的轻盈,有水一般的灵性。

三

　　万事万物皆有生命,皆有老去,甚至衰亡的一天。一座不管多么坚固的木拱廊桥,也都有腐朽损坏,甚至轰然倒下的一天。延长木拱廊桥的使用寿命是先民的共同愿望,那么该如何延长呢?

　　飓风将木拱桥吹得扭曲变形,甚至吹倒在河里;雨水又让苟延残喘的木拱桥腐烂朽坏。村民们在桥上加盖廊屋,增加自身重量,稳固结构,防风抗震,抵挡雨水侵蚀,这便成了木拱廊桥,又通过精确调整两翼风雨拦板的倾斜角度,让来去的风帮助清洁廊桥上的灰尘。有人贪图方便,在桥上堆放稻草、柴火、农家肥等杂物,甚至将主要构件偷盗。为了保护廊桥，村民们便在桥上设神龛，或在桥头立庙祭祀将桥赋予神性，增加村民及往来客商爱惜保护的主动性、自觉性，防止构件被偷盗或随意损坏。一座木拱廊桥从上完梁，挑选出一位"好命人"在热闹的鞭炮声、锣鼓声、掌声中"开走"后，便有了生命，为了延缓这个肩负舟渡重任生命的衰老，村民们制定了村规民约共同修复保护。如此，一些有远见卓识的先民集资买下桥山种上杉木，或买下桥田苦心经营，积木屯金，以期待到木拱廊桥需要修复、重建时使用。

位于龙井桥上游被誉为"江南第一险桥"的百祥桥，单孔跨度 35 米，仅比赵州桥短 2.5 米，桥面距水面 22 米。用最原始的材料、最简单的工具，在如此险峻宽阔的河床上造桥，难度可想而知。为了使工程浩大的百祥桥能够得到及时维修，清咸丰二年（1852 年），经过一次大面积重修后，漈头、旺坑村的苏文坛、张永禅、张传恭、高大左、韩占达、梁光宗、陈汝择等十六位村民集资买下桥西山林，植杉树四百八十多株，永久作修桥专用林。二十一世纪初，漈头村张书巡牵头修缮百祥桥，桥山上的杉木就派上了大用场。苏文坛、张永禅等十六人还通过捐谷放贷，收取薄利，作为每年"立冬"日村民锄草扫桥的午餐费用，此规矩如风接力代代相传沿用至解放初。

昔人如风，消声远去；今人如风，款款而来。唯有立在桥头的石碑，犹如一位不愿稍做歇息的长老，依然执着地诉说着先民的智慧和善举。

四

人生百年如风过廊桥，纵使再怎么风风火火，也不一样转瞬即逝乎？这就是老子所谓"夫物芸芸，各复归其根"。人如廊桥，廊桥如人。桥山、桥田、墨书、碑文、桥约、史志、族谱、书画等等，记下一桥风言桥语，是风过廊桥留下的廊桥软语。桥语中，有代代相传于村民口头的，有被书写于木头上的，有被刻入石头中的，也有被书写或画于纸张上的……他们多彩多姿的生命皆以不同的形式存在，鲜活。桥语增加了桥文化的厚度，延长了桥本体的生命。

墨书，宛如一位瘦弱的书生。所承载的桥语十分有限，其与桥碑的共同点是记载下了造桥董事（首）、董事会主要成员，以及捐款人姓名；不同的是，还记载了主绳（墨）、副绳、主要桥匠，以及带有浓郁地方色彩的桥联。也有因那不起眼的墨书而风生水起的，霸陵廊桥上"霸陵桥""南谷源长""绾毂秦陇"等带着伟大纪念意义或赞叹重要地理位置的题词，是明大将徐达、清重臣左宗棠，以及国民党"总统"蒋介石等留下的桥语，这些桥语使渭河桥成为名副其实的霸陵桥。如此，重修一座木拱廊桥，书有墨书的正梁如祖上的灵牌，一定要重复使用，而其他构件如板、柱、檩，甚至扛起重任的平梁、苗木等，则皆如风过廊桥，皆为曾在廊桥上驻足过的匆匆过客。

碑文，犹如一位闯关东的汉子。其生命力比墨书顽强，除了具备与墨书相同的功能外，还记载了桥志、桥山、桥田，甚至捐款人的意愿等。如万安桥正中桥墩上的"江稹谢钱碑"，让人在时光长河流逝近千年后，依然得以窥见，"元祐五年（1090 年）庚午九月"，那位名叫江稹的汉子，"谢钱结墩一造"意在"为考妣二亲承此良因，又为合家男女及自身各乞保平安"。

桥约，又如一位精明的账房先生。除了记载下董事（首）、桥匠外，还详细记载了守信规则、造桥费用、代笔人等，其费用精确到每一餐的伙食费。面对周宁秀坑村张氏造桥家族保留下来民国之前 23 份发黄的桥约，似乎有算盘嘀嗒响的声音在我的耳边环绕。

　　书画，宛如一位风姿卓越的绝世佳人。一幅清明上河图，将那一条名叫汴水虹桥的木拱桥的美丽倩影永远定格。著名桥梁专家、武汉长江大桥桥头堡设计者唐寰澄被画中汴水虹桥的婉婉身姿所吸引，他独具慧眼地看到了汴水虹桥结构的特殊性，并确认是木结构廊桥中最高品类的贯木拱，又以确凿的研究数据证明了汴水虹桥存在的真实性。在此后相当长的一段时间里，寻找现实中的"汴水虹桥"成为许多桥梁专家的梦想。

　　"……龙井桥，不知昉自何代，询之父老及遗碑，大约创自炎宋，亦究无实录，终回禄于乾隆年间……"在龙井桥桥头，有四块石碑被风雨洗刷得斑斑驳驳，我从其中一块《龙井桥志》碑文中，读到记载于嘉庆二十五年（1820 年）关于龙井桥芳龄的桥语——"大约创自炎宋"。从时间上看，龙井桥与汴水虹桥来自同一年代；从核心结构上看，这两条桥都属于技术含量最高的编木结构，有着共同的遗传基因。当然，这两条桥的外观有所区别，汴水虹桥不加盖廊屋，苗木间用捆扎式连接；龙井桥加盖廊屋，苗木间用更成熟的榫卯连接。这些都只是长相上的差异，这两条桥可以说是属于桥兄桥弟。来自帝都汴梁的汴水虹桥，因为一幅清明上河图的瑰丽桥语而名垂千古，而藏在大山深处的龙井桥却如一个灰姑娘，成为一块被岁月长河淹没的金子。

　　"是金子总会发光的。"龙井桥、千乘桥、溪坪桥、三条桥等被收入著名桥梁专家茅以升主编的《中国古桥技术史》，茅以升将龙井桥誉为中国木拱廊桥的典范之作。如今，木拱廊桥传统营造技艺，已被联合国教科文组织列入急需保护的非物质文化遗产；闽浙 22 座木拱廊桥已联合申报世界文化遗产……

　　一阵山风，将位于大山深处的木拱廊桥的铿锵桥语吹向山外，吹向五湖四海，她神秘的面纱由此被世人揭开了。

五

一个人的生命，始于呱呱坠地的那两句啼哭声；一座木拱廊桥的生命，始于"好命人"从容开走的那几响鞭炮声。啼哭声、鞭炮声在风中传颂，一条新的生命瞬间肩负起新的使命，有生命的廊桥总有道不尽的故事。

西半球，在一个野菊花盛开的夜晚，一张小小的纸条被一只纤纤玉手钉在了罗斯曼桥桥头。一段倾城之爱如火山爆发，一个理性思考又让爱回归生活本真。那张小小的纸条在男主人公辞世后，回到了女主人公手中。一个小小的木盒珍藏了她后半生的爱，她的子女们按照遗嘱，将她的骨灰撒在麦迪逊罗斯曼桥畔。风，轻轻地将部分骨灰吹得飘扬起来，我想，她的灵魂必定化成罗斯曼桥最动听的桥语了吧！

海峡彼岸，那位姓谢的女孩，为了帮助一位孤寡老人圆一个还乡心愿，只身来到大陆，却与摄影师林德撞了个满怀。两人的心灵火花在万安桥、千乘桥上擦亮，由此演绎出一段飞越海峡的生死恋情，并创造出一个爱在廊桥的奇迹。风儿在两岸间忙碌穿梭，桥语把恩爱细细诉说，这一段跨越两岸的恋情，不知牵动了多少游子的浓浓乡愁。

在我记忆的小匣子中，也收藏有一座精致的木拱廊桥。

那是一个月朗星稀的夜晚，我在一所乡村中学教学楼的走廊上与一位女孩邂逅。彼此间，许是害怕看到对方的脸吧！我们不约而同地走向那座小小的木拱廊桥，一路无语，只听到略带焦急的脚步声……月光将美人靠上两人的影子斜斜地投射在廊板上，两个影子之间正可容纳得下一个牙牙学语的孩子。我现已不记得那晚两人一起静静地待了多久，只记得桥下哗哗的流水声越来越大，如万马奔腾，有排山倒海之势。

　　普通人的爱情或许不如名人们来得那么轰动、经典，甚至全球瞩目，但普通人的情感世界却一样丰富而炽热，恰如一坛陈酿，更加历久弥新。

　　我在风言桥语中拾起一句话，木拱廊桥的生命远不在于她的本体，也不在于她究竟有多么实用，而在于她与人之间的那一份续不完的因缘。

清风吹过古廊桥

一

"这风吹在身上，感觉真凉爽啊！"

"是啊，因为你站在半封闭式的木拱廊桥上。"

"半封闭式？"

"对，如我们刚才所站的这座迎风桥，上半部通透，就属于半封闭式木拱廊桥。"

……

望着远道而来的朋友满脸疑惑的神情，木拱廊桥传统营造技艺国家级传承人黄春财笑了。他指着廊屋顶慢悠悠地说："在这座古老的桥屋顶上，你或许找不到一根蜘蛛网丝。"朋友四处张望，不但找不到蜘蛛网，甚至连灰尘也不多，"是不是清洁工作做得特别到位呢？"朋友的话中充满了钦佩，因为要做好一条这么长的廊桥的卫生，其难度是可想而知的。

"是啊，这位清洁工一天 24 小时都在工作，从不歇息。"黄师傅边回答边往上游望去，一阵清风吹乱了他发白的两鬓，他伸手捋了捋头发，接着说，"这位不知疲劳的清洁工就是清风……"从黄师傅的嘴里知道，原来，看起来并不起眼的风雨挡板的倾斜角度是十分讲究的。角度过大，清风会吹飞廊屋顶上的瓦片，太小则只有挡雨的功能。倘若能精确地掌握好这个小小的角度，当清风吹来的时候，经过风雨挡板的折射，一部分清风就会改变方向，吹往廊屋顶，起到自动清洁廊桥的作用。这只是古代造桥师傅建造木拱廊桥大智慧中的一个小小智慧呢！

走上廊桥，一块已经褪色的被钉在桥头第一根桥柱上的木板，跳进了你的眼帘。黄师傅淡淡地说，年轻人识字吧，不妨读一读。朋友认真一看，是一份用毛笔书写在木板上的检讨书，连忙调整镜头进行收藏。边拍摄嘴上还边念叨道："把检讨书写在桥上，还真是头一回看到呢！"

检讨书的原文我已经忘记了，但因内容发人深省而深印脑海。大意是，一位姓余的村民，偷盗了该村风水林的两棵树，村民们除罚他归还树外，还罚他为乡村做十天义务工，并用木板写检讨书钉在桥柱上做检讨。"写检讨书在公共场所示众，对上一辈人而言，是在道德上最严厉的惩罚了！"朋友对传统文化颇有研究，他叹了一口气，接着分析道："看来迎风桥曾经是村民们茶余饭后聚会休闲的场所。"

二

"石奇为神，树古成仙"，这是先民代代承接的千年心谱，那些奇石、怪石、大树、老树下的袅袅香烟，五彩锦旗，斑驳牌匾，等，无不显示出先民们对奇石、对古树的敬畏。

当一块石头置于小河中，可供行人方便地踩踏过河，这块石头就成了最简陋的碇步。当数量不菲的石头被整齐地码于溪中，供行人方便地踩踏过河，这些石头就成了碇步桥，如陀江古老的跳岩，成为凤凰的惊艳。当河水较深时，石头还可以被"拱"成桥，如赵州桥的华丽沧桑。当一根树木架于河两岸，可供行人过河，这根树木就成了独木桥。当数量不菲的树木要在大河上造桥时，可以伸臂或在溪中加墩，也可以将相对较短的木构件，用智慧使其逐节延伸，飞架两岸，成为木构桥梁中，技术含量最高的木拱桥。桥上加盖廊屋，又成了让无数情侣心驰神往的木拱廊桥了。

木拱廊桥的技术核心在于"编木"结构的建造，通过"三节苗"与"五节苗"两个系统，上下交叉编织，榫卯连接咬合，形成跨度大且稳固的"编木"结构。这一技术是古老的线、麻和竹等"软"材料的编织技术，即"软编"技术，在刚性度极好的木头上的突破性应用。它成功实现了用相对较短的木构件，建造承载性能好、跨度大的木拱桥，在木结构桥梁中，技术含量最高。如长虹卧波的万安桥、雄鸡展翅的千乘桥、朱子过化的沉字桥等，则是木拱廊桥中的经典之作。这些桥集"奇""古"于一身，在那久远的年代，非仙人指点不能建造啊！走在这些桥上，你的心会飞得很高很远。木拱廊桥理所当然地被先民们赋予了神性。

神龛，一位伫立在木拱廊桥上的长者，一个供村民精神慰藉的心灵家园！

"人在做，天在看，神在听。"这是一句流传在屏南大地上的俚语，与一代清官东汉太尉杨震"天知，神知，我知，子知"的"四知"名言不谋而合。木拱廊桥是村民传播道德戒律、国家律法、村规民约的重要场所，是弘扬正气、抵制歪风的正义场所，是公布村中大事、喜事、丧事的公共场所，是村民解决邻村、邻里、家庭纠纷的特定场所。那个香烟缭绕的小小神龛，成为一代又一代村民求神拜佛、走桥祈福、报喜诉苦的心灵小苑。

<h1 style="text-align:center">三</h1>

"瞧，这个枝节眼的凹槽处有刀痕，是木匠师傅精心雕琢过的!"由于时间关系，当我们风尘仆仆地离开迎风桥蹬上千乘桥时，夕阳已经西斜，黄春财师傅不再跟我们卖关子，而是直来直去地介绍。

"是啊，这个大枝节眼明显被精心修理过了，是一个矩形凹槽。但是，这个凹槽位于横梁的右端，且朝正前方，显然与廊屋结构无关，可以判断不是榫槽!"经过黄师傅提示，一些客人看出了端倪。

"既然与结构无关，那当时的造桥师傅为什么要花大心思去做精修理呢?"有客人提出了疑问。

还是由于时间关系，黄师傅揭开了谜底：在 19 世纪 20 年代初这个凹槽还是主绳师傅用同质板精心密封的暗槽，若没有点破，看上去就是一根完好无损的横梁。直至 1977 年，因年代过于久远，镶嵌在凹槽口的同质板脱落，凹槽中封存了一个半世纪的秘密才大白于天下——槽中藏有 20 多块银圆。黄师傅接着介绍，那是当年重建千乘桥时剩下的银圆，主绳师傅不贪意外之财，将其封存起来做将来修桥经费。我查找了桥内梁下的墨书，看到主绳师傅是周宁县秀坑村张成德、张成来兄弟，不禁感叹张氏兄弟良好的艺德了。

朱子曰"勿贪意外之财，勿饮过量之酒"。据墨书记载，千乘桥重建时间为清嘉庆二十五年（1820 年），距 1977 年整整 157 年。古代桥匠的生活都充满了艰辛，他们甚至把造桥时一日三餐精确到毫厘的饭菜钱都明明白白地写在桥约上，或清清楚楚地写上哪一天、哪一餐在谁家用餐。在这漫长的光阴中，任岁月的潮汐起起落落，张氏子孙没有一位为这一大笔钱财所动，始终坚守着这座桥，甚至更多座桥上的秘密，践行着朱子治家格言，比起那些受过高等教育的道貌岸然的奸商、贪官等，他们才是经得起考验的人，出淤泥而不染的人，真正有人格魅力的人！

又一阵清风吹过古代木拱廊桥，桥上干干净净、一尘不染……

离开木拱廊桥时，我感觉到有一阵从远古而来的清风，徐徐吹进我的脊背，爬上我的头顶，从头顶灌入我的心池了。那一颗飘浮在都市中的浑浊心灵，顿时明澈。

还是那座小花桥

这座村庄坐东朝西，左引巍峨耸立的文笔峰，右傍古树苍穹的洁霞岭。这一峰一岭各孕育出一条溪流，涓涓流淌，流至村西南合一而并称为龙漈甘溪。这座山环水抱的村庄，就是位于屏南县的漈下村，更为人知的是，它还是清代戍台名将甘国宝的祖籍地。

村庄依然保留着许多的历史遗迹，保留着传统习俗。这座历史悠久、建构质朴的小花桥，就位于进村要道的龙漈仙宫与城门楼之间。

当您的脚步踩在古老的小花桥上时，您会觉得自己已经穿越时空的隧道走进了康熙盛世，古香古色、精致玲珑的小花桥与青砖黛瓦、飞檐翘壁的古民居交相辉映。小花桥建于清康熙四十一年（1702年），正脊檩下"时大清康熙肆拾壹年岁次壬午癸亥月甲午日丁卯时鼎建"的墨书，犹如一位坚守的老者向人们诉说着小花桥的历史。桥长10米，宽3.5米，属木平梁廊桥，桥内雕梁画栋，每一幅彩绘图画都活灵活现生动逼真，其背后都有一个精彩的故事或典故，内容博大精深。廊屋内两侧有精巧的美人靠，正中有神龛祀观音。小花桥不但承载着通行的功能，而且是村民聚会、习武、休憩、乘凉和遮风避雨的重要场所，是邻近众多乡村的男男女女妇孺老幼烧香许愿、走桥祈福的常来之地，更是村中孩子们的乐园。

印象中，孩子们经常会不约而同地来到小花桥上，玩办家家、打野战等游戏。附近的孩子还会把饭端到桥上吃，在那有饭无菜的年代，每个孩子都会在桥上海阔天空无拘无束的谈笑中掏空碗底。孩子们有时玩得疯狂起来，还会爬上廊柱顺着美人靠的上檐来一个"空中过独木桥"的杂技表演，这独特的"独木桥"宽仅柴担大小，距溪面有两层楼多高，站在上面，桥外溪风习习，流水哗哗，令人头晕目眩，即使再胆大的孩子也不敢往桥外多看几眼，能过"独木桥"的孩子寥寥无几，自然就会让众多孩子佩服得五体投地，常会被孩子们选为王。大人们遇到孩子们玩这种惊险游戏时都会上前制止，并教训道："菩萨在上，怎敢如此放肆！"好在佛肚能容，一切随缘，孩子们个个都能健康成长。

夜幕降临时分，村民们信步来到小花桥上侃大山，以放松一天劳作而疲惫的身心。他们拉家常、理农事、解纠纷、传新闻、说国事、讲故事、唱大戏或练武术等天南地北无所不有，孩子们在桥上追逐嬉戏，其中讲故事、唱大戏和练武术等成为孩子们的最爱，每每这时，孩子们会一哄而上，观赏大人们的表演，许多绝活都在这潜移默化中不知不觉地传承下来了。一些调皮的孩子，偶尔也会在这欢乐祥和的氛围中，尖叫一两声，或干脆动手偷袭一下身旁的伙伴以吸引大人们的注意力。挨打的孩子"哇哇"大哭，但哭声很快就淹没在欢乐的笑声中去了。

酷暑时节，小花桥成为村民乘凉的好去处。美人靠上，或坐，或倚，或干脆四脚朝天躺着的，与一两只悄悄地跟随前来又忠实地守候在主人身旁的小狗，为古老的小花桥注入了鲜活的生机，人、狗、桥与青山秀水构成了一幅灵动的水墨画。此时，再聪明的你，也无法猜测出，悠闲自得的村民到底是在美人靠上小憩，在享受青瓦下缕缕清风送来的凉意，还是在拥抱流水中欢快跳跃的音符。

下雨时，小花桥又是村民避雨的好场所。在一阵忙不迭的小跑中躲进廊屋的村民，往往顾不上自己被雨水淋湿了没有，而是先看看上游的水涨了多少，在神龛中求得观音保佑桥的平安后，再目送下游奔腾而去的流水。土是村民的根，水是村民的命。水的流失本是要带走风水的，但有了桥的把守，也就守住了这方风水。小花桥就这样日复一日地守护着村庄风水，承担起通行的责任，抚慰着村民的心灵，伴随着一代又一代的孩子度过快乐的童年。

然而，小花桥在村民的眼里也仅仅是实用而已！

前不久，我有幸重返漈下村，立即惊讶于眼前涌动的人流了。但见小花桥上，全是陌生的面孔！由陌生面孔组成的队伍，伸向了村中，伸向了村子的尽头，犹如记忆中的那场大雨涨满了龙漈甘溪一样。哪来这么多的陌生面孔呢？三十年后故地重游，已物是人非，当年的大叔也成了大爷，他解开了我心中的迷雾。

据老大爷介绍，漈下村早已被国家住房和城乡建设部、国家文物局评为第四批中国历史文化名村，成为响当当的一张旅游名片了。在艰辛的申报历程中，小花桥作为村中传统古建筑群中的重要建筑之一，受到前来考察的古建筑、古廊桥等相关专家学者的青睐，其历史、科学、美学和建筑艺术等价值也逐渐为村民所识，而倍受村民的爱护了。

返回时，小花桥在车窗外渐渐地远去，平淡得犹如桥下静静的流水，平淡得让你丝毫也看不出地位提升的自得与浮夸，看不出瞬间金贵的矫揉与造作，她还是守护村庄的小花桥，依然默默地履行着神圣的职责，坚守着平凡的岗位，既优雅无比，又悠然自得。

走桥抚心弦

"手执艾旗招百福,门悬蒲剑斩千邪。"这诗说的是端午节这天,只要在门口插上艾草、菖蒲,那么您的家就像贴上了一道灵符,可以迎福气避灾害。而在屏南的双溪、长桥和岭下等乡镇,端午节除了这些习俗之外,还伴有走桥的习俗。

走桥又称"走百病""走三桥"等。清潘荣陛在《帝京岁时纪胜·正月·走桥摸钉》这样写道:"元夕妇女群游,祈免灾咎。前一人持香辟人,曰走百病。凡有桥处,三五相率以过,谓之度厄,俗传曰走桥。"走桥,主要出现在我国的元宵、端午和中秋等传统节日中。元宵走桥,在国内较为普遍,相关记载的文献资料也多,但端午走桥则较少记载。令专家学者惊叹的是,端午走桥这一如今少见的习俗,竟在屏南大地上完好地传承了下来。

"家家赏灯,人人走桥",说的是南京一带元宵节走桥的热闹场景。而"待月上树梢,扶老携幼,走三桥,走月亮,邻里乡亲,互致问候,熙熙攘攘,尽兴而归"却又是指苏州人中秋走桥赏月的美好意境。各地走桥习俗虽"同"也"异"，可谓"百里不同风，十里不同俗"。屏南的走桥习俗主要是在端午节的投粽祭屈。

端午节这天，天空刚露出鱼肚白，村中的女人便忙开了。沐浴更衣，梳妆打扮，上了岁数的女人还梳起了"柴把髻"，穿上被称作"大服"的宽大三褶裤，颈挂弥陀珠，尽显洁净虔诚。"头戴红花红彤彤，胸挂香袋香喷喷"，是形容走桥女性的打油诗。女子们早早相约而出，担着香烛、焚经纸和粽子，扁担两头也系着红花，体弱多病的女人还会带上药罐子，尚未生育的媳妇则悄悄地拐到人丁兴旺的人家门口，摸一摸大门上的门钉再上路。摸了钉来年就添丁，多么淳朴而实在的愿望啊！

走在朦朦胧胧的小路上，个个有所想有所愿。走至桥头，带药罐子的就将药罐丢入河中，罐随水去，意味病也随之流去。其他人则先后到庙里、桥中神龛、桥头和溪边上炷香，诉个苦、许个愿，走桥仪式准备就绪。走桥前，先诵一段登桥经："今日信女走桥来／仙人保佑发大财／仙人吉时走头步／保佑走桥信女平安大发富／我走第二步／富就有，贵就有／男丁有，千金有／子孙满堂家族兴旺得长久／我走第三步／走桥溪河钱财旺／走桥信女家家户户都有份。"

念完登桥经，走桥正式开始，在有节奏的木鱼声中，大家跟着领头妇女踩着独特的走桥步，从神龛开始沿逆时针方向绕桥两边走，寓意日后能顺利通过阴间桥，至少走七圈，走的圈数越多越顺。边走还边诵走桥经。有苦诉苦，有愿许愿，说完了，妇女们个个像卸下千斤重担，面露喜色，然后，将带来的粽子投入河中，并诵《投粽经》："一条细线一个粽／一个粽子落溪中／一个粽／一个愿／投下粽子保家运／祝我子孙男女荣华富贵福寿长。"到此，走桥仪式就算完成了。

"走三桥，驱百病。"阳间的桥，也喻示着阴间的桥。民间风俗称，人死后灵魂下地府，要遭遇金桥、银桥和奈何桥。能过桥者入天国；不能过桥者下地狱。造福百姓的帝王过金桥，有福之人过银桥，普通凡人过阴森恐怖的奈何桥。奈何桥边有牛头马面和恶犬把守，善男信女则能顺利地过桥，有罪的人就会被打落水中遭蛇咬，永世不得翻身。为此，阳间的"走三桥"是通往天国的必经之路，是凡人永远的梦想，"走四桥"还要加走一座父母桥。走的桥越多，得到的福分也越多，为了能多走桥，许多妇女深更半夜就踏上了走桥路，走完一座桥就急匆匆地赶往下一座桥。

妇女走完了三桥，心灵的心弦得到神灵的抚慰，她们心中都载满了殷实的愿望，踏着轻快的步伐回家，也有些妇女则朝着"走十桥"的目标继续前行，直到深夜才如愿以偿地返回。在岁月变迁中，走桥活动已融入"过关""超度"等相关民俗或法事活动中，其中最美的当数新婚夫妇闹洞房时的走桥游戏了，小夫妻在亲朋好友的喝彩声中相向走过独木桥，成为玫瑰婚典的一道必经的亮丽仪式。

万里茶路一泉源

一

土墙青砖，飞檐黛瓦，小巷深深穿越唐风宋韵；

古桥流水，竹筏号子，流水悠悠洗练岁月沧桑……

下梅，这个坐落于梅溪下游的中国历史文化名村，曾经不知多少次与我擦肩而过，不知多少次萦绕在我梦里。如今，我就走在下梅，眼前的一砖一瓦，一墙一弄，一桥一水竟都那么熟稔，甚至连扑面而来的微风，也似曾轻抚过我的脸庞。可是，我又的的确确是第一次走进下梅。为什么对下梅有如此特殊的情结，如五百年前就曾拥有的那一个回眸，连我自己也说不清了。

恍然间，我感觉到已经回到了家乡，正走向自己童年的家园……

二

"环山抱水圆融合璧，水口紧锁层叠抱团。"下梅圆融的风水意象，给人以平和的厚实感。我小心翼翼地踩在油光发亮的鹅卵石路面上，如同用我笨拙的十趾拨动着村庄古老的音符。许多尘封的记忆，皆随着静静的当溪流水飞扬起来。

溪是村庄的窗，顺着清清的流水就看到了山外的世界。当溪，是下梅的母亲河，时间上溯几十年，还是一条重要的航道，她承担起周边数个村庄村民柴米油盐酱醋茶的运输，盘活了村庄的生命，小桥上憨厚的石狮子见证了小河远去的航运史。

老屋，不是曾经相识的，而是切切实实地居住过的。那双波形或阶梯式的高高马头墙，有专家说"体现了当时村民封闭、保守的意识"。我的叔公却不是那么说的。儿时，叔公告诉我"高大气派，用于防火"，还寓意着波浪或递落的流水，降克祝融，以慰藉着主人的心灵。为此，它不封闭、不保守，否则就不"显摆"，更不用说出门闯天下了。那方方的天井边四面皆有廊，廊上盖瓦顶，用于接长生水，这水必须接入家，以荫庇一家老小健康长寿，多美好的寓意啊！

"客至莫闲茶当酒，山居偏与竹为邻。"这是一幢老屋厅堂照壁上的茶联，主人自豪地说当年朱子过化，其以茶会友，与竹为邻的雅趣，受到村中代代文人墨客的追捧，佳联流传至今。照壁正中一个斗大的"茶"字与茶联相得益彰，让人如入其境。两侧"追慕古人得真趣，别出新意成一家"的梧桐木板联融入茶联，氤氲着茶香，似乎有永远也道不尽的新意了。

我驻足久久凝望，思潮翻滚，似闻茶香，思绪的闸门在那一丝远去的茶香中轻轻拉开。

茶，是下梅的灵与魄，可以说下梅的历史就是一部活生生的茶业发展史。"客去茶香留舌本，夜来诗文藏胸中。"这是我生活的那一片土地上，一个名字叫双溪的古镇老屋里的一副梧桐板茶联。双溪是中国历史文化名镇，屏南的旧县治，福建省"十大最美乡村"，也是一部鲜活的茶业发展史。翻开历史，下梅与双溪有着太多共同的茶史渊源了。清朝时期，由"茶"搭建起的"梅溪"茶路，谱写了一曲充满汗水和血泪的贩茶赞歌。

胡思乱想间，女主人已经欠身将一碗热气腾腾的红茶递上来了。在那醇正的茶香中，我对下梅为什么有如此深厚情结的答案，瞬间释然。

三

走在下梅，那些与茶相关的古建筑、古迹等纷纷跳入我的眼帘，我兴奋地按下快门一一收藏，同时又自然而然地将双溪古镇所遗存的与茶相关的古建筑、古迹等与之对比，发现相似得惊人。

"四面群峰高峻，玉柱崎于前，三台拥于后，金钟、玉印、狮象诸峰环抱于左右，东西两溪绕村而过交汇南流。"雍正十二年（1755年），屏南立县选择县治地点时，堪舆先生对双溪风水意象的分析与下梅是何等相似啊！

"康熙十九年间，其时武夷茶市集崇安下梅，盛时每日行筏三百艘，转运不绝"见于《崇安县新志》，记载了武夷茶市集中在下梅，当溪竹筏运茶繁忙的一段历史。与此同时，双溪往棠口古均溪上的运茶竹筏也穿梭不绝，年运茶数百吨，据《宁德茶业志》记载："棠口村'万象春茶行'年收购茶叶七八十吨……"清朝年间，棠口茶行有万象春、合兴泰、广利等十多家茶行，周边还有漈头村的逢源、启兴、佬红、兴华等数十家茶行的茶叶，都从古均溪运往茶叶集散地双溪交易。《霞光集》《屏南县志》《双溪草堂诗抄》等古籍记载了双溪茶叶集市的繁荣盛况。

下梅的镇国庙，祭祀唐镇国公薛仁贵和镇国将军薛丁山。双溪的关帝庙，祭祀武圣关羽、竭忠王关平和威灵惠勇公周仓。在漫漫荒野茶路贩运茶叶过程中，茶商们为防止匪徒抢劫，除了练好武艺聘请镖师护送外，更多的只能祈求武神庇护，免受攻击，一路平安。

"天一井"，是一口位于下梅少微坊遗址旁的古井。宋代，祝融君隆重光临，坊化为灰烬。乡隐江赟指点邑人掘井降之，取名大井。康熙年间，下梅茶商会在大井商埠征集井名号，规定在"大井"上添或减两笔画，胜者获春茶上市的开价权。邹氏子孙邹茵章以"天一井"胜出，正应合《易经》"天一生水，地六成之"之象，这一井的名号流传至今。杨公考棚，位于双溪原武庙。乾隆年间，武庙搬迁，改为义仓。之后，知县杨宝吾改其为考棚，并借"茶商云集"商机，将考棚租给茶商以维持"膏伙"。为此，考棚成为来自五湖四海茶商斗茶、戥茶的场所。光绪版《屏南县志·改建考棚记》记载了这一时期的茶事活动。

此外，下梅和双溪遗存下来的宗祠、族谱、碑文、古茶行、古茶亭、茶箱、茶印模、税票、契约等众多实物，虽然无法一一枚举，但是皆可从中探寻到两地曾经密切的茶事活动。

四

斑斑古迹见证沧桑历史，从下梅和双溪的茶事活动历史中，我仿佛看到了先人奋斗的身影。

据《崇安县新志》记载："下梅邹姓原籍江西之南丰。顺治年间邹元老由南丰迁上饶。其子茂章复由上饶至崇安以经营茶叶获资百余万，造民宅七十余栋，所居成市。"下梅茶事始于邹氏，繁荣于康熙年间，衰亡于战乱及《中俄陆路通商章程》的签订。屏南茶事活动始于唐末，《新唐书·地理志》记载屏南亦能采造腊面贡茶。至宋建州（今建瓯）北苑贡茶兴起，屏南谢坑、横坑、富竹（苦竹）一带为北苑贡茶的重要组成部分。"北苑龙焙一"属东山之焙，"谢坑八"属南溪之焙，见于宋·朱子安《东溪试茶录》。

乾隆元年（1736 年），首任知县沈钟看到屏南诸山云雾缭绕，皆"烂石"，盛产的茶叶有的像武夷茶，有的像松萝茶，皆为上上茶，他在《物产》中记道："茶之属，各山皆有，或似武彝，或似松萝，唯产于岩头云雾中者佳。"在"山高水冷，地瘠民贫"无法完成国课的情况下，决定做大茶叶完成国课，经他的大力推动，屏南茶业再次走向繁荣。乾隆版《屏南县志·赋役志》载："倘后之宰斯邑者多方劝导，广种杂粮，并茶、竹、麻、靛之类，岁有万金之获，以供国课……"从中可以看出，茶在屏南国课中的重要地位。茶，不仅供国课，而且在义学、文昌阁、廊桥等公共建筑修缮中发挥重要作用。

茶业的繁荣史留下一条条荒凉沧桑的茶马古道，如今从残留的古道上，仍可窥见先人血汗斑斑的贩茶足迹，听见"担茶客"悠远的小调。

唐末屏南茶叶多数从古田水口运往福州，宋时主要从谢坑运往建州。武夷茶兴起"茶市集崇安下梅"，闽东茶叶多运往武夷，双溪成为福宁府（闽东）茶叶重城，谢坑成为福宁府茶叶运往建宁府（建安、瓯宁）等闽西北的咽喉要塞。屏南从谢坑通往建州的茶路不断向两端延伸，形成双溪—谢坑—建安（建瓯）—徐墩—嘉禾里（建阳）—兴田—渡头—下梅水陆交错的 600 里茶路，成为"晋商万里茶路起点"上的一条重要源流。

五

"茶翠重重成林海，

岭上青青缘艳优。

扬驰世界千万里，

芳香佳名传千秋。"

这是飘荡在"梅溪"古茶路上空，收录于谢坑陆氏家谱中的一首藏头诗。诗中隐藏的"茶岭扬芳"四个字，于道光二十一年（1841 年）冬以阴刻石牌匾的形式镶嵌于谢坑古寨门上。这无疑是官府对道光二十一年前数十年，甚至数百年繁华茶事活动的总结、嘉奖和颂扬。望着茕茕孑立的古寨门，透过古朴雄浑的"茶岭扬芳"四个大字，我仿佛听到谢坑陆氏先祖铿锵有力的茶市话语了。

"茶岭扬芳"中的茶岭位于"梅溪"古茶路屏南与建瓯交界的山岭上，北苑贡茶时期因两地盛产龙凤茶又称为龙凤岭，建瓯段为龙岭，屏南段为凤岭。茶岭亭位于凤岭上，始建时间尚未得到考证，乾隆版《屏南县志》已有记载。"野鸟有声开口劝君且住歇，山花无语点头笑客不须忙"书于亭内梁下，道出了"注意身体事大，忙碌赚钱事小"的生活哲理，虽不是什么佛家心经，却足以让人心智顿开。

清嘉庆年间，由陆子成募建的位于谢坑村水尾的长桥，是当年福宁府政和、周宁、寿宁、福安、宁德等地茶叶运往集散地谢坑，融入"梅溪"古茶路的必经之桥。进入建瓯境内后，古茶路上还遗存有龙岭、茶神庙、茶神张廷晖佛像、摩崖石刻、通仙码头、通济码头、茶村、茶行、茶井等古迹，无不彰显着连接双溪与下梅的 600 里"梅溪"古茶路，曾经作为"晋商万里茶路起点"上一条重要源流所书写的灿烂辉煌。

斗转星移，时过境迁。如今，漫步在悠悠 600 里"梅溪"古茶路上，再也看不到轰轰烈烈的担夫队匆忙的影子，担夫们浑厚的小调声也已经远去。古茶路在百年风雨的洗礼中，渐渐老去变得残缺不齐，唯有那些残存的龙凤岭、古码头、古茶行和摩崖石刻等遗址，依然顽强地挺立着，见证那一段远去的茶事历史。

山里担夫

大山里没有开通公路之前，村民们吃的盐巴，穿的布料，女孩的红头绳、橡皮筋等大小日常生活用品，全部是用肩膀从山外头担回来的。因此，大山里就有了以担为生的担夫了。

当时，社会乱、土匪多，担夫们不得不结伴而行，以防止遭受抢劫，久而久之，就形成一支自律性强，且注重"沿角"的队伍了，山里人称之为"担外头"。盐是山里人必担之货，至今，山里人常以"你担外头哩"来骂人穷酸相，即为"你穷得连盐巴也吃不上了！"

"担外头"的路途遥远，道路崎岖，一些人烟稀少处，干脆就没有路，许多路是靠担夫们闯出来的，正是"地上本没有路，走的人多了，便成了路"。出门在外，生计一肩挑，一家人的希望扛在单薄的肩膀上，不得有丝毫闪失。担夫们风餐露宿，旅途异常艰苦。大热时易中暑，天凉了又感冒，食不当患痢疾，劳过了神还会吐血；眼看这些"鬼门关"都闯过了，若遇上土匪，免不了一场恶战，败了还得连本赔上。许多壮汉在这悲壮的行程中倒下了，但是，就有更多的青年汉子顶上，如此周而复始，就是为了生活。

为此，习武健身、防身成了山里人闲暇生活的重要部分。其中，"扁担拳""罗汉腿""拄杖十八法"等是山里人的绝活，村中老幼妇孺皆有"两下子"，武艺高超者倍受尊敬，能参与"担外头"的年轻人更显风光，易被姑娘们的绣球抛中。

扁担、竹篓和拄杖成了担的整套工具，看似简陋，细微处与普通的家伙却有差别。扁担是用大麻竹制成的，宽而扁，其弧线与肩膀吻合，不勒伤肩膀；两端用文火加工后，自翘起成钩，能稳稳地钩住竹篓不掉；前端套有挂绳，若要小歇，并不必放下担子，只要将拄杖的挂钩对准挂绳，往地下一踮，让拄杖顶住扁担，尔后一手扶担一手扶杖，挪出身体即可歇息了。扁担兼有防身的功用，它横着拿是棍，侧握为刀，是担夫们惯用的贴身武器。担夫们的拄杖多由铁木、红木、楠木等坚硬的木棍特制。扁担"头"呈"蛇头"形能驱邪，凹陷处如槽可稳当地撑住担；"脚"上箍着一个厚铁圈，圈上八寸处有挂钩，其功用一是挂担，二是撬肩，三是充当武器使用。"似棍比棍短，似杆比杆粗"是拄杖既不像棍又不像鞭杆的独特之处。"南拳北腿，山里人的杖"指的就是这拄杖。儿时，常举起拄杖往石头上狠狠一踮，便会"咣当"一声巨响，觉得很自豪呢！竹篓比普通的要大些、矮些，这样，所装货物就不易因担时的挤压而变形了。

担的队伍一般由十多人组成，或多些，人数是成双的。其一是应着好事成双图吉利的风俗，二是两两而行好照应：若途中有一人受伤或患病，另一人则会主动多担些货，遇上两人都出事时只好由"头人"安排。小村庄凑不上一支"担外头"队伍，只好与大村庄结伴而行，各项事宜皆服从他们"头人"的决定。

"头人"是由村中声望高、体格壮、武艺好、善于外交并谙熟生意之道的人担任，所定出发日期、地点、担出和担回货物等皆由"头人"说了算。

一切准备就绪，即将起程时，"头人"便会吆喝一声："开路的，出发！"于是一支浩浩荡荡的"担外头"队伍就踏上了连接大山与海的"丝绸之路"了。队伍行进时，"头人"并非走在头一个，而是最后一个，以防止队员掉队和处理各种突发事件，也称作"断后"。而走在头一个的称作"开路"，是由队中体格壮、能担善跑且敢与时间赛跑的人担任。遇着担新鲜黄瓜鱼赶过节时，开路的更是健步如飞，随后的只好咬紧牙关苦苦追赶，一天能跑上百里路呢！

林子大了什么鸟都有，一些吃在山里的人，也嗅到了海里的鲜味。逢年过节弄一两道尝尝，节才算个节，才过得有滋有味。海与河的交界处产出的新鲜黄瓜鱼，肉嫩味美又不长刺，是最受山里人青睐的一味，这便有了"赶鲜瓜"。

屏南藏在崇山密林中，是福州十邑同乡中又贫又难的小兄弟，至民国之前，皆属于福州管辖。为了能吃上新鲜的黄瓜鱼，屏南担夫们不得不前往属于福宁府管辖的宁德莒洲担黄瓜鱼。由于目的地是人家的领地，跋涉于茫茫大山中的担夫们无疑又多了几道险情。从莒洲往屏南旧县治双溪的直线距离不到 30 公里，但峰险壑深路险，盘山古驿道却有六七十公里。线路是莒洲（古赢洲）—槟榔下—吴峰（茗园）—前墘—寿山—七房—双溪。据山里的老人回忆说，天方露出鱼肚白，担夫们就担着一担黄瓜鱼从莒洲出发，天，也在"嘿哟，嘿哟"的小调声中渐渐亮堂了。担夫们一路飞奔，村村接力，到达双溪时，活蹦乱跳的黄瓜鱼还赶得上节日午餐下酒呢！"年三天，节三顿，立夏、冬至仅一餐"是山里人亘古不变的节，这节的味道因有了"鲜黄瓜"而更浓了。

山里人说："城里的月亮特别大！"这城指的是大大的福州城，福州城不仅月亮大，而且货多、质优、价廉。为此，省城虽远却不可不去。从省城福州往双溪的直线距离也仅 100 公里许，古驿道 170 多公里。线路是福州—寿山—万洋—川边—双渡口—鹤塘—垅头—金造桥—棠口—双溪。由于路途遥远往返一趟经常得十多天，担夫们不得不在沿途村庄找东家落户，所担货物的差价，恰好是脚力钱。"反正闲着只是扯皮"，能赚点血汗脚力钱，对山里人来说已经相当知足了。

当"担的担子沉——哟！嘿哟，嘿哟！"的小调从村外飘来时，孩子们就欢呼雀跃地循声奔去，那沉甸甸的担子里是童年的梦想和希望；随着歌声的传递，孩子们渐渐地能看到一支整齐、威武而雄壮的"担外头"队伍了，队中条条汉子都是孩子们心中的勇士，他们个个精神饱满、神采奕奕地唱着雄浑而又夹着浓浓方言腔的小调，迈着矫健的步伐，担着同肩的担，撬着同方向的拄杖，甚至在停下来小歇时，小解也是站立于担子的同一侧。据说雄浑的小调能给人以力量，方向性的统一是便于行人通行，而一支训练有素、威风凛凛的队伍则能使土匪畏惧，这些不成文的规矩是由无数次担的经验积累而形成的。

盼呀盼，眼看孩子们就要与担的队伍相遇时，一部分孩子突然转身就往回跑，给大人报信去了，另一部分则悄悄地站在路边，给担的队伍让路，并满怀崇敬的心情，用无比羡慕的双眼送着队伍进村，之后又叽叽喳喳、兴高采烈地在后面跟着喊着。不一会儿，队伍进村了，早有大嫂大婶以及缠脚奶奶等，端着茶点迎接亲人了，村中的新闻一下子多了起来，沉静的乡村充满了笑声。

如今，大山里村村通公路，仍然健在的山里担夫已经不多了，"担外头"成了上辈人美好的回忆，成了足以吸引孩子们刨根问底的故事了。

稻草垛下有觅食的鸡鸭、胡闹的家畜、戏耍的孩童，还有美丽的乡村爱情故事！重要的是，那里安放着农家人一颗颗殷实的心。

第三辑 犁耙岁月

起稻草茬

"正月坐，二月看，三月锄田连劈岸。"这是故乡懒汉挂在嘴边的顺口溜，意思是嘲笑那些过完年就操劳于农事的人。自己逍遥自在地玩到三月，锄田、劈岸一起做，白白挣来玩两月。此话也不无道理，故乡人管做农活叫"粗做"，既是粗做则尽可马虎些，反正"精做""粗做"都离不开"犁、耙、莳、挑、扛、担"六个字，这六个字被故乡人称为农活"六字经"。前三个字"犁、耙、莳"为手上活，后三字"挑、扛、担"为肩上活，一年农事就围绕着"六字经"一转数千年。

起稻草茬为一年农事之开始。

福州十邑同乡有句民谚："惊蛰过后，锄头不停。"说的是过了惊蛰，最懒的农人也得从过年的温馨中苏醒，开始忙农活了。做吃、做吃，不做就没得吃，种田解决温饱，若还有盈余，则有望丰衣足食。

种田的首道工序是起稻草茬，锄起来的稻草茬晒干后，可烧成农家肥，供水稻、马铃薯和田埂豆等农作物施肥，是技术含量最低的粗农活，村中不管男男女女、大小老少都可以参与的农活。

农人用锄头将稻草茬翻起，覆盖在田上，让太阳晒透、晒干，这道工序称为起稻草茬。为什么不叫"锄"？直至若干年后，自己单独烧成了一堆农家肥，才明白"起"的道理。原来，稻草茬必须连根锄起，那由无数细稻草根包裹住的泥土，才是烧农家肥的最好原材料，才能烧出一大堆黑灰色的农家肥，否则烧出的只是一堆轻飘飘的稻草灰。农人的智慧来源于生产实践，是乡村中一条不变的真理。

第二道工序是将稻草茬整理成堆，叫捡稻草茬。一般是由一人挑着一担篓筐，另一人捡起稻草茬扔进筐中，一担满了，就倒在"烧粪"坪上。记得小时候，父亲挑着篓筐，我与母亲一前一后，将稻草茬装进筐里，一天要弯腰数千次。当两个篓筐装的重量相差较大时，父亲就将担子调换一下肩膀，我与母亲的篓筐很巧妙地调换了。不一会儿，一担装满了，倒在"烧粪"坪上，接着装第二担，如此反复。母亲年老后，患上了严重的腰椎间盘突出症，经常疼痛，就是年轻时经常干这项农活落下的根。这项简单烦躁的苦力活，在童年的记忆里，父母的影子中，虽然完成得艰辛，却十分温馨。

捡稻草茬是大人们不愿意干的活，小孩子甚至可以与大人们"换工"，即我帮你捡一天稻草茬，你帮我犁一天田或刈一天稻谷什么的。爷爷年轻时闯南洋，与家里失去联系，父亲13岁时不得不下地种田，直至17岁插入小学"高小"就读前，就是通过"换工"完成一年的种田活而养活一家人，在感谢亲友们鼎力帮助这个困难家庭渡过难关的同时，也感叹车到山前必有路的生存法则啊！

起稻草茬的最终目的是烧成农家肥，这道工序福州十邑同乡称为"烧粪"。稻草茬捡成一堆后，选择一个大晴日子，可着手进行"烧粪"。先上山刈一捆蕨草，作为引燃草，再将稻草茬一层一层码在蕨草上。至此，起稻草茬的整个过程就差一根火柴即可宣告完毕。码稻草茬是一项功夫活，村中的"好把式"码出的稻草堆，中间留有数条"风路"，能把整堆稻草茬烧得一根不剩，出品率百分之百。记忆中，我也经历过一次"烧粪"，结果剩下三分之二的稻草茬没烧掉。

稻草茬码完后，划一根火柴点燃，随着一阵青烟袅袅飘起，经过一天一夜的燃烧，一堆黑灰色的农家肥就烧成了。一座烟雨蒙蒙的村庄朝着金色灿烂的季节，迈出了一大步！

如今随着化肥的普及使用，起稻草茬这一项全民参与的农事活动，已经绝迹了，成为那一代人的一个美好回忆。

锄　田

据《论语·泰伯》记载，禹曾"尽力乎沟洫""钟水丰物"，促进了农业生产。也就是说早在大禹治水的远古时期，我们的祖先就掌握了开沟引水和做田塍贮水的排灌技术。

福州十邑大多数同乡及闽东人管做田塍叫锄田，锄田的工分与犁田、耙田和莳田一样，都是最高工分 10 分。孩子们不这么叫，而是叫做田塍，明明做的就是田塍嘛！为啥要叫锄田呢？关于这一点记得我曾问过大伯，他老人家笑眯眯地回答说，多到田里看看就明白喽！

"三尾垱的田塍做完了，可以下笱喽！"整天在田里摸爬滚打的孩子，村里哪一丘田泥鳅多最熟悉不过了。每当有一段泥鳅多的田锄完，孩子就奔走相告，相邀结伴挖蚯蚓捶饵料到这段田里下笱。夕阳西下时分，大家挑着笱，晃悠悠地踩在软软的新田塍上，投下一个个笱，投下一个个希望。一次，我小心翼翼地投下最后一个笱，看着笱慢慢地沉到沟洫里，突然想起大伯说的话，似乎觉得锄田这活，除了做田塍外，还专门开了一条沟洫供孩子们下笱。我以为自己发现了新大陆，得意地告诉同伴们，想不到立即引来一阵哄堂大笑。一位同伴笑嘻嘻地说："书生，还是回家多读些书吧！"

一条田塍用一年后就老了，需要修补，这修补活就是做田塍。具体有两个步骤，一是先用锄头把田塍上的杂草锄干净，二是用锄头把泥浆盘在老田塍上，使它变成一条粗壮的新田塍。新田塍上可以种田塍豆，提高土地使用率，也是一项重要的农事副业活。做田塍时要锄起泥浆盘在田塍上，是一项重体力活，还要保证带水的泥浆不滑落，又是一项精细的技术活。都说锄田难，得高工分，难就难在做田塍上啊！

一个人要完成一件困难的事，不难，只要有韧劲就成了。一个人要又好又快地完成一件技术活，就难了，因为除了韧劲还得有智慧。做田塍属于后者，看好把式做田塍是一种享受。

儿时，最喜欢看西廷叔做田塍了。他个高块大，动作利索，一锄下去，能将稻草茬连根须锄起，在空中划过一道优美的弧线，再顺势将稻草茬轻巧地盘在田塍上。连续四五锄后，四五个稻草茬就都整齐乖巧地伏在田塍上，露出了毛茸茸的根须，活像一排听话的宠物狗。接着他调转锄头，双手反握，将锄头掌对着新田塍一推一抹，田塍立即像用抹泥板抹过的一样棱角分明了。整个动作一气呵成，毫不含糊，让人赏心悦目，佩服得五体投地呢！

田锄完后，崭新的田塍犹如一条条银色的飞龙，环绕盘旋于热闹的山村，将山村呵护得像个甜睡的婴儿，蜿蜒驰骋于青山绿水，将一池池新水衬托得银光闪闪。山村的老牛是通人性的动物，此时，它闻到了新翻的泥土气息，用力地昂起头，甩起尾巴，踩着舞步，哼起"哞哞"的小调。是犁田的时候了。

一天，我送完点心坐在田塍边，看到雪亮的犁铧将泥土飞快地翻起来，那些被翻起来的泥土就顺着犁铧倾斜的方向滚落，恰到好处地覆盖在事先开好的沟洫里，被犁过的田畖立即出现了一条新的沟洫了，而新的沟洫又会被新犁起来的泥土覆盖……我注意到了整丘田，除了田塍边外，塍岸边也有一条沟洫，面积大的田中间还另开一条沟洫呢！原来锄田包含着做田塍和开沟洫两大农活，其中做田塍是一个修复过程，为了使旧田塍不漏水，而开沟洫是为犁田准备的。我终于领悟到了大伯的话，难怪我的"沟洫投筍说"被小伙伴们笑喷了！

前些年，父亲在小城里起新厝，我回家帮他打下手。粉刷墙壁时，看到水泥师傅将黑乎乎的纸浆倒进雪白的白石灰里，我一惊，以为师傅搞错了，想要上前阻止，却突然想起了做田塍。做田塍时要选有稻草茬的泥土往田塍上盘，利用的就是根须对泥土的牵引力，才能盘得牢。同样，往白石灰里加黑乎乎的纸浆，目的就是让白灰在墙壁上盘得更牢啊！一个小小的做田塍经验，让我避免了一个幼稚笑话的发生。

"实践出真知！"老祖宗给我们留下来的宝贵经验，都源于平凡的生活，却是一本永远也读不完的书啊！

犁 田

大地回春，万物复苏。

清明谷雨，播种佳节。

天时地利，开犁大吉。

祈福临降，我村田垄。

牛壮苗良，五谷丰登。

民安国泰，世界和谐。

……

农民朋友的忠实朋友，走——

晚上整理文件夹，偶然看到一组开犁祭祀的照片。开犁仪式上，祭司低沉洪亮念的开犁词不知寄托了多少村民的期望，揪住了多少人的心，也勾起了众多游子甜美的田园记忆，一幕幕犁田往事又浮现眼前了。

在那个落后的农耕年代，稻谷的收成"三分靠种，七分靠天"。敬天、敬地、敬谷神，成为一年农事中不可或缺的部分。牛是人类最早驯化的动物之一，早在《三国志·魏书·武帝纪》中就有曹操破袁绍后"授土田，官给耕牛，置学师以教之"的记载。牛不仅在犁田中大显身手，而且在交通运输、军事作战中也屡立奇功。战国时齐国曾使用火牛阵打败燕国，三国时蜀伐魏的栈道运输也用到牛。

牛在牛羊猪三大祭品中摆在首位，但这场祭祀活动中，祭品决不用牛，只用猪羊，牛是天地神之外的受敬对象。在白水洋畔，牛是正直善良无私的象征，农民对牛更是感恩有加，敬畏如神。清朝年间，葬于国家级重点文物保护单位千乘桥边的"葬牛墓"里，就静静地躺着一头舍命救主，却又被主人误杀的"忠牛"。据桥边棠口村稍为上一点年纪的人介绍，仅在 20 世纪七八十年代，村民还有在"葬牛墓"前举行开犁仪式呢！

故乡在每年春耕犁田前都要举行开犁祭祀活动，地点设在长房祭田田头上。主要步骤有：一是备祭品，做米粿、擂糍粑，杀猪或宰羊等；二是搭祭台，择吉日、搭起台、摆上祭品，台两侧种上青松翠竹，寓意庄稼苗壮成长五谷丰登；三是举行祭祀仪式，族长（村主任）致开犁辞，法师跳大神，诵开犁经。仪式结束，鸣铳三声，由村中辈分较高的"好把式"开犁。

故乡人说"田要深耕，子要亲养"，意思是深耕的田易薅，亲养的子孝顺。由"好把式"犁出的田，既深又均，既易薅又养眼。他们能让手里笨拙的犁铧变得灵巧，在那带着严厉而又充满温情的吆喝声中，牛温顺地将泥土一片一片翻起，像翻开一页一页的纸张一样轻盈。在沉闷的时候，他们也常哼一两曲小调，夹杂着哗哗哗的泥浪声，是人与自然齐奏的协奏曲，而"好把式"与牛的默契合作，犹如在跳一曲曲优美的探戈。那被翻起的泥土如纷飞的鳞甲，转而又服服帖帖地码在田中，远看犹如一条条翻飞的巨龙，美丽极了！

犁田是技术活，也是体力活。记忆中，孩子要长成"半劳力"才能尝试犁田，可父亲却仅 13 岁就不得不驾牛犁田了。故乡是个"挂壁村"，地势险恶，田依坡开垦，陡小而多石。为此，对体力和技术的要求更高。父亲首次犁田，借的是阿七的牛，梓公的犁。梓公见父亲过于弱小，放心不下，就帮他将犁铧扛到田头，套上轭，结紧绳，调均犁，大喝一声镇住牛威，再把着父亲犁了一个来回才离开。

早春的日头闪得很快，奶奶煮完晚饭，天已经黑了，父亲还未回家。奶奶急了，迈开缠足小脚艰难地向村口走去。她在村口等呀等，月亮都出来了，还见不到父亲的影子。奶奶急了，正要返回向亲戚求助，却听见远远地传来父亲的哭声……原来，至落日时分，已经筋疲力尽的父亲还是让犁铧"触礁"给打碎了。奶奶心疼地对父亲说："人没事就好，回头我与梓公说一声，不让你赔偿就是了。"话虽这么说，事实上，在那农耕年代，当一个家庭需要一个孩子下地犁田的时候，还能拿出什么来赔偿那把雪亮的犁铧呢？尽管奶奶再三安慰，但是那晚伤心的父亲，还是连一条地瓜米也咽不下了。

奶奶对父亲安全的担心并不无道理。牛的脾气虽然温顺，犟起来却十分危险。若干年后，村里有位知青因为驾驭不住牛而被顶个四脚朝天，若不是旁人及时制止，后果真不堪设想。

犁完田，闷一周，待草腐烂，便可耙田。将犁铧改成钉耙"摊田"，使田面平整，便可莳田。耙田之后，要趁热打铁趁着浑水状态，日头对秧苗的杀伤力小，加紧莳秧，秧苗容易成活。

偶闻莳田鼓乐声

"谷雨前，莫莳田；谷雨后，莫种豆。"谷雨时节，我想起了古老的莳田种豆农谚，耳边响起了欢快激昂的莳田鼓乐声。

"大人祈莳田，小孩盼过年"，过大年，放鞭炮，穿新衣，吃大肉，喝甜茶，收红包是孩子们的最爱。孩子们不知生活的艰辛，这一笔开支压在大人身上是一副重担，这副重担只能在莳下的绿色希望中放下，遇上好收成则可过上一个"幸福年"。

"莳"，《说文》曰，更别种也。把育在秧厢上的秧苗移到膛畎种植，是一项技术活，工分与犁田、耙田等重体力活一样高。有顺口溜唱得好："一株小秧苗，三指轻轻捏，用力要适度，才能棵棵活。"

儿时我也莳过田，所莳出来的秧苗无经无纬，父亲戏说我在布"水蛇阵"。并教导我说，莳田时要做到"心正、身正、行正"，心正则坦然，则不慌，身就自然正，身正影自直、行自正，所莳的秧苗也就直。反之，心怀虚念，不踏实，不坦然，左顾右盼，所莳的秧苗也就歪。当时我听得一知半解，长大后读到："意诚而后心正，心正而后身修。"方知父亲的教诲出自《礼记·大学》，他希望子女们长大成人后，个个都能堂堂正正做人，一身正气处事，是潜移默化的廉政教育。他的教诲蕴含着为人处世的高深哲理，是先哲经典的活用啊！

一些农人一生都学不会莳田，六尾叔就属于这一类，他莳下的秧苗，不是漂浮起来，就是根部被捏得太死，发不了根，秧苗转不了青。每到莳田季节，他只能帮人扯秧、抛秧，人家帮他莳田。有人讥讽他说："六尾啊，自己田，别人莳，做德喽！"所幸六尾叔的嘴利得很，毫不示弱地还道："谁莳我的田，我就扯他的秧。"由"好把式"莳出的田，"横竖斜皆成一条线，里外中都是四方框"，不但看起来养眼，禾苗成活率高，而且空间布局均衡，营养分配合理，利于庄稼生长。

"笠是兜鍪蓑是甲，雨从头上湿到胛。"诗人杨万里在寒冷的细雨中目睹了农民紧张的莳田抢播画面，发出了发自肺腑的长叹。"遍地蓑衣勤耕耘，明朝稻花香醉人。"收获的希望冲淡了莳田劳作的艰辛，为了驱除疲劳，农民们唱起了莳田歌，"阿哥莳田妹扯秧，扯下秧苗阿哥莳……"将披蓑戴笠的雨中莳田场景，点缀成一幅灵动的春耕配乐水墨画。

改革开放前，生产力落后，庄稼收成更多的是靠天，遇上天灾，颗粒无收。为此，每年莳田前家家户户都得捣糍粑敬天地，祈盼上苍恩赐一个丰收年。这一时节虽然忙碌，却能吃上美味糍粑，是大人们希望的季节，也是孩子们快乐的季节。

生产队集体生产的年代，为充分调动队员的积极性，大队开展莳田比赛，最快最好莳完田的生产队获胜，获胜的队可以吃到由失败队贡献的糍粑，民风淳朴之极。为确保又好又快莳田，各个队都由"好把式"开莳，其他队员紧跟其后，一些队干脆牵绳定位，先声夺人，夺取质量第一关。塍岸上，小孩子们轮番擂鼓助阵，队员们你追我赶的莳田场面非常壮观。儿时，我的节奏感不错，多次被选为擂鼓手，十分自豪呢！特别是自己所参与的队获胜时，更是激动得忘乎所以。如今，市场经济讲报酬，劳动酬劳按钟点计算。那个年代大公无私、一心为公的火热劳动场面已经难以看到，而知道大鼓作为特殊年代的一种生产工具的年轻人，更是寥寥无几了。

昨日，我偶然听到那久违的激情澎湃的擂鼓声，看到曾经那个热火朝天的莳田比赛场面，顿觉精神抖擞。不禁讲起了儿时莳田的往事，女儿稚嫩的脸上写满了茫然，我想讲一些比较深刻的体会，她已经切换了电视频道……

薅　田

"莳秧薅田，不分大小。"这是流传于故乡数百年的一句俚语，意思是莳秧与薅田是男女老少皆宜的农活。因为有孩子们的参与，每到薅田时节，田野里便多了一份欢声笑语，也少不了因孩子们的调皮而掺杂着大人们的训斥声。

人民公社时期，家乡莳的还是高杆单季稻，一年得薅两次田。第一次是秧苗拔节时，大人用薅锄前后推扒锄草，小孩子帮助拔去贴近禾苗边杂草，是最好的搭档。与笨重的锄头相比薅锄要轻巧得多，为此，多数小孩子不爱干拔草的杂活，他们更愿意拿起薅锄似大人般的推扒锄草，显得十分神气，又易获得大人的夸奖。这种弯腰使劲的体力活，孩子们往往坚持不了多久，就得主动放弃，转而乖乖地拔草去了。第二次是秧苗齐膝时，此时，禾苗已经撑伞，棵棵紧挨，无法使用薅锄，只能用手工除草，小孩子便可派上大用场了。只是小孩子们不管多卖力，干得多好，都只能拿最底的二三分工分，而大人却可拿足十分工分，甚至还可记半功。这倒颇像如今某些"铁饭碗"单位，一些级别高的干部，不干活拿高工资，另一些级别低的干部拼命干活，却拿着微薄的工资一样。为此，中央高层改革的步伐一年比一年更坚定、更有力了。

深耕易耨，指的是田耕得深，耨起来就省劲。反之，杂草长在硬泥土里，耨起来就费劲。为此，看似粗陋的农活，每一道都得精做，在任何一道程序上的偷懒，都将会露出马脚，最终影响到产量。从这粗陋的农活中，也可以窥见贪污腐败、偷工减料所造成的危害。

耨田是一种很枯燥的农活，耨一天下来常常累得腰酸背痛直不起腰来。为了驱除疲劳，大人们会讲些笑话聊些家常以解闷。六叔是个很幽默乐观的人，他的风趣是大伙儿的笑料，队员们都喜欢与他一起耨田。而六婶却恰恰相反，她常常在大伙儿的笑声中，突然冒出一句："唉，作孽啊！秧苗不长，稗子疯长！"立即有调皮的孩子学着她的腔调，阴阳怪气地附和："稗子疯长，稗子疯长！"六婶气坏了，使劲地将手上的稗子砸向那些调皮鬼，稗子和孩子都成了她的出气筒，所幸稗子性柔不会伤到孩子。记得当时从没有人与她这一异常的举止相对拗，相反，大伙儿从内心喷至口里的笑声，都硬生生地咽下去了，现场气氛立即变得有些尴尬。即使遇上这样的情形，六叔也仍会笑呵呵地说："不碍事，稗子长好了，也可拌糊糊充粮，酿黄酒一醉嘛！""哈哈哈——！"大伙儿的笑声又在田野中飘荡开了，我听得出，那阵阵嘈杂的笑声中，总也少不了六婶的一份。

儿时，我不理解六婶埋怨什么，只是听到大伙都笑了就跟着开心地笑，又知趣地刹住。随着阅历的增长，我对六婶也有了一些了解。原来，六婶家人丁稀薄，三代单传，两代招婿上门。六叔身强体壮，被招上门后，被寄予了极大的希望，想不到连生六个皆是千金，好容易第七个终于盼到个男孩，竟然不长个，甚至还不如六个姐姐。该长高的不长，不该长高的猛长，犹如田里该死的稗子，总比秧苗高出一节。在那封建传宗接代思想还未根除的年代，六婶的遭遇和怪异举止得到村民们的同情与理解，而六叔对人生的淡定从容倍受村民们的尊敬。

"薅田有鼓，自入蜀见之"见于曾氏《薅鼓序》。薅田打鼓，先用鼓声召集农民，再用鼓声防止农民们在劳作中说笑嬉戏，让他们集中精力薅田，每至薅田时节，田野里的薅鼓声朝暮不绝。由此可见，我们的先民早已使用薅鼓，薅鼓不仅用于薅田，也用于莳田等农事。故乡老宅的阁楼上废置有一面大薅鼓，鼓架已经散了。没有人知道这面薅鼓何时进了我的家门，又何时被废置。知识青年上山下乡时，住在我们家的三位知青又将薅鼓搬到田头，搞起了莳田、薅田等比赛，队员们的劳动积极性高涨，场面热火朝天。鼓声中透出了浓浓的淳朴民风，传出了知青们火热的心声。

进入新世纪后，即使是处在大山中偏僻的故乡，薅田活也已被除草剂所取代。乡村的田野静悄悄的，偶尔也听见"突突突"的机耕声，但总不如村民们聚在一起熙熙攘攘的吵闹声美好。

泼 蚊

种植高秆老品种水稻的年代，薅过第二次草，水稻很快就进入分蘖期，接着孕穗。这一时期也正是害虫卵孵高峰期，它们呼啦啦地冲着嫩嫩的稻穗而来。此时，刚孵出来的幼虫尚不能快行健飞，正是杀虫的好时机。

那时没有农药，无法直接杀死害虫，只能用植物油、碱等加上人工手段间接地杀死害虫。记忆中，条件好的人用烟碱，一般农民都用桐油。桐油无毒，有一种特殊的香味，可用于油漆、印刷和建筑等，原料从油桐籽中榨取。油桐籽长于油桐，早在唐代古籍中就有记载，这种历史悠久、易于种植且全身皆是宝的植物，在元代由马可·波罗推荐远传海外。桐油虽然好处多多，但无毒怎能杀虫？

故乡人偏偏就是使用桐油杀虫。桐油无毒，泼到害虫身上后，并不致命，需要用人工手段才能杀死或驱除蚊子。工具是一把类似于谷扒的木制农具，村里人称之为"泼推"，还有装、淋桐油的木桶和竹锅刷等。

杀虫前田得多蓄三分水，用竹锅刷沾上桐油一株一株地淋到秧苗上，为了提高效率，也有人使用竹制水枪喷洒桐油，因浪费油太大，很快就被淘汰了，不管用哪种方法，都是乘着幼虫跑不快、飞不高时将其黏住。淋完一丘田，便可用泼推击水，让溅起来的水花将害虫冲落入水中。不一会儿，水面上便尽是密密麻麻的害虫了。叔公是个心地善良的人，每看到黑压压一片害虫落入水中，就心生怜悯地唱道："小小蛀虫，食尽秧苗。养你害我，该死该杀。今世为虫，来生做人。就做小姐，就做千金。游玩花园，乘坐红轿。享受富贵，享尽荣华……"诚恳歌声，纯朴之心。任时光流逝数十年，每每想起仍然打动人心。

泼完一丘田，用泼推由里至外，将蚊子推至出水口，将多蓄的三分水放掉，害虫便在泼推的推波助澜下流入下丘田。再从下丘田开始淋秧苗杀虫，如此循环反复，直至最后一丘田，将害虫冲入山涧，杀虫便可告一段落。"小小谷扒，水里开花。害虫落水，秧苗平安。"这是村民猜"泼推"的一个谜面，是对小泼推大威力的最好写照。小小泼推的确是泼蚊中少不了的农具，但也得有给它施展的空间，这就对苗间距有了很高的要求。为此，那时的苗间距特别宽，农民莳的田也特别工整，拉绳莳田随处可见，一位莳田好手常常备受尊敬。

山里人的田，从山上最高的一眼泉开起，依坡而下，层层跌落归于山涧。一个坡段的田可能是一户人家的，也可能是两户或多户人家的。整个坡段都是自家的田，泼起蚊来就自在，掺杂有他人家的田，就得注重"沿角"。事先得通知田主准备泼蚊的日子，好让他人在你泼完蚊后能接下去泼，一口气将害虫推入山涧，决不能让害虫在他人的田里重新飞舞。若对方忙，无法接下去泼，则要先疏通人家田中的沟渠，好让泼下来的害虫直接流入山涧，既利人又利己。

这种古老的杀虫方式，村民们认为与"杀"无关，只是将害虫"请"出秧田。为此，故乡人不称这一过程为杀虫，而是根据劳作的特点"泼"，加上幼虫多数有翅膀类似于蚊子，而称之为"泼蚊"。至今，故乡上了年纪的人仍沿用这一农事称呼。

泼蚊的方法笨拙，杀虫的效果也不显著，但在那个年代却已经很管用了。主要是生态链比较完整，没有被泼走的害虫，由这些害虫的天敌鸟类捕食，鸟类由此成为益鸟、人类的朋友。这就不难理解，儿时为什么每次去掏鸟窝都得遭到大人的训斥了，一些乡村还约定俗成地保护鸟类。事实上，人类捕杀鸟类，控制鸟类过度增长，何其不是在维持这条生态链平衡中，扮演着一个重要角色？果然，若干年后，麻雀竟然成为"四害"之一，原因就是吃了人类大量的粮食。

如今，田野上到处机声隆隆，那种古老朴拙的"泼蚊"再也看不到了。因农药与化肥的泛滥使用，小小的麻雀几近灭绝，麻雀又成了国家受保护鸟类。折腾一番，终于回归于大自然神奇的生态平衡调节中去了。

那年刈稻谷

"一场秋雨一场寒"。秋分过后，天气转凉，降雨偏多，田野上到处是农民抢收的影子。

印象最深的是，那年帮助堂哥去陡岭尾刈稻谷。"陡岭尾啊，陡岭尾！去时容易，回时难！"故乡传唱陡岭尾的歌谣，唱出了挑回稻谷的艰辛。

那晚，我的小脑袋瓜中满是田野嬉戏的场景，兴奋得难以入眠。迷糊中，闻到堂妹燃起稻草堆烤红薯的清香。我一骨碌爬起来，看到伯母正在厨房忙碌，她舀了一碗白米饭递过来，我三下五除二就吃完了，却看到桌上摆着一大碗红糟肉，有点后悔吃太快了。伯母看出了我的心思，夹了一块放到我的手上，我吃完后，还舔干净了油腻腻的小手。这时我看到伯母往锅里加地瓜米了，加的要比平常少，煮出来的饭白多黑少，香气扑鼻。

不一会儿，帮助刈稻谷的亲友们来吃早餐了。我想再夹一块红糟肉，立即被母亲的眼神制止住了。饭后，我惊奇地发现一碗红糟肉原封不动，难道亲友们早餐都不吃肉？

到田里时，天方露出鱼肚白，大伯用拐杖扫过田头草，拨动了稻谷秆，才下田开刈。之后，我从大伯的训导中，知道了这一小举动的目的，一是打下露珠，二是驱逐老蛇。老农的一举一动沾满了阅历！

天空还是灰蒙蒙的，田野里"唰唰唰"的刈稻谷声，已经伴随着鸟鸣声、蛙声响起，如一曲欢快悠扬的小调。我脱下鞋要下田，却被大伯拦住了。大伯说："娃不急，等日头出来了再下。"退回田头，我看见堂妹正在啃红薯。就问："哪来的？"堂妹只是咯咯笑，把红薯咬得咔嚓咔嚓响。

悠扬的小调催醒了太阳，太阳懒懒地爬上了树梢。"唰唰唰"的镰刀声更响了，堂哥搭起了打谷坪。孩子们一哄都下田了，有的刈稻谷，有的扛稻把，也有的打稻谷……一幅温情的画卷铺展开了，田野上演奏响了一曲欢畅淋漓的秋收交响曲。

正午时分，伯母和母亲送来了午饭。大家或坐，或站，或蹲着吃饭，一些没分上调羹的，就提起菜汤桶往嘴里倒，一张嘴巴还没离开桶，早有另一张嘴巴凑上去了。午餐就这样在嘻嘻哈哈间吃完了，菜也基本上"一扫光"，唯独那碗红糟肉还剩半碗。我真想再享用一块，但一想起自己已经应用了份额，就打消了念头。

午后的阳光有点毒，孩子们玩起来依然生龙活虎。不知哪位调皮鬼点燃了打谷坪边上的稻草堆，孩子们玩起了过"火焰山"的游戏。堂哥想上前制止，却被大伯拦住了，大伯说："都是这么过来的，随他们去吧！"

一会儿，阵阵清香从稻草堆里飘出来。堂妹拿起拄杖，拨开火堆。一个被烤得焦黄的红薯露出了头，立即就被手快的抢走了，接着有好多个被拨出来，都被抢走了。我抢不到，只好央求伙伴们分一点儿尝尝，可没人愿意。一位小伙伴红薯捧得较低，我逮住机会，迅速咬了一口，真香啊！终于有人忍不住憋在心中的小秘密，就说："书生，火堆里还有一个呢！"我赶紧拿起拄杖用力拨，果然拨出一个红薯来。我伸手去抓，太烫了，折腾半天抓不出来。堂妹见我那副窘相，她伸手一撮，红薯就到手了，又连续往空中抛了数次后递给我。我一碰，烫得不得了，堂妹微笑着把它放在了稻草上。好一个大家伙，因烤得时间长，黑乎乎的，煞是可爱。堂妹说："这么大，不烤久些熟不透。"掰开后，里面黄澄澄的像熟透的稻谷，飘出的是萦绕至今的清香！

不知不觉间，太阳落到了地平线上。堂哥帮我装了两袋书包大的稻谷。我嫌少，觉得丢脸，抢过一担大的就跑，还没爬百级岭就挑不动了，只好放下担子等待救援。却发现路边的一丘红薯被人偷挖了一排，不禁恍然大悟，大人们对此也见惯不怪，"都是这么过来的"嘛！胡思乱想间，伙伴们来了，有人笑着说："书生，就与妹对换吧！"我默不作声选了一担轻的挑。爬了两三百级岭后，又爬不动了，这回实在没资本顾及面子了，只好乖乖地与堂妹对换。心想这次无论如何也得挑回家，爬了几百级磴石后，都能看得见老屋了，可脚却再也不听使唤了。堂哥将我的两袋谷子挂在他的扁担头上，我仅扛了一条扁担回家了。真后悔不挑堂哥帮我装的那一担，或许还能挑回家，一时逞能，白花了力气，丢尽了面子。

晚饭时，红糟肉仍然装了一大碗，但加了半碗酸菜。我空手回家，不好意思去夹，母亲夹了一块放入我的碗中。一餐饭下来，红糟肉一块不剩。原来，早餐时亲友们是舍不得吃啊！难怪大伯会说："肥肉是人参，吃一块就有劲了！"那时无功不择食，仅在高强度劳动后才客客气气地吃一块红糟肉。有谁能想得到，若干年后肥肉会成为垃圾食品呢？

劳作一天，夜晚睡得特别香。一觉醒来，已从一个金色的秋天，走进另一个色彩斑斓的秋天了！

冬 藏

冬藏是一年农事的收官之作，粮食唱主角，稻草当配角。晒稻谷是储粮的重要一环，晒干的谷子进入休眠状态，可作为过冬粮。可别小看晒稻谷这一人人都能干的简单农活，参与的农具却不少，主要有扁担、箪筐、箴簟、谷耙、风秫、簸斗、谷筛、簸箕等。

晴天，将刘回来的谷子倒在箴簟上，用谷耙耙薄或耙成沟暴晒，大好天气晒一天即干。日落时分，家家忙着收稻谷，先用谷筛将较大的禾叶、枯枝等筛去，再用簸箕扬去瘪谷、小禾叶，最后用风秫吹走瘪谷、小禾叶等杂质。经过这几道工序筛选后，金黄的谷子方可放心归仓。

谷子晒在露天下，必须看管好，否则易遭受猪狗糟蹋，或被鸡鸭偷吃；时不时还得翻一下，一天得翻四五次，好让太阳晒透。若凉风起，天色转阴，还要赶在下雨前用簸斗将稻谷收入箪筲或谷袋，好让匆匆赶来的大人们能抢在下雨前将谷子挑走。这一过程相当耗工，大人们没时间陪伴，正是小孩子们显身手的季节。

记得儿时，孩子们多集中在晒谷场玩游戏，玩累了就拿起谷耙翻一翻自家的谷子，有时也帮邻居翻，主要是受了大人的吩咐，如此，能出色完成任务的，通常会受到大人们的奖赏，最多的赏品是"糖豆"，如"××家的孩子真能干！""×××实在有责任心，长大一定是个义人！"云云。当然，也有赏真糖豆，甚至麦芽糖的，那才真叫甜透心呢！记得有一回邻居三婶婆让我帮她翻谷子，一连五天，说会赏给我红蛋吃，一想起红蛋，我的手脚就特别勤快，那可是过节、做生日才能享受得到的美食啊！谷已归仓，三婶婆笑逐颜开，只是毫无"表示"之意，又过了一周，还没有闻得红蛋香，我就在外婆面前发牢骚。"你施舍的时候，不要叫左手知道右手所做的，要叫你施舍的事情在暗中。你父在暗中察看，必然报答你。"信奉基督教的外婆慢悠悠回答的这段经文，至今每有忆起仍让我羞愧不已！

　　遇上不好的天气要晒上好几天，村民们会就近把稻谷寄存在大队部、学校、村仓库等公共场所，等天晴时再挑去晒。一堆堆寄存的稻谷像一座座金色的小丘陵，十分壮观；又像一个个金黄的小馒头，煞是可爱。有人发明了雕刻有"吴""生""冈""福""发"等字的能体现姓名、住址、吉语、心愿等五花八门的稻谷印模，印在自家的谷堆上，如此既可防止混淆，又可防止被偷盗。嘻，常言"门为小人而设！"事实上，要偷谷印下的稻谷比偷门里的物品容易多了，相比之下"谷印乃君子之防"啊！

　　谷子晒干，入库归仓。一粒谷种从春播夏长到秋收冬藏要经过十八道程序，是名副其实的"粒粒皆辛苦"，为此要粒粒皆归仓。为防火、防虫、防鼠、防潮等，谷仓要向阳干燥，仓壁涂白灰，地面铺设砖块。归仓前每担谷子都得过秤，让当家人安排一年温饱。通常收获的谷子吃不到来年，为防止"家鼠"，古人又发明了让人心酸的"米缸印模"，防的是自家的儿媳妇将米缸里的米带回娘家，在那温饱尚未解决的年代，这实在是一个无奈之举啊！

　　稻草浑身都是宝，收完稻谷收稻草。印象中，稻草可用来打草苦，那是农家人的"席梦思"，躺在这样的床上，稻谷、泥土、阳光的清香扑鼻，连梦境都充满乡间野趣，心，随之安宁。稻草也可用来编草鞋，草鞋透气、防滑、轻便，据说还可以去除脚臭呢？它是农家人上山下地的轻舟，也是红军二万五千里长征爬雪山、过草地的轻舟呢！稻草还是牛羊的过冬食粮、家畜窝上等的保温材料……

　　农家人收藏稻草的主要方式是堆稻草垛。冬季，走在乡间，一堆堆稻草垛如山间蘑菇、雨中油伞、乡野小塔，又如童话中的温馨茅屋，给这个万物萧疏的季节增添了无限生机。稻草垛下有觅食的鸡鸭、胡闹的家畜、戏耍的孩童，还有美丽的乡村爱情故事呢！当然，最重要的是，那里安放着农家人一颗殷实的心。

孩子们追逐嬉戏的笑声，三姑六婆纺线织布

的身影，缠脚奶奶走门串户的行踪，四叔七爷围

炉泡茶的文雅……我的心归于平静。

第四辑　心髓绮窗

往事如烟几多愁

　　自从儿时离开故乡后，心里总不踏实，老是空荡荡的。转眼间，三十多年过去了，这种感觉非但没有淡化，有时反而觉得有些招架不住。其实，故乡无非仅是些零星的片断，但就那一点一点的片断，却常在梦里萦绕。

　　儿时，一年中有四次机会回到故乡，分别是春节、暑假和春冬两季的农忙假。从偏僻的山城回到邻县偏远的故乡，得汽车在崎岖的泥土路上颠簸五个多小时到达小镇后，再步行跋涉四公里的山坡古道，才回到故乡临水坑头村。从七岁那年第一次回到故乡，直至小学毕业，每次在这条陡坡上，都是我冲在最前面，为的是能提前给奶奶和伯母报信，好让她们早几分钟获得惊喜。为了这个小小的愿望，我每回一次故乡几乎都得尿一次床，但我的父母却从来不因此而指责过我，因为他们回家的心与我一样迫切。

　　当我小小的身影奔跑进故乡的小巷子时，就不断有大人惊奇地问："是谁家的孩子跑得这般卖力？"一旦我说出了父亲的名字，对方立即就嘟噜道："哦，原来是铨仔（或铨哥、铨叔、铨公等）一家回来了。"一次，一位上了年纪的老人也这么问我，我也如是回答。想不到，老人家竟然对着我说："原来是小叔公回来了，小叔公你别跑得那么快，当心'过力'了。"老人家居然尊称我"小叔公"，我吓了一跳，到家后便迫不及待地告诉奶奶，奶奶笑眯眯地对我说："不奇怪，还有更老的老人按辈分得叫你小叔公呢！但你得记住，遇上年纪大、辈分小的长者就得按同辈称呼。"当时，我听得一知半解，长大后明白了这就是乡村繁衍的谱系和根脉，由此衍生出来的乡村语言听起来多么温暖啊！

过春节领红包、放鞭炮、串门子是孩子们的最爱。我在《过个"小确幸年"》一文中，有一段用鞭炮偷袭叔公，对他老人家恶作剧的温馨回忆。窘迫中，叔公对我恶作剧的宽容，正是那一时代长辈对晚辈成长教育所表现出的高度自信，这不正是书上所说的"宽容是一种自信"吗？那时，孩子们生活在一个集体中玩得无拘无束，哪像现在的孩子不是手机就是电脑，甚至连邻居、堂兄妹都不相往来呢！

记得一年春节，一位解放军某部队首长回到村里过年，乡亲们纷纷提着豆子、花生和鸡蛋等去探望，"种豆得豆，花生生财，鸡蛋太平"多吉利的乡村手信啊！首长的父母乐得满脸的皱纹都笑成了花，却也忙坏了深谙乡村人情世故的首长一家人。他们买来冰糖用牛皮纸包成一份一份的，贴上吉祥红纸，每人回赠一份，结果村中小店的冰糖全部给他买下了，还不够，首长的弟弟只好上镇里挑了一担回来，才应付过来。不就几粒豆子、花生，几个鸡蛋吗？首长干吗得花那么大的劲回赠乡亲们呢？从那时起我对"不拿群众一针一线""廉洁自律""清风正气"等词汇就有了自己的思考，并在我小小的脑海里烙下了深深的印记。

"首长回来了！"消息瞬间在孩子们中传开。"去看解放军、看首长喽!"孩子们纷纷跑到首长家看热闹。首长夫妇给每个孩子分两颗糖果,我长得结实挤在队伍前,很快就分到两颗糖果。我小心翼翼地把玩着糖果,欲拿回家与妹妹分享,奈何嘴馋难忍就吃了一个,另一个藏进口袋里。下厅堂后,忍不住地拿出来看看,这一看又控制不住又吃了。看着其他孩子高高兴兴地拿着两颗糖果回家,我无比失落也十分后悔。

首长见我低着头坐在门当上,就走过来给了我两颗糖果,我一怔,慌忙说:"我已经吃掉了!"首长"扑哧"一声笑起来,说:"多诚实的孩子呀,是谁家的?"说着就把两颗糖果塞进我的手里,我感到有一股暖流从我的小手心,传进了我的心里,时虽正值寒冬腊月但全身顿时都热烘烘的了。"是铨公的孩子。"首长的弟弟抢先回答了。首长笑哈哈地说:"哦,还是小家叔呢!"首长的辈分比我还小这怎么才好!突然记起奶奶的教导,连忙答道:"谢谢首长哥!""哈哈哈——"首长笑得更开心了,他牵着我的小手上了厅堂,首长嫂又将两颗糖果塞进了我的小手里……

父亲与伯伯分家后,家中缺少碗、碟、刀、锄等日常生活用具。母亲一大早就挑着担子去镇里购买,返回时却发现一担还装不下,正想寄存改天再挑,却见村中开店铺的起公来了。起公笑着说:"今天没什么货可拨,你正好可搭个顺风担。"母亲把余下的物品装到起公的货担里,他看了一眼母亲苍白消瘦的脸,说:"再搬些过来吧!你大病初愈少挑些,等铨仔回来后,让他帮我挑两担……"那时村民的心肠就是这般的热乎,如今我经常在外奔波,有时真的很需要搭一趟顺风车,但这概率总是少得可怜。每当我一个人孤零零地在野外等车时,就不由得想起起公微驼的背和苍苍的白发了。

喝喜酒是孩子们最美的期盼,每收到一张喜帖,我都要不停地追问母亲哪天喝喜酒,生怕她把这一大好日子漏掉了。好容易挨到喝喜酒的日子，一大早我就准备妥了大牙杯，然后自豪地告诉伙伴们晚上要去吃大餐了。傍晚，我带上大牙杯跟在母亲的身后走进亲戚家，开席后，就可以享用到母亲夹的菜了，吃剩下的可以带回家与妹妹分享，开席前还可以与伙伴们尽情玩耍。一次，我找不到熟悉的伙伴，紧紧地抓住母亲的衣襟寸步不离，亲戚家的一群孩子见状，就主动上前找我玩，我见那么多人十分害羞地躲在母亲的身后，他们想用激将法激我出来，就嬉笑道："害羞哥，吃马包，吃了马包胆子小。"我的脸唰地红了，乘着母亲不注意时偷偷地溜了回家。那时的孩子基本上都会害羞，不似现在的孩子，大人说一句立即顶一句，受不了半点委屈。

我两岁时母亲生了一场大病，出院后医生吩咐饮食要清淡，特别要多吃青菜。那时村中没有市场，村民们更没有出售青菜的习惯，母亲自然是下不了地种菜了，即使有钱也吃不到青菜，吃不到青菜，母亲的病就有可能复发，怎么办？远在邻县工作的父亲急得束手无策。

想不到，父亲的担心完全是多余的。自母亲回到家的第一天起，每天都有邻居或亲戚送来一大把青菜，不是坚持一两天而是四百多天，直到母亲能下地种出青菜为止。日后，"青菜的故事"成为母亲教育儿女"赠人玫瑰"的必讲事例。我不知道目不识丁的乡亲是否知道母亲的病非常需要青菜，但从村民为我母亲送青菜的感人行为中，读懂了家永远是家族繁衍血脉中的一支毛细血管，民是流动的细胞，而凝聚并推动家庭发展的心脏就是村庄。

夜已深，月已高，远方的故乡入睡否？前不久，中国传统村落文化遗产保护（福建屏南）高峰论坛在屏南举行，我有幸参与交流，众多专家学者对古村落保护与发展所给予的浓浓乡愁，再次勾起我"悲歌可以当泣，远望可以当归"的思乡之情。寥寥数笔以寄托，顿觉如释重负矣！

依依离别情

弟弟和弟妹为了生活去北京打拼，留下未满 4 岁的侄女给父母带。虽然两位老人对小家伙百般宠爱，但是母爱无法替代，她每时每刻都表现出对母爱近乎歇斯底里的渴望，只要我一回到家里，她就立即缠住我说："伯伯带我去找妈妈。"说这话时小小的眉心紧锁，眼神里充满了期盼，脸上尽是忧伤。

一次，小家伙患感冒了，心神不定，焦虑不安，哭个不停。我疼在心里，放弃了午休时间，给她讲故事，陪她做游戏，她的小脸蛋上终于露出了一丝笑容。一转眼，上班时间就要到了，我向她道别，她"哇哇"大哭，说什么也不肯让我离开。无奈之下，我只好哄她说："等伯伯上班回来后，就带你去找妈妈。"她这才心满意足地找爷爷奶奶去了。当天下午我接到临时任务，加班到晚上十点多才回到家里，爸妈还在看电视，可她却已经睡了。妈妈告诉我，小家伙今晚最乖，不吵也不闹，很早就睡着了。我看到她的脸上有了近来少有的笑容，我正要转身离开，她突然说了一句梦话："伯伯带我去找妈妈喽！"眼角还挂着一丝激动的泪花。

　　当晚，深夜两点多，我突然接到堂哥的电话，说大伯病逝了。大伯已89岁高龄，重病卧床不起已经两年多了，他的去世虽在意料之中，但这种残酷的割断亲情的方式让我们一家人悲痛万分。等不到天亮，父亲带着我们兄妹就匆匆往老家古田奔丧去了。

　　这一去就是五天。

　　返回的那天，天空低沉，四周灰暗，烟雨蒙蒙。亲人的离去，勾起了我一些杂乱的思绪。想来自己已步入不惑之年，即使与高寿的大伯相比，人生也已过半，却仍一事无成，不禁感慨万分。窗外细雨顺窗缓缓而下，如同哭泣的泪水，那阵阵灰蒙的迎面扑来又顺风而去的细雨，如同披麻戴孝的送葬队伍，凄凉掠过。从古田老家到屏南县城仅50多公里，一个多小时的车程，显得十分漫长。父亲似乎看出了我的心思，说："大伯叱咤风云一生，跑遍大江南北，去时也是两手空空；一个人事业有成固然最好，但若能兢兢业业地坚守平凡的岗位，也就是对社会做出最大的贡献，因为这部分人就是推动社会进步的最广大力量！"是啊，历史总是在悄无声息中前进，平凡的岗位需要无数默默无闻的普通劳动者的坚守，生活的乐趣和意义也仅仅在于能否快乐地度过每一天，而快乐的门槛低得简直没有了高度，只要你觉得快乐就快乐了，周围的一切就美了起来。文友东离说："寒风阴雨随它去，朗月清风自在怀。"此刻，我真想对她大喊一声："我——体验——到了！"父亲的话如醍醐灌顶，使我顿悟。再看窗外的细雨正如依依杨柳，随风起舞，姗姗前来，含笑而去。我突然明白了，亲情是人与人之间最牢固的纽带，无法割舍，已是不惑之年的我，仍然离不开父亲，尚不满四岁的侄女又怎能不思念她的父母呢？正这样想着，汽车已经进站了。

　　"伯伯回来了，伯伯回来了！"听到是侄女的声音，我猛地一抬头，眼前的一幕永远定格在我的脑海里，成了一张永恒的照片——年逾古稀的母亲正撑着雨伞，抱着侄女守望在通往老屋的坡顶上，小家伙兴奋地在她的怀里扭来扭去，又喊又叫……母亲告诉我，自从我离开家后，不管刮风下雨，还是烈日炎炎，小家伙每天都要逼她抱着在这里守候，现在终于给她撞上了。我的心猛然一颤，我带她去找妈妈的谎言，不知给了她多少的梦想与期待啊！我不知道我的谎言有没有刺痛她幼小的心，但我的心已在隐隐作痛了。

想起孩子断奶时，总是拼命地把头埋进母亲的胸前摩挲的情景。母亲为了尽快断奶，还在乳头上涂上辣椒，但孩子还是不顾一切地吮吸，因为断奶不只是停止了孩子的母乳供给，更重要的是拒绝了孩子人生中与母体的一种特殊而微妙的亲情，孩子的痛是本能的。

搬入新家后的第一个夜晚。那天晚上我辗转反侧，无法入睡。我悄悄起身倚在窗前，望着不远处与我的新家遥遥相对的老房子，虽然已是夜晚十一点多了，但灯还亮着，直到将近子夜一点才熄灭。可眼前还闪动着父母的白发下依依不舍的眼神，耳边还回响着老人家"我俩行，你们应该也要学会独立生活""等我俩都不会动了自然会搬到你们家""不用担心，现在有电话很方便"等安慰的话语。父母平常很少超过十点半睡觉，我知道儿子的新家，没有带给他们多少喜悦，更多的是离别的伤感。一股酸涩的泉涌在我的心底泛滥开了……

离别是伤感的，离别是心痛的。"桃花潭水深千尺，不及汪伦送我情。"在与朋友离别时，面对滔滔河水，诗仙李白也禁不住仰天长叹。亲情是血浓于水的骨肉之情，在某种程度上更胜于友情。我终于理解甘国宝的后裔——已年近古稀的甘全先生四年三次万里寻根的苦衷，特别是当他最终站在先祖甘国宝故居前激动得说不出话来的情景历历在目。此时，多年前叔公起从台湾回来时，用颤抖的双手捧起一把故乡的泥土而潸然泪下的感人一幕清晰地浮现在眼前，仿佛就在昨天。

人生道上曲曲折折，悲欢离合磕磕碰碰。许多东西不得不在前行中舍弃，却也可以放得下，唯独亲情无法割舍。"人行千里，情归桑梓。"对亲人、对故土的情怀则是最难以割舍的，是永远也放不下的。

鞋垫模有点犟

　　北方的四月，寒气退却，暖流入心，万物复苏。

　　柳枝绿了，桃花红了，杏树挂上了粉嫩的果子，大地一派生机。然而，今年北方的春姑娘似乎特别害羞，在半掀盖头后，又悄悄隐去了。

　　一场大雪将姹紫嫣红的大地，披上了一层厚厚的银装。有文友抑制不住收获的喜悦，将一组组红白绿相间的北国雪景照片传来与我共享。那一朵朵盛开的桃花在白色的雪绒被下红得毫无羞色，红得特别耀眼，无论哪一张都定格了一处美丽的风景，无论哪一幅都是难得的佳作，大雪啊！是您创造出了大美，是您激起了瞬间捕捉的灵感，是您顺溜了才思泉涌的笔尖！

　　那晚，我心中藏着美丽的风景，在北方带来的那股微凉的寒气中，回家看望年迈的父母。

　　开门迎接我的是两鬓苍苍的父亲，母亲正在聚精会神地做鞋垫模。见到我，她立即笑呵呵地对我说："陌生的鞋垫模有点犟！""怎么个犟法呢？"我不解地问道。

记忆中，母亲拥有一双巧手。虽然她没读过几年书，但这丝毫不妨碍她的心灵手巧。在农村时，她织的布匀称、精细，总容易卖得好价钱，跟随父亲到单位担任职工时，父亲忙于单位工作，母亲会上山砍些竹子，编成美丽的篱笆，养些家禽做补给。一次，父亲看到同事捉泥鳅，一个晚上可以捉得好几斤，便跃跃欲试。经准备，松明、泥鳅钳和泥鳅篓等工具都已就绪，唯独少了一把火把篓，父亲向朋友借，奈何他们自己都得用，父亲正发愁，母亲微笑着说那事包在她身上。夜幕刚降临，一把崭新的火把篓呈现在父亲眼前。原来，母亲买来铁线，动手编了一个。

同事夸母亲手巧，她不以为然地说，粗活罢了，上不了台面！此话自有她的道理，她的针线功夫了得，绣围兜、花鞋、虎头帽等样样在行。在乡村，常有姐妹围着她学刺绣活，每次，母亲总是淡淡地说，没啥的，只是"拼样"呢！话虽这么说，但教起来却毫不含糊，不时还手把手地传授。当时，不明白"拼样"啥意思，现在琢磨起来，大概就是照着实物"对比""模仿"之类。

顺着记忆的老藤，我想起了儿时的一场大雪。

那时我刚入学，那场大雪下了三天两夜，天寒地冻，孩子们被冻得上不了学，学校只得放假。我躲在被窝里御寒，母亲上街为我买棉袄，没买到，说女童装剩下不少，男童装脱销了。母亲感叹，重男轻女思想太严重，即使有也坚决不买！棉袄没买到，她顺手带回两斤棉花，二尺布，连夜加班，没有缝纫机，就一针一线缝，终于在天亮时一件崭新的棉袄套在我身上了。当天正好复课，许多同学抱着火笼冷得直发抖，我穿着新棉袄暖洋洋的倍感自豪。后来，有同事问母亲，用啥办法一个夜晚能赶出一件棉袄？母亲无奈地回答道，被鬼天气逼出来的！看来，那时母亲就已经生活在"被时代"了。写至此，我的眼前浮现出了厚厚的雪绒被下，怒放的桃花，它不正是在颠倒的季节中"被美丽"了吗？

母亲的手就是这样一双神来之手，在这样的巧手之下，小小的鞋垫模能犟到哪里去呢？

母亲说，闲着没事干，想做两双鞋垫，做完鞋垫模后，正要纳，发现四只都是同一只脚的，就想再做四只另一只脚的，合成四双。做完了，发现八只竟然都是同一只脚的，只好再做八只……

一旁的父亲听着忍不住哈哈大笑，我也想笑，可是笑不出声音来。我轻轻地对母亲说："鞋垫披在鞋子里，没人看见，将另一只翻转一面垫，就行了。""那怎么成，鞋垫正反两面的布料不一样，连自己垫着都感觉别扭呢！"母亲头也不抬地回答道。她依然躬下身，用已经有些笨拙的双手，将一片一片的碎布用米汤糊到纸模上，再用剪刀修剪成纸模的形状，如此反复。这么个简单的动作，她丝毫也不敢马虎，做得多么认真啊！任凭我看得多么仔细，也找不出她当年那双巧手的痕迹了。

或许感觉我在注意她，母亲竟露出了一丝难以察觉的窘迫，自圆其说道，好久没玩这活了，竟有些陌生，这一陌生就感觉鞋垫模有点儿犟了！说着侧过头望了我一眼。

在目光交会的瞬间，我的心微微一颤，眼眶就模糊了。我在心里说："亲爱的妈妈，不是鞋垫模有点儿犟，而是您被无情的岁月老去了！"

情在榴莲中流连

前不久，我在水果店里看到一个大榴莲，金黄金黄的。老板见我留心榴莲，笑眯眯地迎了上来，介绍说这批榴莲质量好，回头客特别多，也只剩下这个大家伙了，而且尾部已经有开口，买回家就可以吃，他还拍着胸脯向我保证，不好吃就不要钱。我家人多正适合，这么想着，就买下了。

回到家后，我迫不及待想解解馋，掰开一看傻了，果肉发白，摸之生硬，显然离成熟期还远着，表面颜色和尾部开口也是经过人工催熟的。我取出一块尝了尝，毫无香味，硬邦邦的，有如番薯。可是，这个 10 多斤重的大家伙扔了也怪可惜的，我决定拿去换其他水果，这对男人来说是很不体面、很无奈的，我拉上妻子硬着头皮朝水果店出发了。

在来来往往的客人中，老板已经不认识我了。我说明来意，他竟然认出了那个已一分为二的大榴莲，转身对他的妻子说："过一下秤，除去损耗的，退还给他们余下的钱。"又依旧笑眯眯地对我说："不好意思，给你添麻烦了。"我心头一热，脑子里立即就浮现出小时候母亲让我去退变质豆腐乳的事。记得那时我在供销社买了五角钱的变质豆腐乳，母亲让我拿去退，营业员一听要退货，立即骂道："你这小子鼻子有毛病，豆腐乳就这味，退个屁！"我吓得唯唯诺诺几欲逃走，顾不上五角钱在当时是母亲近一天的工资收入。所幸当时恰巧涌进一伙大人，也都是来退豆腐乳的，营业员才无话可说乖乖退钱。从这两件小事中，不难发现，市场经济与计划经济相比，在服务质量上的优越性。"兄弟，给你钱了！"听到老板的叫声，我回过神来，忙不择口地说："水果还是要的，就换苹果吧！"女老板在一旁听了"扑哧"笑出声来，她提醒我说换40多斤苹果吃久了会不新鲜的，不如先收下钱，再称几斤苹果回家。她还告诉我明天有新的榴莲来。

当我提起苹果准备返回时，店后面突然走出来一位老妇人，见了那个大榴莲如获至宝，挖出一块就大嚼起来，还不停地叫好吃。老板有点窘迫地说："或许口味有别，我母亲就喜欢吃这种榴莲。"我无语。

回到家里后，我与妻子不约而同地想起老妇人的行为。妻子说老妇人像是在作秀，以证明她儿子的水果质量没问题。我不知如何回答才好，就给妻子讲了两件亲身经历的小事。一是前不久，我回家探望父母时，在厨房的垃圾篓内看到了两位老人吃剩下的鱼头。记忆中，母亲最喜爱吃鱼头了，每次有香喷喷的鱼上桌，除了鱼头，母亲便不沾筷。印象中，父亲是有给母亲夹鱼肉的，但她都以爱吃鱼头为由谢绝了。这剩下的鱼头表明，当一尾鱼摆在餐桌上可能吃不完的时候，母亲会优先选择鱼肉，老人家爱吃鱼头的"谎言"隐瞒了孩子们几十年，直到各自成家立业。二是数年前，屏南还没有榴莲买，一次，我从外地带了一个回来，母亲以害怕那种味道而拒绝尝试。记得郁达夫在《南洋游记》中说："榴莲有如臭乳酪与洋葱混合的臭气……"一代文豪不也怕榴莲的味道吗？母亲的话让我深信不疑。晚上睡前，我因口渴去厨房倒水喝，却撞见母亲用调羹刮榴莲壳吃，当时，只觉得鼻子一酸，泪水就涨满了眼眶。我的唐突让母亲措手不及，但她很快就平静地说："这刮下的，倒没那么臭，可以咽得下。"说到此，我看到妻子的双眼也湿润了。

如今，每当孩子们提着榴莲回去看望父母的时候，母亲总是很开心地剥出一块自己先尝尝，然后在一串赞美词中，再分给大家享用，这说明母亲是多么喜欢吃榴莲啊！最近，我偶然间又与《南洋游记》邂逅。想不到郁达夫先生竟然是这么写的："榴莲有如臭乳酪与洋葱混合的臭气，又有类似松节油的香味，真是又臭又香又好吃。"唉！之前我只看到了一半。"做事丢三落四，读书喜读偏旁。"儿时，父亲对我的教诲犹在耳边。

晚饭后，妻子给我递上了一盘香喷喷的榴莲肉，我问她哪里买的，她反问说，老板不是告诉我们今天有新榴莲来吗？我会心地笑了，就在我们老夫老妻目光对视的瞬间，我们俩的眼前似乎又浮现出那位老妇人吃榴莲的一幕。妻子建议我顺便也将那两个小故事说给老板听听，我点头称是。

不过，让我琢磨不定的是，这回是否还要拉上妻子一起去。

琴声向好

一大早，窗外传来刺耳的二胡声，把我吵醒了。

连日来，连续加班，本想在周末好好地补上一觉，却被硬生生地吵醒了，我睡意未消，闭上眼睛想继续睡，无奈那琴声太刺耳，我无法入睡，心，烦乱极了。

顺着琴声，我来到阳台上，看到一位老人正在拉二胡，他的面前放着一个已经褪去红色的破旧塑料桶，一看就是一个乞丐。他选择的乞讨位置在实验小学门口，离中心市场仅隔着一条短桥。这个位置不仅人流量大，而且买早点的人经过他面前时，恰巧不是掏出钱包，就是收起钱包，看来这个位置是经过他精心挑选的。"他一天能讨得多少钱？"对于工薪族的我，突然对他的收入感到兴趣。

我竟然倚靠在阳台的栏杆上，关注起他的乞讨来了。在 20 分钟内，共有 106 个人经过他的面前，其中有 47 个人经过他面前时，手的动作都与钱包有关，但就是没有一个人对他进行施舍，我不禁地感到有些失望。突然，看到一位大娘牵着一个小姑娘在买早点，小姑娘乘着大娘在找钱的时候，从她手上抢过一个硬币，迅速地投进了身边的破桶里，老人拼命地俯身点头表示感谢，大娘下意识地拽了一下她的小手，小姑娘却倔强地歪过头了……这一小小的细节，让我的心里感到有种莫名的温暖，同时也有一种说不出的悲凉。

第二天，一大早，我又被那刺耳的琴声吵醒了。我努力让自己烦乱的心平静下来，想从二胡声中寻找一些美感，但那琴声太杂乱，听不出任何旋律，更不用说有丝毫的美感了。显然，二胡在老人的手中，只是一个乞讨工具而不是一种乐器了。这对于爱好音乐的我来说完全是噪音，"被欣赏"是一种精神折磨。

我想建议老人换个位置乞讨。

我来到老人的跟前，往桶里投了些纸币，老人毫无反应，只顾埋头拉他的琴，连一声"谢谢！"都没有。难道还嫌少吗？我在心里琢磨，就问："你这一天能讨得多少钱啊？""请不要用'讨'字，我在卖艺！"老人边回答边抬起了头。这时，我才发现，原来老人是一个盲人。

"卖艺？"我的心突然紧了一下，感觉一阵原始的酸楚在涌动。是啊！老人何尝不是在卖艺？他双目失明丧失了劳动力，但他不乞讨，更不寄人篱下，因为他的心中拥有梦，他要自食其力，尽管没学习过拉二胡，但你看他拉得多投入、多认真，他是用心在拉啊！我从口袋里摸出一枚硬币投入桶里，听到"咚"的一声硬币与桶的撞击声，老人连连重复着俯身点头的感谢动作……

跟老人相比，许多与我一样拿着不菲工资的人，整天怨这怨那。偶尔加班，大发牢骚，一点施舍，犹如割肉，就认为已经尽倾家产了。人性初心，已经在经济浪潮中变得无比浑浊，甚至还不如一颗稚嫩的童心清澈啊！

　　琴声不绝，向往的尽是美好。却也像一根鞭子抽打着我的心，让我惭愧，使我感恩，和衣而卧，竟呼呼睡去了。

女儿弯

　　这座美丽的小城，由东南西北四个零散的小乡村组成，随着人口的增加，四个乡村连接成片，变成一个颇具规模的小县城了。靠东的那个小乡村的后山冈，原先是一片茂密的风水林，不知从哪一年开始，变成了一座光秃秃的小山头。

　　宽敞的水泥公路盘山而上，至山腰，要绕过一个弯，或许是累了，顺势趋于平缓，画成一道美丽的弧线后，直达山顶。实际上，人若行走到此处，也正是感觉疲惫的时候。这个小小的水平的弯，显示出设计者的良苦用心和其中隐藏着人文方面的大智慧。

　　有一天，不知从哪里搬来了几户人家，这个光秃秃的小山头立即有了生机。后又在开发商的运作推动下，房子沿着路的两侧不断堆砌，直至山顶，成了一个颇具规模的新村。

　　漫步在这条宽敞的水泥公路上，视野会随着地势的升高而渐渐开阔。一些原先没有想到的人、事和物，都会从被激活的思维中不断地冒出来。或许是触景生情的缘故，山腰转弯处因拆迁而搬来的几十户安置户，成为行人闲聊的话题。

这些搬迁户原先住在小城的中心位置，拆迁后，建成了一幢大厦。若要想留在大厦居住，除了要全部献出政府的拆迁补助款外，还得筹备一笔数额不菲的资金。若愿意搬到小城稍偏僻一些的新开发新村居住，政府除了安置一块相应大小的房屋地皮外，还有补助一笔数额不菲的资金。这一进一出，差距巨大，这些搬迁户选择了后者。离开居住已久、已习惯的房子，他们的心中都有许多的不舍。在物质之外，还需要找出一个理由来维系心中的平衡点，他们请来风水大师，挑选了新村中门前平坦，左青龙右白虎，前方横案水紧气聚，横案外金印居中，远处几重砂层叠朦胧，气势磅礴，近处弧线突兀优美，阳气十足，绝对是上好的风水宝地。经先生一点，一排整齐划一，颇引人羡慕的新房就建成了。由于这个位置处于公路的转弯处，人们习惯地称之为"转弯头"。

一天，有好事者对新村出生的孩子的性别做了统计，说"转弯头"新居落成 8 年来一共出生了 16 个孩子，仅有 2 个是男孩，其中 1 个还是在搬入新居前从娘胎带来的，也就是说这 8 年来，真正在"转弯头"酝酿出生的男孩仅一个，而女孩却多达 14 个，"转弯头"是名副其实的"女儿弯"。此言一出，全村哗然。立即有人说，"转弯头"原本是龙脉宝地，只因挖地起厝，动了龙脉，伤了玕气，所以财旺丁弱云云。

"女儿弯"就这样传叫开了。

说者无心，听者有意。一些安置户动了再次搬迁的念头，但是房子才新建几年，囊中羞涩，想一想也就作罢了。偏偏有一对新婚夫妇，听此传言，便廉价变卖了房子，准备重新买房，无奈房价大涨，力不从心，只得暂时租用他人房子，后来生下的竟然也是女孩。折腾一番，损失巨大，心中不甘，便又偷生了一个，仍然是女孩，接受罚款等处罚后，卖房的钱已所剩无几，一个小康家庭，不到几年便变得穷困潦倒后悔莫及了。

昨晚回家看望年迈的父母，听到一个消息后，不禁让我感慨万千，说又有好事者对"女儿弯"这些年出生的孩子的性别做了统计，近七年来，共生下 14 个孩子，其中，男孩 11 个，女孩仅 3 个……

奶奶在世时常说："做人不必太认真，凡事过得去就知足了；生活不必去攀比，平淡活下去就幸福了！"虽然她老人家已经去世 30 多年了，她的话犹在耳边，细细回味起来，大彻大悟，让人茅塞顿开。

生活中，语言交流不可或缺。一些话充满智慧，能开启人的心智，需细细品味；一些话纯属茶余饭后的闲侃话题，不必太认真，而执意任性的人，往往要付出代价！

挂在睫毛上的泪水

　　"面朝黄土背朝天"是农耕时代农民的主要生活方式。"日出而作，日入而息"是几千年不变的生命轮回。农耕是农民赖以生存的必修课，农耕离不开工具，"一副好农具能抵一家人的劳动力"，为此，农民们视那些农具为生命。有顺口溜说："农人的家伙，皇帝的小姨。"小孩子是万万不能随便动的。

　　随着时光的流逝，工业化的发展。一些农具在悠悠远去的历史长河中封存，一些农具在机械化生产中淘汰，那些苟存于世的成了文物，成为耕读记忆的见证。睹物思人，抚物生情。那些写在耕读文物上的故事，有酣畅的欢乐，如一首陕北民歌唱道：

　　　　　　二月里来龙抬头，
　　　　　　我担上粪土到瓜地里走，
　　　　　　担了一回又一回，
　　　　　　熬得我老汉气呼气呼。

三月里来日子长，

吆上牛儿把地翻，

……

老汉汗流浃背"气呼气呼"的种瓜活，在悠扬的歌声中成为一种享受。但也有入骨的悲伤，一些悲伤离我们这代人很近，泪水似乎就挂在睫毛上。试举若干如下：

粮票和布票

《汉书·郦食其传》说："王者以民为天，而民以食为天。"在生产力落后的年代，粮食成为普通百姓的命根子。建国初期，满目疮痍，百废待兴，生产一时跟不上，国家实行计划经济，粮布等日常用品凭票供应，曾经一票难求的情景历历在目。

堂姐出嫁时，想要一件洋花红的上衣和一条青布蓝裤子，一共需要7.5尺布票，虽然大伯早有准备，但费尽心思也仅筹得5.2尺，差额2.3尺自然就落到身为干部的父亲头上，母亲翻箱倒柜凑齐布票，可是我的过年新衣却为此泡汤了。记得那年过年，我躲在房间里暗自落泪，不去找伙伴玩耍，更不愿与亲友会面，母亲抚摸着我的头安慰我说，等过完年新布票发了，马上给你补一套。

比起布票，粮票是更痛的记忆。大饥荒那年，家里无米下锅，野菜、草根、树皮，甚至观音土等都上了餐桌。爷爷虽年老，但体健胃口好，为了儿孙不饿死，自己绝食而死。那一年，我那个仅800多人口的小山村，竟然饿死30多人。面对饥饿，村民们欲哭无泪束手无策。

我出生时，粮食依然紧张，凭票购买，即使是双职工家庭也得种些杂粮作补给，农忙节就是最好的见证。每到农忙节，父亲便带着一家老小回老家播种或收割，他的业余时间全部花在种红薯、马铃薯等杂粮上。在父母的努力下，记忆中，在那温饱尚未解决的艰苦岁月，我们四个兄弟姐妹都没有挨饿过。

鸦片枪和鸦片枕

鸦片枪是吸食鸦片的工具，鸦片枕是吸食鸦片的辅助工具。这两件罪孽深重的吸毒工具，曾经遍及中国大地，不知毒害了多少中国人民，如今，除了馆藏，已难以觅其踪影了。

"醉卧烟床君莫笑，古来烟客几人回。"据清朝道光十五年（1835年）估计，全国吸食鸦片者达200万人以上，吸食鸦片导致家破人亡，国库空虚，受害人不计其数，"鸦烟流毒，为中国三千年未有之祸"。吸食鸦片的工具和鸦片一样，弥漫着战火和硝烟，不但影响了整个近代中国社会，而且还直接推动了中国人民坚决站在世界反毒禁毒的最前沿。"苟利国家生死以，岂因祸福避趋之。"由民族英雄林则徐领导的"虎门销烟"运动，揭开了世界禁毒史上崭新的一页。

在这两件小小的文物上，刻下的是丧权辱国的烙印。透过袅袅的鸦片烟，我看到了一个饱受百年耻辱的古老国度，挂满了民族泪。

阴阳夜壶

走进国家级历史文化名村——屏南漈头，古村中，有一个被众多专家学者誉为"民间故宫"的耕读文化博物馆里，摆放着一对夜壶，这对夜壶看似普通，其实充满了神秘色彩。

"近乡情更怯，不敢问来人。"诗人宋之问被贬后，写下了脍炙人口的千古绝唱。之前，为了能在仕途上飞黄腾达，讨好权贵，他抢在下人之前，为武则天男宠张易之"捧溺器"，成为千古笑柄。这溺器为何物？即夜壶也！上了一定年纪的人多了解夜壶，但面对眼前这对夜壶，却也只是"一知半解"了，即只会说出一只的用途，对另一只略显差别的，却说不出个所以然。

看到我们满脸迷茫的样子，馆长张书岩老先生上前揭开了谜底。这只嘴稍宽大且水平朝上的夜壶为阴壶，即女用夜壶。有人不禁要问：一只夜壶，同样的小解方便功能，为何了解女用夜壶的人如此之少？这就是女性地位低下的实物写照。封建社会女性地位低下，在诸多方面不能享有男子的同等权力，即使一个小小的夜壶也仅限于男性使用，只有拥有与男性同等权力的极少部分女性，才能享有阴壶的使用权。

这就难怪民间对阴壶知之甚少了，即使是上了一定年纪的人对阴壶也一无所知，看来这只小小的阴壶肚子里装的，更多的是封建社会普通妇女地位卑微受歧视的泪水啊！

逍遥椅

"方老太太此刻坐在逍遥椅上做针线，起劲地一针针地为甥孩们纳着鞋底。"这是现代著名剧作家洪深电影文学剧本《女人女人》第一幕中的一段台词。这看似与普通座椅无异的逍遥椅，在封建社会却是富家人的宠物，几乎家家必备。

逍遥椅，通常做工精美，结实稳固，比普通椅宽大，可并坐两人。据了解，原是置于床边用于摆放一些常用物品，充当座椅、童床等，是一件普通的家具，与笨重的床铺相比，具有容易搬动的优点，常在花园、阁楼等地方出现。孤男寡女并坐于椅子上，观花赏月，或抚琴对歌，此情此景，容易春意萌动，发生男欢女爱之事。发展到后来，逍遥椅成了富人家玩弄女性寻欢作乐的专用椅。因此，又称春凳、贵妃椅、合欢椅、欢乐椅和龙凤椅等，关于发生在逍遥椅上的性事，《金瓶梅》等著作中皆有详细描述，古代《春宫图》更是画得惟妙惟肖栩栩如生。

“沧海月明珠有泪，蓝田日暖玉生烟。”逍遥椅上传来的浪笑声的背后，留下的孤单背影，是侍女和丫鬟等受摧残的下等女性孤守空房独吞苦果的揪心悲痛，流的是无尽的辛酸泪。

三寸金莲

“愿在丝而为履，附素足以周旋。”在畸形审美观的大环境下，一代田园诗人陶渊明等文人墨客，非但不能“出淤泥而不染”，反而愿作足上素履丝线，随纤纤秀足四处遍行，留下许多赞美“三寸金莲”的诗作，助长了缠足歪风畸俗的蔓延。“小、尖、软、巧”成为古人评定“三寸金莲”的标准。畸形病态的审美观根深蒂固“代代相传”越演越烈，那条又臭又长的裹脚带勒在纤纤玉足上，竟然缠了一个又一个千年。

“爱及弱龄始缠足”说的是女孩在幼年时，便开始缠足了。

缠足时用力将除脚拇指外的四个脚趾折叠于脚掌，再用裹脚布层层裹紧，被裹脚的女性疼痛非常、步履艰难，容易引发残疾甚至致死。宋恕《六斋卑议》说，因裹脚而“致死者十之一二，致伤者十之七八”，我也曾听奶奶提起她儿时被迫裹脚，疼痛得叫苦连天、啼哭呼号的往事。"小脚一双，眼泪一缸"是对女性裹脚痛苦的真实写照。湖南华容有一首歌谣唱道："裹脚呀裹脚，裹了脚，难过活，脚儿裹得小，做事不得了；脚儿裹得尖，走路只喊天，一走一瘸，只把男人做靠身砖。""莲花佳人"的个中滋味谁能理解？

"三寸金莲"以女性身心受摧残为前提，不但饱受皮肉之苦，而且在生产劳动和日常交往中，十分不便、大受制约。奶奶十九岁嫁给了爷爷，在其后六十多年的生活中，仅出过两趟门，一趟是回娘家，八公里的路程，走了一整天，对小脚的奶奶来说，就像去了一趟欧洲；另一趟是父亲带她去县城治疗眼疾，五公里的山路，二十七公里的泥土公路，面对三十二公里的总路程，父亲在天刚露出"鱼肚白"时就带奶奶上路了，直到夜幕降临才到达县城，而返回时，奶奶因晕车而面色苍白、步履维艰，无奈之下，只得在小镇上住了一晚，次日，才回到家里。进县城对她来说，比环球旅行还艰难啊！

此后，奶奶拒绝出门，甚至宁愿放弃爷爷千辛万苦在南洋创下的基业，也不同意爷爷带她到南洋定居。缠足史，可以说是中国封建社会女性的一部血泪史。

石牌坊残构件

走进屏南耕读文化博物馆石牌坊残构件展室，脚下踩的是孤独寂寞的叹息声。

这个展室是该馆十个展室中最特殊的一个，其特殊性在于，其他展室展出的文物都在不同程度上，反映出本体的完整性，但这个展室不同，所展出的文物全部是残构件。原因是，这些残构件都是从被破坏的石牌坊遗址或散落在村中公用建筑上收集而来的，组成了一个石牌坊遗韵展室。

在这昏暗的斗室里，浮雕"圣旨"的石匾额，浅雕祥云的坊柱夹，镂雕"双龙戏珠"的楼顶等，无不像一位位历经沧桑的老者，向你诉说着德政坊、功德坊、五世同堂坊、节孝坊和贞节坊等石牌坊上的祖辈往事和动人传说，透过冰冷的石头，我看到了清代政治经济、文化艺术和道德伦理等朝代特点，这些无不在一定程度上反映出那个时代的昌隆景象，但真正触动我心灵的是泪迹斑斑的贞节坊。

"贞节坊"是古代用来表彰夫早殁，妻自杀殉葬或永不改嫁，固守节操的贞节烈女。烈女中，有拖儿带女的、挺着大肚的、新婚的，甚至还未过门的，她们身体健康，都有七情六欲，但为了一个好"名声"，不得不用超常的自制力，以孤独的长叹来抑制身心的冲动，肉体、精神和生活的需求，让鲜花在岁月中凋零，最终以一生青春的代价换取一座虚无的贞节牌坊。

抚今追昔。所谓"具冰雪之心，立柏舟之操，永矢盟波之誓，允同铁石之坚"云云，实为封建礼教束缚妇女的枷锁，枷锁的背后是花季的泪水。这泪水，随着一声声微弱的叹息声，吞入腹中，洒在空房。

卖儿契和典妻契

明清契约主要有三种，即"卖契""租契"和"典契"。"卖契"又叫"绝契"，一般是一次性付款。这一卖一买，表面上，看似"周瑜打黄盖——一个愿打，一个愿挨"，事实上，钱物两清各得其所，背后的苦水与泪水，后来人是难以用文字来描述的。

在明清剧中，经常看到路边有小孩头上插一束草，蹲在地上。那么，这个小孩就是被卖身了，那一束草叫作"草老鸦"，以最简单的草为媒，为孩子"放生"。双方成交后，立下卖儿契，换取几个钱，以解无路可走的燃眉之急，救得一家人的生命，乃万不得已之举啊！而比卖儿更受耻辱的是典妻。

典妻，又称典婚，即将与自己患难与共的结发妻子典当给他人，来换取一条生路。年限一般在三到五年，时间短的叫"租妻"，长的叫"典妻"。由媒婆凑合，经双方同意，一方交钱为传宗接代，一方交妻为谋取生路，双方立下典妻契或典婚书为凭，在至亲的亲人见证下成交。在这场交易中，女人成为纯粹的生育工具，两个男人都成为"屙屎货"（最没用的人），倍受众人鄙视。

典婚，新人不能走大门，不得举行传统婚礼；必须走偏门或后门，只能以一两桌薄酒酬谢媒人和见证亲人。典妻在古老的民俗中或法律上，仍与原夫保持夫妻关系，但期限内不得同居，典期满后即可恢复原有的夫妻关系。典妻，既不是婚姻形式，也不是喜新厌旧的纳妾，更不是"寻花问柳"的嫖妓，而是贫穷、落后、愚昧和无奈的产物，是一曲写满封建社会妇女命运泪水的悲歌。

在屏南耕读文化博物馆内，展出了一张清道光年间长达十年的罕见的"典婚书"，驻足凝视，不禁感慨万千。十年，在漫长的历史长河中如过眼烟云，但在短暂的人生中，却有三千六百多个日夜。那位名叫宋元候的男人，将与自己朝夕相处、耳鬓厮磨的妻子典当给一位名叫阿光弟的男人。每当夜幕降临，那位男人将对他的妻子行使使用权，将一颗颗陌生的种子植入她的体内，让它在自己熟悉得不能再熟悉的土壤上，落地、生根、发芽……

　　长夜孤单，心在滴血。眼前连续播放的是一场带着泥土气息，喘着粗气的原始播种游戏的画面。

　　岁月如梭，转瞬百年。弹指一挥间，那张微显褪色的典婚书成了弥足珍贵的耕读文物。

　　那位名叫弟的男人，他用汗水和泪水播下的种子，在那块曾经已经开花结果的沃土上，是否再度开花结果？

　　那位名叫候的男人，在那漫长的三千六百多个孤独凄凉的长夜中，能挺得住吗？熬过来了吗？

千万里我追寻着你

　　"不要问我到哪里去，我的路上充满回忆，请你祝福我，我也祝福你，这是绿叶对根的情意……我是你的一片绿叶，我的根在你的土地……"

　　20 世纪 80 年代，毛阿敏以一曲《绿叶对根的情意》，唱红大江南北，并在南斯拉夫国际音乐节上获得表演三等奖，一举打破了中国流行歌手从未在国际流行歌曲大赛中获得正式比赛名次的记录。这首歌之所以能打动评委和无数听众的心，就是因为它传达出了赤子对祖国的拳拳爱心，触动了众多游子对故乡的思念之情。

　　当时，该曲的作曲家谷建芬，因创作《年轻的朋友来相会》这首大街小巷传唱的歌曲，而遭受还未适应新时代来临的人的不少指责，让感受到改革开放春风沐浴的谷建芬，深感不解和委屈。许多国内的及日本的朋友都劝她去大阪发展，但她却坚定地说："我的生活、事业和情感都是与祖国连在一起的，不能因为一时的委屈而离开祖国。"委屈不但丝毫没有改变她对祖国的挚爱，反而促使她将自己对祖国的一片深情融进了《绿叶对根的情意》的谱写。歌曲中，没有沉吟低唱，更没有愤愤不平，展现给人们的是深情的旋律，是执着于自己心中永不改变的爱国信念。这种博大的情怀，正是她成功的基石。这使我想起了清代戍台名将甘国宝的后裔——甘全先生对故乡的无限爱恋情结，并由此牵出了对故乡艰辛而曲折的寻根历程。

在屏南县举办"纪念清代戍台名将甘国宝诞辰三百周年活动"前夕，笔者有幸接受整理甘全先生的《寻亲记》手稿。虽然时光已流逝一年多了，但仍然时时为他克服重重困难，历尽艰辛，毫不气馁，四年三次从广州到屏南总行程万余里的寻亲历程所感动。

"如果一个家族不知道自己的故乡在哪里，那么这个家族就像一群无家可归的流浪儿。"他们不但不知道自己的来龙去脉，无法从前辈在故乡的遗存中进行缅怀和追忆，表达对故乡历史的眷顾和尊重，感受故乡特殊的亲情，而且也会给实际生活带来诸多不便。甘国宝在广东的一支后裔，在一百多年前（见《寻亲记》，我们广东甘姓家族离开福建最少已一百多年）就与故乡失去了联系，他们的后代也仅仅根据"我们所有祖坟的石碑上都刻有'古田'二字"，来推测自己是古田人。从前，交通落后是甘国宝在广东一支后裔几辈人进行"寻根"的一道不可逾越的坎；如今，家族信息的失落又成为他们进行"寻根"的拦路虎。

由于不知道自己的根在哪里，甘全的父亲生前受到户口没处落户等不少委屈。为此，他临终前留下遗言："有可能的话，要尽量去了解我们的故乡——福建古田"。父亲的遗言坚定了甘全寻根的信心。但是由于母亲年事已高，需要照顾，寻根的事只好暂且搁置。

2004 年，甘全的母亲也去世。一家人围在一起守孝期间，回忆起甘氏这一支族漂泊在外百多年，无依无靠，艰辛创业，到头来连自己的根在哪里都不知道，似一群无家可归的孩子，迷失了方向。往事历历在目，父亲的遗言浮现眼前，已年逾花甲的甘全不禁百感交集潸然泪下。守孝期满，他们一家人仅带着"古田"两个字和上一辈人言传下来的一些残存记忆，就踏上了遥远而茫茫的寻亲历程。

到福州后，甘全才知道福建有两个古田，一个是古田县，另一个是上杭县的古田镇。茫然间，他突然记起小时候"姑姑说过我们属福州古田"。根据这一线索，甘全在派出所同志的帮助下获得了古田县的详细位置。

到古田县城后，他们发现古田县旧城在 20 世纪 50 年代因建水库而搬迁至现址，这无疑又增添了他们寻根的难度。面对人生地不熟举目无亲，语言还不通的"故乡"，一家人感慨万端："故乡啊，故乡！我们终于回到了您的怀抱，但是我们的根究竟在哪里呢？"他们仍然求助于派出所。

派出所同志告诉甘全古田县境内没有甘姓聚居村落，但有一处甘氏名人清代戍台名将甘国宝的故居似乎与他们的诉说关系密切，在他们的帮助下，甘全一家人来到长岭村进行寻访。

长岭村的甘国宝故居明显高且大于村中的任何一幢古民居，虽然已经被改为村委会，屋内格局也有了一些变化，在众多小洋楼的包围中显得有些孤寂，但这些无法掩盖昔日主人大户人家的风范，门前的两只石狮子也顽强地保持着当年的威严。故居后面的古墓是甘国宝父母甘亨贵夫妇的，墓前有一巨石，上刻"京侯甘公墓"，后面山墓上刻"诰封一品夫人""甘氏三兄弟立"等字样，依然在悄悄地暗示人们墓主人的显赫地位。村中虽然已经没有甘姓后裔居住，但"乡亲们"仍然热情地把所知道的都详细地介绍给甘全一家人："山中两边的田原先都是甘家的，1949 年最后一次收租是 400 担谷……"甘全极力地控制着澎湃的心潮，努力地从久远的记忆中搜索着儿时看到家里藏的写有"古田"两字的一叠田契、一个清代上朝的象牙笏和花翎等，虽然这些在多次搬家中已全部丢失，但是与眼前的情景密切交融。为了让甘全对自己的根有更深入的了解，"乡亲们"向他介绍了福建"甘国宝研究会"的甘景山会长和屏南县文化馆的甘振清馆长，由于"十一"黄金周假期已近，甘全一家不得不匆匆返回广州。

回到广州后，甘全将这次寻根的经过告诉叔公甘景旭（他是当时他们家族在广东辈分最大的老人），他非常高兴地谈了很多有关甘国宝的戏曲、传说、轶事和传闻。他说甘国宝是他们家族在广东的开基先祖，由于他们这支是长房，所以上朝象牙笏、花翎和田契都由他们保存。据他回忆，甘全的祖母就是掌管甘家公有财产之人。这次寻根收集到的材料与叔公的回忆完全吻合，为此，甘全初步判断他在古田县长岭村"找到"的戍台名将甘国宝，就是他们一支在广东的开基先祖——曾经显赫一时的广东提督甘国宝。叔公还告诉他，他有一个亲妹叫甘励廉，小时候由于家穷，给亲姨接回福州抚养。后被亲姨卖到古田县北岱村给人家当童养媳抵赌债，并希望他再去古田寻根时，要设法找到她。

第二年"十一"黄金周，甘全再次往古田寻根。在与甘景山会长和甘振清馆长的联系中，他得知长岭村只是甘国宝的一处故居，其祖籍在屏南县的漈下村。他带着家人直奔长岭村后，又拐到北岱村找到了甘励廉姑婆。她仅四岁便给卖了当童养媳，没有机会读书，只是在扫盲运动中坚持学习，现在竟然能看报、看信、看经书，并在70多岁的高龄皈依佛门，这些是很不简单的。甘全称赞她"真不愧为甘家的子孙"。

离开姑婆家，甘全一路边走边问，终于找到了漈下村。村长和热情的乡亲陪着他们参观了村落。这是个难得一见的古村，她依山傍水形似一尾大鲤鱼，一条小溪从村中悠悠穿过，溪水清澈见底，溪中鲤鱼成群，两座古廊桥有趣的将两岸的古民居连在一起。岁月带走了代代筚路蓝缕的先辈，古村、古民居和古廊桥见证了时光永远也抹不掉的亲情。

在祖祠里，村长拿出族谱翻查不到与甘全一支人有任何关联的记载，他们说只有甘国宝一支人两百多年前就外出，无法联系得上，所以没有这一支人的记录。他们也向甘全介绍了很多关于甘国宝的戏曲、传说、轶事和传闻，大多数与甘全叔公讲的及上辈人给他留下的记忆相吻合。由此也可以推测，甘全就是甘国宝的后裔。甘全还观看了乾隆皇帝御赐给广东提督甘国宝的"福"字匾等一些实物。由于黄金周即将结束，只得匆匆返回广东了。

这次寻根进一步证明了甘全一支是甘国宝的后裔，只是还没有找到足够的直接证据。

2007年，甘景旭老人去世。甘全这一支在广东最老的一位老人的去世，再次勾起了甘全寻根的心。恰巧漈下村的村长打电话告诉甘全，新春初九，几个甘姓村庄的人将一起回漈下村祭祖，已经通知了甘景山会长等各地宗亲，也特别邀请甘全带着广东的宗亲参与。这对甘全进一步寻根真是个千载难逢的机会，甘全第三次踏上了寻根之路。

到福州后，甘全拜访了甘景山先生。景山先生热情地介绍了甘国宝在福州文儒坊和屏南县小梨洋村的故居及许多鲜为人知的事迹，并告诉甘全小梨洋故居才是甘国宝的出生地。经过促膝交流，景山先生分析判断，甘全一支是甘国宝的直系，还带他拜访了甘国宝在福州的后裔甘景慧女士及文儒坊故居。之后，一起到漈下参加祭祖活动。

在这次祭祖活动中，甘全抓紧来之不易的机会，与福建省甘国宝研究会会长甘景山、原福建师大教授甘景炘等众多来自五湖四海的宗亲进行了充分交流，许多宗亲都被甘全的寻亲经历所感动，他们都尽力在模糊的记忆中，帮助甘全搜索他这一支族的材料。他们谈到甘国宝在福州文儒坊的故居，并说当时每年在古田的田租可收一千多担谷，都在文儒坊安排给各房生活，这与叔公甘景旭回忆他母亲所拥有的印有"古田"等字样的"地契"等十分吻合。宗亲们还说，动乱、战争及 1948 年文儒坊被大水冲倒是福州一支走散谋生的重要原因，而那场大水是导致相关典籍和文物流失的罪魁祸首。宗亲们将甘全的字辈与族谱进行对照后得出结论："甘全是甘国宝的第九代传人……"

第二天，甘全和宗亲们去小梨洋村瞻仰甘国宝的故居和祖坟。几代人的寻根梦想即将在甘全的身上实现，他激动万分，恨不得变成一只小鸟飞到小梨洋村。

走进小梨洋村，一种回家的感觉油然而生。站在魂牵梦绕的甘国宝出生地的故居前，甘全那颗原本充满好奇而又激动无比的心突然变得从未有过的恬静和淡定。几代人的重托，几代人的梦想，瞬间实现，一副压得几代人都喘不过气来的重担悄然落地了，心跟随着豁然释怀。登上大门前意义非凡的 15 级台阶，时光顷刻倒逝，300 多年前的老屋属典型的明代建筑，土木双层结构，上下层之间以朴实大方的花边衔接，前有天井，后有花园，中有大厅，旁有马房，第二层大厅以弧线型"美人靠"做点缀，老屋到处都写满了主人昔日的辉煌。

如今，老屋虽已破旧不堪，摇摇欲坠，但甘全却惊喜而虔诚地又看又摸，问这问那。在宗亲的指引下，他走向一层后厅旁的小厢房，先祖甘国宝就出生在那里。刚到房间门口，他一眼就看到家族言传中，甘国宝呱呱坠地时砸下的一个小土坑。他禁不住走上前，掬起一捧泥土，闻了又闻，又轻轻地将泥土捂在胸前。顿时，他感到这把溢满先祖气息的泥土鲜活起来了，它带着先祖的无数荣耀从远古走来了，它带着先祖的嘱托从远古走来了，它带着先祖的殷切希望从远古走来了……他觉得自己的脉搏逐渐加快，血液开始沸腾，思绪已经翻滚。他仿佛看到了先祖甘国宝显赫的戎马一生，特别是两度被乾隆皇帝钦点出任台湾总兵，戍台前后达六年之久，为保卫东南海疆安全、维护祖国统一做出重要贡献。他为自己拥有甘国宝这样的先祖而感到无上光荣，更为自己是甘国宝的子孙而感到无比自豪……"父亲，我们该走了！"儿子的催促使甘全从澎湃的思潮中猛然惊醒，他这才发现老屋里仅剩下他们父子俩了。他小心翼翼地将这把泥土藏进包里，依依不舍地离开了老屋。

这次祭祖活动，终于让甘全如愿以偿地完成了广东这一支甘氏宗亲的重托，完成了他祖上未完成的遗愿，可以说是为四年三次行程万里的艰辛寻根历程画上圆满句号。

掠过发竹坑上空的炮声

一

　　"轰——"随着一声巨响，山摇地动，空谷回音，那个挂在陡坡上的小山村被震动得摇摇欲坠。屋子里跑出来的人说，屋顶已经被打开一个大天窗，三楼、二楼的楼板也已被击穿了，地上陷下一个大坑……本已宁静了好一阵子的村庄霎时乱作一团了……

　　这个位于路下乡人口不足 500 人的挂壁村名叫发竹坑，距乡所在地七公里，东邻长桥，南接屏城，北挨岭下，西入建瓯。村子如同挂在大山腰部的竹篮，房屋依山而建，层层重叠，水田四周环绕。乾隆年间屏南首任知县沈钟感叹"山高水冷，地瘠民贫，牛耕屋上田！"是对发竹坑最生动的写照。

　　发竹坑曾经是一个典型的贫困村，却也是一个有名的"红色村庄"。国内革命战争时期，中共闽东特委领导人叶飞、阮英平等带领红军游击队和革命群众，占据这里地险林密的有利天然屏障，开展了艰苦卓绝的三年游击战争。村中共青团员黄陆团、黄生步、黄生辉、杨瑞兴、杨生勤等一批优秀青年参加游击队，在闽东革命史上留下光辉的一页。

二

走进发竹坑，村子清一色的土墙老屋，一下子把我拽回了童年的青涩记忆。

这里，曾经有孩子们追逐嬉戏的爽朗笑声，有三姑六婶撕麻纺线织布的忙碌身影，有老奶奶走门串户的匆匆行踪，有四叔七爷围炉烤火泡蛋茶的笃定雄姿。这些，都是村子不熄的火种，点燃了村后仙人岩下袅袅的香烟。如今，村中房屋的大门几乎都紧闭着，青瓦下土墙间的村弄幽静的让人能够清晰地听到自己的气息声，屋前腐烂的篱笆仅余下了长长痕迹，路面上的鹅卵石布满了翠绿的青苔……

其实，早在多年前，人们就已经看到这个村庄的没落了。山多田少，石多土薄，田里产出的不够嘴上吃，生计只能取之于树木，树被砍光了，必需另谋生活。这个挂在山坡上的村子，没有了树，水灾就来了。20世纪80年代，在连日的暴雨中，村子的后门山先后两次出现断裂、滑坡迹象，险象环生。搬迁，是唯一的出路。

中国文联副主席、中国民间文艺家协会主席冯骥才指出："中国每天消失80至100个村落。"尽管来前我对这个村子的消失，已经有足够的准备，但是，走在这孤寂的小巷中，嘴上嚼着冯先生的话语，那一颗宁静的心又变得沉重了。"搬迁谈何容易，钱从哪里来？没钱寸步难行啊！"多年前发竹坑村长的无奈感叹，此时，竟然成了我希望村子的生命得到延续的期望了，我迫不及待地走向村东的仙人岩。

"树老成神，石奇为仙"是山里人对古树、奇石崇拜的古老心经。村子从大山中探出身来，有门有屋的奇特大岩石理所当然地被村民们奉为神仙，是发竹坑黄氏先祖选择在此肇基的动因，这一炷微弱的香烟绕着岩石飘荡了数百年。我发现尚有新燃烧过的香灰，顿觉如释重负，心又飞扬起来了。

在村口的田园里，我们遇到几位收割西兰花的年轻人，从他们的嘴里了解到，全村人都搬迁到乡所在地造福工程官圳洋去了。造福工程由乡政府牵头，庚茂集团按户人口数补助搬迁款，这项工程让全村人都住上交通方便的新居了，但村里的多数房屋仍然在使用，主要是作为矿山工人和回村耕作村民的落脚点，同时也作为农产品的贮存仓库。村子的那一炷香火就这样延续下来了。

矿山？造福工程？顺着年轻人指尖的方向，我们朝着村后的矿山出发了。

三

"炮火纷飞，机声隆隆，乌烟瘴气，废渣如山。"这是电视画面中经常出现的矿山镜头，我到管理处要了一顶安全帽，扣紧纽扣，小心翼翼地跟在管理人员的身后。

正午的日头火红毒辣，才上一道坡，就已汗流浃背了。周围的山色青翠，鸟声婉转，显然矿山的喧闹声还没有惊动这里悠闲的鸟儿。我在心里琢磨："看来离矿山还远着，这次得活受罪了！"想不到，又上了一道坡后，竟豁然开朗，面积1万多平方米的石板材矿山开采塘口呈现眼前。塘面平如广场，塘壁直如斧削。这雄壮的人工景观与陡峭的大山争辉，立即吸引许多作家拍照去了。

看见方料整齐码放，却又不见想象中如山的废渣，也听不到隆隆的机声。我问管理人员停采多久了？"都在开采啊！"管理人员"扑哧"一声笑出声来。我定睛一看，塘口尽头人小如拳，两台切割机正在卖力工作，噪音之小让人不得不佩服现代化开采技术，这也难怪附近鸟类得以悠然栖居。

这么大的一个石板材开采塘口，能造出多少废料啊！那些废渣都是怎么处理的？

"庚茂集团目前总共开辟有四个这么大的塘口，所产出的拳头产品'小蓝宝'名扬四海，年产值近亿元，现在我们所站的位置就是废料堆积场。"顺着管理人员指点的方向，我们看到远处层层砌起的拦渣坝。若不是管理人员的指点，外行人是根本无法看出来的，因为我们所处的位置树木葱茏，与周边的山实在没有什么两样。矿山砌坝埋渣，植树还林，既排除了泥石流险情，又还森林一片生机。在这缺水的大山中，采矿污水全部被回收利用。最神奇的是排污系统水循环工程所排出的水，还可以养殖鲤鱼呢！

记得仅在数年前，矿山开采经营权还属于外地人，那时采用传统爆破采石矿山作业，有时被炸飞的石头如文章开头所叙述的，从村民的屋顶直透大地。每到爆破时，村民们就提心吊胆，毫无安全感。

四

2007 年，矿山开采经营权由当地企业福建庚茂石材集团庚茂实业有限公司接管。公司开通了发竹坑往乡所在地的村道，安排全村劳动力进矿山工作，承诺与村民共同致富，即矿山发展起来后，将协助政府完成这个险情潜伏且又贫困落后乡村搬迁的造福工程。

2011年，公司履行承诺慷慨出资，按户人口数给予补助搬迁款，协助当地政府顺利完成"红色村庄"发竹坑新村造福工程搬迁工作。公司还出资600万元成立爱心基金会，在当地开展捐资助学、扶贫济困活动，并给路下村和发竹坑村60岁以上的老人发放月生活补助费，让老人们安度祥和的晚年。最让村民们称道的是，公司以现代化切割技术取代了传统爆破采石技术，提高了石材利用率，排除了安全隐患。

当年惊动全村的那一声炮声，成了掠过发竹坑上空的最后一声炮声了。

我没有太多的愿望与想法，仅想先回家看看，

看看沧桑的老屋，看看年迈的父母，看看从小疼

我爱我的三姑六婶，拉拉家常。

第五辑　节日语丝

年味里的戏事

元宵节后，鞭炮声渐远，春色渐浓，山里人忙于农事，大山里的戏班偃旗息鼓，自由解散。戏事得暂且告一段落了，可是戏事带给山里人年味的快乐仍然和着农事的曲调一圈圈地荡漾着，延续着。

在那交通闭塞，信息不灵，物资匮乏的年代，戏曲成为山里人首选的娱乐方式，山里老少皆能哼一两句、露"一两手"。秋收过后，仓满库实农事敛；寒冬降临，走门闯户年味浓。吃饱休闲，库盈贺冬，正是山里人娱乐的好时光。此刻，"头人"便会不失时机地越过大山请来戏师傅进行排戏，大山里村村如此，哪个村也不愿意落后。鼎盛时期一个近千人的小村庄常拥有两三个戏班。随着锵锵锣鼓声的响起，大山里村村都沸腾了，吹拉弹唱之声不绝于耳。师傅请来后，"头人"便安排其挨家挨户地轮流吃饭，并召回戏班原班人马，再增添些新生力量，接着整理排戏场所，如寺庙、大厝等。一切准备就绪，只等师傅一声令下，便开始排戏了。

排戏时期是山里人最快活舒畅的日子，参与的只管埋头苦学，未参与的老人、妇女和一些又壮又憨的汉子就围着看热闹，他们可以自由地谈笑，还可比划着哪家媳妇最俊俏，哪个妞演得最好。此时，难挨的岁月就会不知不觉地飞逝。对于孩子来说，排戏比真正的演出更有看头，因为戏多在夜晚演，而且一场戏要耗时几个钟头，玩了一天的孩子到了晚上多已困倦，看不了多久就睡着了，而排戏的时间短，形式也自由多样，正合他们的口味，师傅前面教，演员后面卖力学，孩子们则象幽灵一样躲在一旁叽噜着跟来跟去地学。此时只要没有妨碍排戏是绝不会挨骂的，因为他们都是后备军，未来的"顶梁柱"。因此一场戏排下来后，许多孩子对剧本已能倒背如流，成了戏曲"小行家"。一些日后上城里读书的孩子，常会在班级联欢会或校文艺晚会上露"一两手"，惹得城里的孩子羡慕不已。

不久，演员们对自己的角色已轻车熟路，"头人"便选择吉日在村里试演三日，获得成功后，就轰轰烈烈地拉去邻村演出。此时已近年底，正是看戏的好时光，稍有名气的戏班各村争先邀请，有实力的大村庄能在"三天年"请到好戏班，让全村人过足戏瘾做大年，没有实力的小村庄只好请些小戏班，这些小戏班人手少，有些演员一人要演多个角色忙得不亦乐乎，只是声音经常沙哑，只好请后台的配音了。

戏班出村演出是整个村子的荣耀，每次，村里都有许多男女老少追随到邻村看自己村戏班演的戏，并饶有兴趣地给邻村的亲友介绍各个演员的绝技。一次，我与堂妹也跟随在大人们的身后呼啦啦地跑到邻村钱厝去看戏，一路上，又爬岭又过田埂累得气喘吁吁满头大汗。

刚进村，就被已入学的小表舅看见了，就拉着我与堂妹到他家，表姨婆蒸了两个红蛋，炒了一碗甜豆子，笑眯眯地将我俩的小口袋装得满满的，豆香立即溢满了老屋。小表舅站立在一旁露出羡慕的神情，我抓了一把给他，他伸手想接，只听"叭"的一声，表姨婆粗大的手重重地打在他的小手上……小表舅有功劳也有苦劳，豆子没吃成，还挨了一巴掌，我不知道小表舅疼不疼，但我的心里却有一阵隐隐的痛。

夜幕降临，气灯嗞嗞响起，平时空荡荡的祠堂此时挤得水泄不通。锣鼓声中，台上与台下的人相互对看着取乐。小表舅牵着我与堂妹的小手，快乐地穿梭在人堆中，我们都成了自由的人，都使劲地把豆子咬得咯咯响，让豆香尽量飘得高远些，神气极了！不知不觉间锣鼓声停了，戏幕落下，刚刚还吵吵闹闹的乡村犹如经历了一次短暂的退潮而突然间变得无比宁静，我与堂妹紧紧地踩着大人们的脚步。过田埂，把水田里大如盘的圆月抛在身后；下石岭，两三阶并成一阶走，石阶一下子变短了。不一会儿，我与堂妹都到家门口了，母亲长嘘了一口气，让我俩抬起头看看月亮，皓月当空，夜已深了，这是我幼小记忆中最短暂、最美丽的一个夜晚。

这一年，我到了入学年龄，父亲带着我离开老家进城上学。此后，我再也没有见到小表舅了，如今连小表舅的长相都模糊了，但那一巴掌却依然清晰，如眼一睁开就能看得到鼻子一样。

戏班外出演出，除了交流外，还可混得好伙食，另有大红包一个，没有名气的戏班除了红包小些外，其他待遇同等享受，若能在大山里演红的，则可以拉到山外演。六七十年代，大山里有好多戏班都上过省城演出呢！

过完元宵节，"头人"会将演出所得红包收入分发一部分给演员，剩余部分作戏班费用，一年一度的戏缘即将结束。当人们还津津乐道于戏，陶醉于戏时，突然"轰"的一声春雷巨响，震得整个大山都苏醒了，人们这才慌里慌张地找来锄头、镈刀、犁耙等农具忙农事去了，戏班不解而散，乡村的戏生活在古老的年味中周而复始。

如今大山里村村通公路，高档家电齐入户。村民的主要话题是劳动致富，上网、看电视、唱歌、跳舞等现代化娱乐已取代戏曲，成为村民新的娱乐方式了，大山里的戏班逐渐消失。近几年来，在有关部门的大力支持和挖掘下，大山里又有一些戏班开始活跃，有些剧种还被戏曲专家誉为"戏苑奇葩""戏坛瑰宝"呢。

过个"小确幸"年

孩提时喜欢过年,"咕咚咚"一碗腊八粥下肚后,常会摸着圆鼓鼓的小肚子,询问母亲还要多久过年。每次,母亲总是笑眯眯地回答:"快了,快了!"余下的日子就在孩子们不停地催促声中,飞快地流逝。

"过大年,穿新衣",是孩子们最大的奢望,挨到祭灶那天,新衣服基本上就有了眉目。"祭灶不祭灶,孩子要来到。"祭灶那晚,孩子们在到处都洋溢着喜庆的气氛中走家串户,享受灶神留下的祭灶糖、糖油豆、芝麻糕和葱花饼等花花绿绿的供品。大伙儿边吃边玩边吹牛,待到嘴巴塞不下了,就住口袋里装,几户下来,全身的口袋就都紧鼓鼓的了。这个美好的夜晚是孩子们的盛会,他们会情不自禁地把自己新衣服的消息告诉给伙伴,已经做好的倍感自豪,没有做好的则在此后可数的日子里天天围着母亲转,在母亲的耳边催促,记得曾经有位阿姨被孩子逼得没办法,无奈地感叹道:"可惜人肉卖不了钱,要不在我身上割一块!"话虽这么说,对孩子的爱却溢满了脸。

准备年货似乎是大人们的事,实际上每个孩子都愿意积极参加。那时物资紧张基本上都是凭票供应，粮有粮票，布有布票，就连肥皂也都要凭票购买，年货就更不用说了，而且是限期购买，过期作废。为此，买年货都要排队，有时排成的队伍像火车一样长，在那辛苦难熬的等待中，每购买到一种年货都能体验到成功的喜悦，有时竟像是不用花钱得到的一样高兴。一次，父亲为了抢购到黄瓜鱼，晚上十二点多就去排队了，终于在凌晨三点多时，买到了10多斤，他兴奋得睡意全无，大声叫嚷道："有年过了，今年有年过了！"把孩子们都吵醒了，大家都用睡眼蒙眬的眼睛激动地盯着他，分享着他的快乐。他说他晚上运气特别好，一位同事看到他手里拿着一张孤零零的鱼票排队，就送了两张给他……同样是人民教师，同样是四个孩子，就因为父亲那位同事是双职工，一家6口全是居民户，而我父亲是单职工，只有他自己是居民户，所以他享受到了6张鱼票，而我父亲却只分到一张鱼票，这件事对我们家庭的触动太深了，每逢过年必有人提起，至今已经成为我们一家人年夜饭中的一味不可或缺的调料。随着国家户籍制度改革步伐的推进及相关惠民政策的实施，这种不公平的现象已经逐渐消失了，但父亲买鱼这个烙印就更深了。

除夕夜，"噼里啪啦"一阵鞭炮声响过后，关上大门，一家人围在小屋子里包饺子、侃大山、吃团圆饭，大家你一言我一语抢先开闸，好像要把一年下来没说完的话全都倒出来似的，饭桌上摆满了菜，好像是一年忙碌下来收获的大展示、大汇总。肉有了，是大块的；鱼也有了，是大全鱼；还有父亲种的母亲平时收藏起来的南瓜、土豆、面豆干、葫芦干等都上桌亮相，都成了美味佳肴。大家大胆夹菜，大口吃肉，在一串串笑声中，也夹杂着母亲的唠叨、父亲的教诲和奶奶虔诚的祝福，我与调皮的小弟弟常在这温馨的气氛中，悄悄地饮上一两口黄米酒，将小脸蛋画得红彤彤的。

守岁也是一件让孩子心仪的事，孩子们收到长辈的红包，看了又看，摸了又摸，小心翼翼地藏进小口袋后，就心满意足地扒在父亲的腿上，依在母亲的怀里，静静地看着炉火星星闪亮，享受不知是从炉火散发出的，还是从父母身上传出来的温暖，周围的一切仿佛都凝固了，整个世界仿佛仅属于我们一家人的了，不知不觉间孩子们都静静地进入了梦乡，梦里他们幸福地为这个年，轻轻地画上了一个圆圆的句号。

年三天，大家喝年茶、放鞭炮，到处是喜庆祥和的景象。左邻右舍三亲六戚相互串串门，喝杯甜茶叙叙旧，说句好话祝个福，祝愿新的一年生活过得有如杯中的甜茶——有滋有味甜透心。每有鞭炮声响起，孩子们就冲上前，争抢没响过的"闷炮"，大伙儿拿着"闷炮"玩游戏，时不时点燃一两个"闷炮"乐一乐，响了倍感开心，还十分自豪呢！闷了，反正只是闷炮，不响是在情理中，这响与闷的，都一样为村子的喜庆锦上添花。有一回，叔公来串门，我点了一个"闷炮"扔出去，"啪"的一声响起，叔公没提防，怔了一下，我正要笑，却见叔公犀利的目光朝我这边扫过来，我连忙捂起嘴，可还是让他老人家发现了，他快速走了过来，我低着头准备挨训，他在我的头上摸了两圈，说："鸣炮迎客，读书人就是不一样！"叔公离开时，我往他的身后又扔了一个"闷炮"，叔公又怔了一下，我忍不住笑出声来，他转过身眼睛直盯着我，我赶紧说："叔公今年发大财啊！两个'闷炮'都响了。"他呵呵笑道："放炮送客，好啊！这孩子像父亲，长大肯定有出息。"想不到叔公竟然一语命中。如今，当我在三尺讲台上，面对一群顽皮的孩子要发脾气时，就会想起我送给叔公的两个"闷炮"，就会将怒火化为热情，就会将他的宽容和慈祥，撒向我的学生。这三天年，孩子们吃得好，穿得鲜，大人管得少，手里握着压岁钱，尽可买些自己喜欢的东西，可以说是孩子们一年中最潇洒、最自在、最幸福的日子。

　　不知从什么时候起，开始怕过年了，我发现还有许许多多的人也害怕过年，可是现在的物质生活却不知要比儿童时代丰富多少倍，真让人疑惑不解啊！一个荷兰教授对中国做了三次幸福指数的调查报告。报告显示，中国 1990 年国民幸福指数为 6.64（1–10 标度），1995 年上升到 7.08，但 2001 年却下降到 6.60。数据表明，即使经济持续快速增长也并不能保证国民幸福的持续增加。原来这就是生活在花花绿绿的、令人眼花缭乱的新时代中，许多人过得并不顺心、并不知足的原因啊！我不得不重新审视现实生活。

　　国家非物质文化遗产保护专家吕品田先生说："今天，到处繁忙，普遍躁动，满世界呈现的都是一种'速度化'的景象。随处存在的激烈竞争、不断加快的工作节奏以及永无止境的物质欲求，把多少人卷入匆促奔波、紧张角逐的旋涡……"正是这高速运转的生活状态，使人为物所累、为利而竭，使人无暇驻足凝神，无暇品味生活，甚至使人心里严重失衡，世界因此而变得像浮光掠影一般肤浅。

　　不久前，我读到日本作家村上春树《兰格汉斯岛的午后》中的"小确幸"时，不禁被他那"微小但确切的幸福"感动得热泪盈眶。在物欲横流的功利化社会中，面对高速运转的"生活流"，若想让一切返璞归真，就是妄想，但若只要淡泊名利与金钱，从生活的边边角角中，拾起属于自己的"小确幸"，那同样可以得到一份清心幽娴，一份淡定从容，一份永不褪色的幸福。

　　树枯树荣，日历翻飞；燕去燕归，新年伊始。面对全新的一年，我没有太多的愿望与想法，仅想先回家看看，看看沧桑的老屋，看看年迈的父母，看看从小疼我爱我的三姑六婶，拉拉家常，吃一顿团团圆圆的年夜饭，过一个实实在在的"小确幸"年。

根的眷恋

年前，我与父亲一起去山上挖了一回冬笋。

我扛把锄头在竹林下，逛了老半天，挖了不少坑，筋疲力尽的，一个也挖不到，真正体会到"冬笋难寻"了。父亲虽然已近耄耋之年，看他不慌不忙的，却很快就挖到了好几个。看到我那副窘迫相，他慢悠悠地对我说："笋长在根上，要顺着桹挖；土里的根看得见，就在第一竹枝的投影下。"经他点拨，我很快也挖到了一个。

经过数次经验积累，我发现通常找到一个冬笋后，旁边就有第二个、第三个，甚至更多个，有的并不在同一条竹根上。土地向阳松软的地方是竹根向往、聚集的地方，随着竹根的走势，冬笋会一片一片的出现。恰似父亲所说的："有笋的地方密麻麻，没笋的地方光秃秃。"

笋成竹，竹长根，根育笋。宛如鸡生蛋，蛋孵鸡一样奇妙有趣，我不禁感叹造物主的周全、巧妙与神奇了。竹的第一枝如一根指南针，指向根生长的方向；根生长的方向，决定了竹第一枝生长的方向。看起来，一切都像事先安排好、约定好似的。可是，稍加仔细思考就会发现，一片竹林的繁衍，与人类的发展是何等相似啊！

村里的老人说："去吧，哪里好做吃，就去哪里做！"老人们宁守空巢，也得让新的生命蓬勃生机。这难道不正是朝着"向阳松软的地方"努力吗？父亲说："去吧，不必牵挂家里，要好好干出一番事业！"哪位老人不愿意儿孙绕膝？哪位老人不愿意享受天伦之乐？为了子孙后代能过得更好，一切的付出，天底下的父亲都愿意。这就不难理解，为什么看不到往回生长的竹根了。如此，勇往直前就应当是生命的方向；眷恋故土，繁衍后代是生命的使命。由此，我想起了早些年看过的，至今仍感动、赞叹不已的纪录片《地球大事件之鲑鱼大洄游》。

片中北美西海岸边清澈见底的河滩里，成千上万条鲑鱼，乘着黑暗的夜色顺流而下，游向拥有丰富资源的海洋。四年后，又从海洋洄游到出生地产卵，产完卵全部死亡。这一生命轮回是何等悲壮啊！

那些浅浅的河床再美丽丰饶，也无法提供数亿条鲑鱼成长的食物，它们便游向西太平洋深处谋生。这数亿条银灰色的小家伙进入瑰丽浩瀚的海洋后，全部变成了红色。洄游时，毫无自卫武器的鲑鱼，不断被上层鱼类、大型鸟类、食鱼兽类和人类捕杀。当一条条伤痕累累的鲑鱼进入河流后，还得冲激流、越险滩、跃瀑布，不惧任何艰难险阻。一旦到达出生地就开始产卵，产完卵，便死亡。有科学家统计，经过这5000—8000公里的艰难跋涉，仅有不到千分之四的鲑鱼能洄游到出生地。

为了能够回到故土，鲑鱼们通过团队协作，前仆后继地献出生命，终于实现梦想。片中鲑鱼与大自然殊死拼搏、鲜血淋漓而又软弱无助的画面，给我的内心带来强烈的震撼。有科学家说，鲑鱼能神奇地寻找到出生地，是因为有着非凡的记忆力，或够辨别出出生地河水的味道，或大脑中有一种铁质，有导航功能云云。所有这些，都不足以说服我。因为，我始终固执地认为大自然繁衍生命，延续种族的法则，生命眷恋故土、落叶归根的原性，才是鲑鱼不惜以生命代价洄游到出生地的根本原因。

人，又何尝不是如此？

现定居于广州的甘全先生，是清代戍台名将甘国宝的后裔。为了寻找自己的根，他四年三次从广州到福州、古田、屏南寻根。虽然，他每次都克服重重困难，经历艰辛，且前两次都失败了，但他毫不气馁，终于在第三次寻找到了他先祖甘国宝的出生地小梨洋村，总行程 1 万余里。当时，他站在甘国宝故居前时热泪盈眶的情景，不禁触动了多少游子的心啊！

木有本，水有源，人有根。树有根，绿叶才有了依托；水有源，江河才得以大胆咆哮奔腾；人有根，游子才能够自由驰骋湖海。一个人若失去故土，则犹如木之离本，水之断源，将会不知所措，甚至迷失方向。可以说，对根的眷恋是生命的原性、共性！

母亲银发里的小秘密

儿时，母亲养很多鸡，只是作为困难生活的补给，并非嗜好，更没有达到如羲之爱鹅般高雅的境界与入骨的痴迷。

这两年随着年龄的增长，母亲开始喜欢养鸡了，特别是妹妹定居他乡后，她养鸡的境界虽然无法比拟羲之易鹅，但痴迷程度却毫不逊色。母亲的这种"异常"举动引起我的担心和关注。

母亲的鸡养在五楼搭盖的鸡舍里，这个鸡舍是房子建成之初搭盖的。当时，家里生活拮据，养些鸡可供补给。随着弟妹相继工作，社会福利的提高，家里的经济状况大为改善，这个鸡舍随之停用。有一年，我突然心血来潮，想一拆了之，母亲制止道："蛮留着做个纪念吧！"想不到如今不愁吃穿的母亲，又利用它开始养鸡了。养鸡是一件很烦琐的事，煮了鸡食，得爬上五层楼梯喂鸡，一周还得冲洗两次鸡舍，夏天还好，冬天冷飕飕的，对于年迈的、腿脚不方便的母亲而言是多么的辛苦啊！

母亲腿的不方便，是她年轻时做学校炊事员工作落下"老寒腿"的病根。进入古稀之年后，她的身体状况大不如前，走路一摇一晃得越来越不方便。特别是爬楼梯，每上一级，她都得花费比平常人多得多的力气。为此，我们兄弟姐妹都劝说母亲不要再养鸡了。每次，她总不予以理会，似乎是对年轻时那种简单生活的留恋。

母亲的手很巧很擅长针线活，年轻时常有亲朋好友的闺女出嫁请她绣虎头鞋帽、围兜、枕头巾和手帕等陪嫁品，她绣出的老虎头活灵活现、虎虎生威，每一件都是精致的艺术品，倍受青睐。随着年纪的增大，精细的刺绣活做不了了，但剪裤脚、纳鞋垫等缝缝补补的零碎活仍不离手。我常常想，母亲这种简单的生活，该是她老人家一生勤俭节约、朴实无华生活的最好写照吧！

一次，我回到家里看望母亲，她老人家正在聚精会神地穿针，第一次没穿成，第二次没穿成，第三次还是没穿成。倚在她额头上银白的刘海突然耷拉了下来，遮住了她那刻满年轮的半张脸。她用小指头轻轻地捋起，脸上露出了自嘲的微笑，随即摇了摇头，示意我帮助一下，我第一次也没穿成，第二次穿成了。她笑着说，年轻人若三次穿不成，还可以接着穿，总会成的，而我就不行了，若连续三次穿不成，眼前的针线就会模糊成一团，乱糟糟的，就只能休息一阵子等定神了再穿。我不禁感慨万端：人生道路漫长，每走一步，无情的岁月都要在他的身上留下有形或无形的印记。人世时光短暂，八十年人生，已算高寿却也仿如过眼烟云啊！养两只鸡，爬几级楼梯，泡一壶香茗，喝几盏清茶，母亲简单的晚年生活，不是在为子女做出无言的榜样吗？

胡思乱想之间，妹妹母女也回来看望母亲了。

妹妹接过母亲手上的针线活，边缝边与母亲拉起了家常，我和外甥女时不时快活地在旁边插上一两句，小屋内溢满了笑声。转眼间，夜已深了，我和妹妹起身与母亲道别，母亲坚持送我们到大门口。就在母亲要关上大门的瞬间，妹妹突然返回屋里，将母亲针线包里的针线悉数倒在茶几上，然后小心翼翼地拾起一根一根光溜溜的针，穿上线，插在对应颜色的线球上，盘好，再将一粒一粒的线球放回针线包，码好，这是妹妹最熟练的活了。我看了一下表，妹妹做完这一切，只花了不到三分钟的时间。我不知道妹妹花的这不到三分钟的时间，将会给对生活极易满足的母亲留下怎样的温暖？

和妹妹一起走回各自小屋的路上，望着妹妹和外甥女母女俩相依为命的单薄身影，我想起了三年前，妹夫因公伤不幸去世的一幕。生活对她的打击太大了，她没有再嫁，而是选择定居他乡。在外漂泊的妹妹，难得回来一趟，依然牢牢地惦记着母亲生活最细微的细节，我羞愧了，双眼湿润了。

与妹妹母女俩分手后，在黑暗的夜色下，我的心里犹如大海的波涛，一圈一圈地翻滚涌起。自从母亲开始养鸡后，我与妻子就把剩饭剩菜收拾起来，藏进冰箱，每周送回家一次。每次看到我们夫妻俩送鸡食回来，母亲都高兴得像一个孩子似的。她说，不浪费，多好啊！

妹妹牵着外甥女小手的身影，在分岔路口渐渐消失了。我突然想起今天正是母亲节，这一离别，对于为了生活在他乡拼搏的母女俩，不知又要到何时才能再回来看望一趟母亲了。想到这，我突然悟出藏在母亲苍苍银发里"不浪费，多好啊！"这句话的秘密了——妹妹已经定居异乡了，老人家养鸡是希望她的儿子能借送鸡食的机会常回家看看啊！

我的泪水霎时夺眶而出……

粽子情丝

"四角飞天翘，绿带缠细腰。身外披铠甲，腹中五味全。"这是家乡广为流传的一个谜面，谜底是粽子。端午节的脚步声近了，就自然而然地想起了家乡的粽子。

儿时，物质匮乏，粽子是难得的美食。然而粽子总是伴随着端午节和一些特殊的日子姗姗来迟，这些特殊的日子仅仅有起厝上梁日、过"阳关"和请神日等，这些节日不常有，请神日也不是家家户户都包粽子，只有端午节才能让每个孩子都能吃得上粽子。在模糊的印象中，端午节是一个能够牵动孩子们幼小心灵的美好节日。

烧食用碱是包粽子的一道先行工序，所采用的主要原材料有稻草和小杂木。将稻草和小杂木烧成灰，用汤浸泡，就可以从中提取食用植物碱了。用稻草烧出来的碱颜色较深，所包的粽子有一股异味，而用小杂木烧的颜色浅些，所包的粽子有一种说不出的清香味。

定居屏南后，母亲包粽子必选小杂木烧后提取的食用碱，这一做法得到父亲的大力支持。父亲每次上山砍小杂木，都得凭他自己的经验挑选小杂木中的上等品，连着树叶砍回来后架在破锅上燃烧成灰，这样烧出来的灰不像稻草灰一样黑，而是雪白色的，所提取出来的碱白中透出一丝丝的金黄。母亲用这种碱包出来的粽子金黄金黄的，像一件艺术品，倍受左邻右舍三姑六婶的追捧。

"前路糍，里路粽"是流传于玉田大地上的一句顺口溜，指前路人擂出的糍粑地道，里路人包的粽子上口。玉田大地上，前为南，里为北，南北分治成为古田与屏南两县后，这句顺口溜仍在两县人民间传唱，如一根割舍不断的线，在无形中时不时地牵动着两县人民的亲情。

糍粽本一家，但做法不同，就明显有异，造成"业术有专攻"。"里路粽"吃起来要比前路的上口得多，主要是增加了食用植物碱，使原料软化膨胀，去除异味，吃起来特别上口，但包扎起来工序十分复杂。首先，采用竹丝包扎。撕竹丝是一道很烦琐的工艺，要选用刚抽出枝，却又还没有长成叶的嫩毛竹做原材料；砍回家后，根据所需要的长度进行截取，并劈开成竹片；将数根竹片卷曲起来放入锅中沸煮半天，直至竹片软化，才能撕成竹丝。其次，粽子包成三棱锥后，要在前后两端各包扎一个圈，才算包成一个粽子。相比之下，前路包粽子要简洁得多。一是用绿色棕叶丝替代竹丝，易伐易煮也易撕；二是单圈包扎，粽子包成三棱锥后，只需在中间包扎一个圈就大功告成了。用"绿带缠细腰"来概括前路的粽子是最贴切不过的了。

别看包粽子是项小小的活，技术含量却相当高，一要包得巧，二要扎得紧，还要包得快。否则蒸煮时原料会从四个角中渗漏出来，造成整锅黏糊糊的，要不就是邻居们都吃上香喷喷的粽子了，你却还在拼命包。包一个粽子看起来仅多扎一个圈，竟然要多消耗三分之一的工时，这一点在我们家搬到屏南后得到了很好的验证。母亲传承了古老的前路包扎功夫，一圈一个粽，又快又结实。每次与同事们一起包粽子时，同事们每包完两个，母亲总包完了三个，这就是包一圈与两圈的区别；同时又吸收了里路人增加食用碱的做法，所包出的粽子色、香、味、形俱全，既养眼又上口。每近端午必有前来取经学习的，每次，母亲总是耐心地手把手进行传授。一些人的手很灵巧，很快就掌握了技术要领，一些人的手却笨拙得很，任凭母亲使出浑身解数也教不会。遇上这种情形，母亲常会轻声叹息，"一种米养百号人啊！"

包粽子是孩子们感兴趣的一项活，在母亲的指导下包粽子，包自己喜爱的牛角粽、发财粽、双胞胎粽等。困乏时，听听母亲的故事；沉闷时，搞一场比赛，看谁包的又好又快。记得一次包粽子比赛，兄妹四人中，小弟尚小还不会包粽子，就帮助哥姐们舀粽子料，照样忙得大汗淋漓，激动得满脸通红呢！

如今，当年四个兄弟姐妹围在母亲的身边，边忙边玩，边玩边忙的快乐包粽子场景，已经在我的脑海里定格成一段温馨的影像了，只要端午节的脚步声一响，就会在我的眼前自动播放。而现代教育理论中，所谓的"个体差异""快乐学习""主动学习"云云，都可以在文化程度并不高的母亲与孩子们的对话或相处中找到答案。

奔跑在月光下

一、如银的中秋月

月啊月

你在天上转，我在地上走

走，走，走

走到福州城，买了一块饼

月又圆，饼又圆

年年宰猪做大年

......

这是故乡闹中秋节传唱千年的儿歌，闹中秋炒甜豆、爆米花、晒红蛋、吃月饼，家家户户皆忙碌，全村老少喜洋洋。试想一下，甜豆吃了甜蜜蜜，爆开米花发大财；挂个红蛋保平安，吃了月饼大团圆。那是多么美好的愿望啊！

在幼小的记忆中，我对日出日落月升月隐的乡村日子有三个美好的盼望：一盼客人来了沾点光。过年做节不常有，客人登门常常有，客人来了，炒一碗粉干太平蛋、斟一杯家酿黄米酒为乡村待客的大礼，客人看到小孩饥渴的眼光，自然会拿起一块小碗，匀出一小半碗粉干、夹上一块蛋片给小孩子享用，这已成为乡村既定的礼节。如此，客人来访，也就意味着美食来了，成了孩子们最经常的盼望。二盼做节吃大餐。相比过年，一年中有好几个节，盼头明显多了许多，做节吃大餐是传统，不必靠客人施舍，自然可摆在第二位。三盼过年收红包。俗话说"年三天，节一天，立夏冬至仅一餐。"三天年，收红包、吃大餐、穿新衣、喝年茶、放鞭炮……那是孩子们一年中最快乐的日子。所有节日中，中秋节为我的最爱，许是我对于月光的偏爱吧！

　　儿时，一进入农历八月，我就整天围着母亲询问啥时过中秋节，生怕柔顺的月光一不留神就从母亲忙碌的十指缝隙间漏掉。记得一次母亲许是被我纠缠烦了，就随意回了一句："今年没有中秋节！"我大吃一惊，赶紧跑去问父亲，他正赶着去开会，就敷衍道："你娘说的没错！"我吓了一跳，急忙跑去问奶奶，老人家慈祥地抚摸着我的头，笑眯眯地说："傻孩子，一年一度过中秋，咋会没有呢？若遇上闰月，还有两个呢！"此后，我年年盼着能在一年中，再额外过上一个中秋节，但始终没遇上，直到稍稍掌握了一点月历知识后，才知道闰八月五十七年才一次，一九九五年终于遇上了一次，但那时我已经离开故乡近二十年了，而那年难得一遇的第二个中秋节，在我席不暇暖的琐事中无声地漏去了。

　　纯朴的村民讲邻舍情义，重礼尚往来。从中秋节前一周开始，家家户户忙着给亲友们送月饼。那时，临水大地上为清一色采用老手艺制作出来的真苏肉月饼，统一用简洁的牛皮纸包装，纸面上渗透出香香的油斑，让人馋涎欲滴。每收到一包，我就急于要打开解馋，每次又都被奶奶制止了，因为那时贫穷，月饼为难得的佳肴，上等的礼品，要留下来赠送给亲友。其实，那时的贫穷并非是我家的专利，亲友们都拮据，都是七哥对八哥的差不多，一人一包的月饼在亲友家里兜一圈后，到做节那天各家又各收回一包，各自欢欢喜喜做中秋，所幸那时老手艺制作的真苏肉礼饼不易馊，别说轮上一周，即使一年半载也馊不了。

送礼包是一件耗时的事，家中奶奶缠小脚，父亲在外地，母亲里外奔波便忙得团团转了。不知从哪一年开始，我成了母亲的左右手，会帮助母亲送月饼了，每到一家，必有长辈夸我头大额宽像父亲，长大飞离穷山沟做干部。我顿感胸有豪情，殊不知，那一刻父亲也正在偏远邻县的另一个小山沟里操劳思乡呢！

中秋节那晚，一碗饭未扒完，便有小伙伴们来邀我一起过中秋节了。母亲早有准备，端出一大盘甜豆、月饼、里路糕等中秋茶点，小伙伴们呼啦一下就把里路糕抢光了，里路糕来自父亲工作的邻县的千年古镇，在那交通不便的年代自然成为稀罕物，一些小伙伴舍不得吃，就藏进口袋里了。这份倍受欢迎的中秋茶点，让我为父亲能在邻县工作而自豪，却没能体会到双亲多年两地分居，造成生活上的不便与艰辛！

夜幕降临，鞭炮声声。我紧跟在小伙伴们的后面开心地挨家挨户串门，每入一户，主人必要问起我的父亲，并翻开我的小口袋将里面的甜豆灌满，从中我感受到村民对父亲这位穷书生的敬重。几户下来，我虽然都在大把大把地吃甜豆，将甜豆咬得咯咯响，但全身的小口袋仍然被撑得紧鼓鼓的。现在回想起来，那时候的孩子为什么都没有"上火"这个概念？果真如村民讲的"贫贱的娃仔容易养"吗？

吃，也会累！在那食不果腹的年代，这个夜晚对孩子们而言是少有的大餐节。吃累了，自然要换一种玩法。村中晒谷坪的夜晚也是月亮最流连的地方，金黄的月光一泻就是满满的一坪。晒谷坪是村民们晒稻谷、地瓜米、瓜果蔬菜干的场所，也是村民们一年农事成果的大汇展。吃累了的孩子早已聚满了晒谷坪，我兴奋地用食指比画着月亮，讲起了奶奶讲过的《嫦娥奔月》《玉兔捣药》《吴刚伐桂》等故事。年事已高的仲梓公远远地见到了，一阵小跑，气喘吁吁地赶过来迅速拉下我稚嫩的小手，警告说，谁若用右手指着月亮，月光娘子就会割下谁的右耳朵，反之，就会割下谁的左耳朵……

"清夜无尘，月色如银。"晒谷坪上孩子们快乐奔跑，长短人影交织穿梭，吵吵闹闹，老鹰抓小鸡、跳大绳、打野战、踩影子、猪八戒背媳妇等游戏纷纷登场。乡村的孩子无书本重负之累，无严师训斥之苦，无父母束缚之烦，更不受虚名浮利钩心斗角等社会风气之污染，个个活蹦乱跳皆能顺其自然健康成长。如此，便有了气清如水心洁如月的乡村本性。

那年头，洁癖症、孤独症等病症皆远离乡村，村民们虽攻苦食淡，但精神财富却十分富足，不似现在一些衣食无忧的都市人，动不动就要卧轨、服毒、跳楼等等，完全不知道造物主给予人生有且仅有一次生命的珍贵。

二、回不来的乡村月

乡村的日头挂得高高的，高过山头，高过树梢，却丝毫不收敛她的火辣，如催情的火种。田间的汉子憋不住胸中的烈火，他们敞开衣襟挥起锄头一抔一抔地翻开土地，催促着日头快快下山，善解人意的月亮终于风情万种地露出了脸。夜，沉睡在一片金黄中，夜空静得空灵；风，殷勤地推着云朵欢快地追逐着月亮。忙碌了一整天的年轻汉子早早地蜷入被窝抱紧了媳妇。

唠嗑坪上的冈头叔飞沫四溅地说，山里的孩子酿造于寂静的夜晚，有黑夜荒芜的野性，个个活蹦乱跳的有使不完的劲；而城里人不讲规矩，大白天也造孩子，所造出的孩子娇嫩脆弱稻草绊一下就倒下……唠嗑坪上笑声阵阵。月光无声，悄悄地扫过唠嗑坪，压扁了村民细长的身影，村民们渐渐地散去，唠嗑坪归于宁静。

也不是所有乡村的孩子都不生病，记忆中，我的肚子也疼过一回。那天下午，母亲背着一把柴刀上山砍柴去了，我与堂妹等几位小伙伴在后厅玩"跳天井"游戏。老屋后厅有两个并不宽敞的天井，孩子们铆足劲儿正可跳过去，又具有一点挑战性，很吸引孩子们玩耍。我与小伙伴们来回跳个不停，玩得很欢。突然，扑通一声，我掉进天井里了。紧接着，我感到肚子一阵剧痛……奶奶熬了一碗艾叶茶让我喝下，我觉得有所缓解，就迷迷糊糊地睡着了。

日落时分，我在一阵剧痛中醒来，奶奶又让我喝艾叶茶，这次却不管用了，我疼得在床上打滚。奶奶有点慌了，急忙挪着小脚到大门口看我的母亲是否回来，见母亲还没回来，就果断地回屋背上我上灶膛灭了灶内的火，舀干了后锅的汤，顺手掀起后锅倒扣在地上，又找来一把大锄头刮干净锅底烟灰，再舀半脸盆水放在后灶窝靠烟囱处，水中斜安一面镜子，烟囱边插上三炷香。

"香烟袅袅，盆水清清。灶爷端坐灶正中，太婆今日代孙求老君，快快治好我孙腹疼病，感谢老君大恩大德。

"明镜亮堂，烟囱通天。嫦娥起舞蟾宫中，太婆今日背孙求娘子，快快治好我孙腹疼病，感谢娘子大恩大德……"

奶奶绕着地上的锅走三圈，在灶前含胸诵读祭灶经，又用左手指沾些水，洒在烟囱口。说来也奇怪，我的肚子还真的就不疼了……

　　夜色越深，风儿越劲，月亮越忙，月光翻过重重高山，越过茫茫田野，走进睡熟了的村庄，村庄在柔和的月光中拉动风箱，鼓起了粗粝的鼾声。有月光的夜晚成群的狗都放松了警惕，追逐嬉戏去了。如此宁静的夜晚，月光更放心不下村庄的安危，她从村边走向睡熟了的老屋，老屋前有条长长的水沟，沟水湍激，清澈如镜，月亮便小憩在清清的水沟里了。

　　白天，沟边有摇晃丰臀使劲搓洗衣服的村姑，有浸泡锄头、锛刀等带柄农具的农夫，也有顺路饮一两口清水尔后悠悠晃晃仰起头颅哞哞叫唤的老牛。我常将一只畚箕安放在水沟里，再挽起裤脚下到浅浅的水沟，沿水流的方向将小鱼虾赶进畚箕作为我的美餐。"哪家的孩子搅浑了水？快滚到下游去！"每当被搅浑浊的水妨碍了三姑四婶缠足奶奶洗衣服时，捞鱼虾的孩子们就会受到训斥。记得在一个风和日丽的午后，我在自家门前的小水沟里捞鱼虾，被三姑四婶们一个接一个地往下赶，竟一直被赶到村尾呢！

　　夜晚，忙碌的水沟静静地倚在村庄的怀里睡成了一张床，任清清的流水从头到胸、到脚流淌。小憩在沟中的月亮在荡漾起伏的水波中排队成列，这揉进月光的水就成了长生水了，饮用、洗涤、浇灌、灭火、拢风、聚气……一切都安排妥当，月光就从水沟中爬上斑驳的土墙，爬上老屋的屋顶，又将满载的金黄洒向方方的天井。

　　山村老屋的土墙厚实，屋内的壁板单薄，岁月将相邻的壁板拉出了一道道缝隙，淡黄的月光穿过方方的天井，将一抹细长的光洒落在温馨的小屋内。年轻的夫妇吹灭了微弱的油灯，借着这一抹黄黄的光，将小屋内的故事演绎得精彩纷呈。隔壁房间内懵懂孩子的思绪像脱缰奔跑的野马，兴奋地想象着与小伙伴们争抢刨刀下大卷大卷的刨花，又快乐地将抢到的刨花塞进自家的竹篮……要知道，篮子里殷实的刨花是孩子们玩闹洞房游戏时，献给小新娘的上等礼物呢！

孩子一个个在月光中顿悟，而父母却一个个在月光中老去了。

远去的"十月七"

　　十月的红叶染红了大山，十月的和风吹响了收获的号子，将庄稼人的脸吹成了盛开的菊花。十月是属于庄稼人的季节，但"十月七"只属于漈头古村，是深埋在古村千年历史长河中的一块闪光的金子。

　　国家级历史文化名村——屏南漈头古村中，你若不懂得"十月七"，那你就不配做漈头的子孙。"十月七"伴随着古村一路走来，不是简单的十月七日，而是村民对庇护神"圣王爷"成佛日祭祀民俗文化活动的特定称呼。"圣王爷"是漈头人对齐天大圣的尊称，将他供奉在漈头下境总门楼上的"圣王爷楼"内。"圣王爷"的成佛日在农历十月廿七日，为什么被漈头人亲切地称为"十月七"？这是漈头人永远的秘密。因此，"十月七"常被漈头在外游子作为"接线认亲"的暗号口令了。

　　"十月七"的隆重可比肩过春节，参与这一民俗文化活动的人遍及海内外，特别是旅居马来西亚森美兰州屏南和古田的华侨中，有许多人过"十月七"。据波德申县丹那美拉 C 新村的侨胞张书房介绍，他曾用"十月七"这一"接线认亲"暗号口令，找到了两位中国故乡漈头的乡亲。

十月的日历刚翻开，首事就召开理事会，对"十月七"的各个程序，如请神戏、取香、接香、金身巡游、做神戏、祭祀和分"福分"（祭祀用的猪肉）等进行部署。首事一动全村动，家家大扫除迎大圣。到了十月廿五日，男的上山"劈柴毛"，架锅烧灰取碱做米粿，擂糍粑，拱彩门，女的杀鸡宰鸭，准备祭祀品，家家忙得不亦乐乎。

按习俗，"取香火"定在农历十月廿日至廿六日之间的一个黄道吉日，先由道家法师初选，再到"圣王爷楼"掷"阴阳板"，由圣王爷拍板敲定，取得谕旨。这种人神之间的交流方式，抚慰了一代又一代村民的心灵。

"取香火"这天，零点的钟声刚敲响，"取香火"的队伍就抬出香亭，挑着炮、烛、香、钱、路牌等，在锣鼓鞭炮声中，朝着"圣王爷"的祖庙——建瓯市玉山镇�樨村半岭齐天大圣庙出发了。村庄在整夜的祈盼中沸腾了，村民个个"休刀挂锄"，不再下地劳作，而是一身光鲜打扮，备足供品茶点香火鞭炮，会亲叙友，迎接"圣王爷"光临。

晌午时分，迎香的队伍在城关漈头路口，搭起香案台"迎香"。取香火的队伍一回来，鞭炮齐鸣，法师迎接"神香"，行"接香"祭祀仪式后返回。一路上，敲锣打鼓，鞭炮声声。临近村口，早有众多村民鸣炮迎接，将"神香"送进圣王爷楼。

圣王爷楼内烟雾缭绕，热闹非凡。时刻一到，铳响三声，鞭炮骤响，锣鼓声起，祭祀大典拉开帷幕。法师上"神香"，念咒语，司祭礼。善男信女念念有词，有祈福求顺保平安的，也有求丁求财又求寿的，信徒一波接一波，人山人海。所幸"圣王爷"法力无边，以静制动，有求必应，信徒们个个都如愿以偿，满载而归。

随着三声铳响，祭祀结束，游神开始。楼内七尊齐天大圣神像抬出两尊，全村巡游。锣鼓开道，鞭炮点缀，两尊大圣神像端坐两乘轿子上，首轿前设一大香炉，肃静、回避的禁牌威严其后，神明的刀枪等法器跟上，善男信女跟上，腰鼓队跟上，花环队跟上，彩旗队压阵。户户焚香鸣炮迎接，把自家的香插进大香炉，并取下"神香"三炷，插在自家的香案上，许多外村来的善男信女接住"神香"后，欢天喜地地送回家。2010年12月20日，溙头村被评为国家级历史文化名村，长期封尘在老宅古厝中的圣旨、匾额、题联也被融入巡游队伍，起到了弘扬传统文化，光耀祖宗荣誉，宣传反腐倡廉等积极作用，极大地丰富了"十月七"民俗文化活动内涵，提升了齐天大圣信仰的文化品位。

一村下来，巡游结束。齐天大圣神像被供奉到戏台前观看神戏，一连七日。溙头村被评为国家级历史文化名村那一年，全村沸腾，信士纷纷慷慨解囊，捐演神戏庆祝，一场接一场，一口气演到元宵节，大伙儿才依依不舍地忙春播去了。大圣白天送福解忧，晚上看神戏，感受信徒诚意，享受人间冷暖。演戏中，每逢高潮，必有村民向台上投钱、掷红包等，古老民风淳朴之极。

神戏演完，帷幕拉下。"圣王爷"回归圣王爷楼，重看世间百态。在首事的安排下，交了"份子钱"的村民领取"福分"，接受风调雨顺的美好祝福。当晚，重新选举下一任首事和理事，策划下一届"十月七"活动，一年一度的"十月七"画上了一个圆满句号！

一粒弱小的种子随风漂泊，一旦遇上适合的土壤就不管风吹雨打，烈日炎炎，都会执着地扎地生根发芽，甚至长成参天大树。

第六辑　先人背影

抔一捧"美女献花泉"

一

儿时，我喜欢听一代戍台名将甘国宝的故事，有《出生地陷坑》《化虎过墙》《百步穿杨射鸡说》《六护乾隆下江南》等五花八门无奇不有。最神奇的是《一日十三封》，说的是甘国母督促乾隆皇帝给甘国宝封官，一日之内封十三个官位，所封给他的官一个比一个大，让人听得如痴如醉。有关他的故事传说是村民们茶余饭后最主要的谈资，我们这代人就这样伴随着甘国宝的故事悄悄长大。

受甘国宝传奇故事的影响，我常与伙伴们沿着龙漈甘溪去追寻武将的足迹。在龙漈甘溪的源头，我看到了作家禾源笔下的那一眼"美女献花泉"。禾源生于斯、长于斯、饮于斯、沐于斯，他早已将这眼泉、这座村、这条奔腾的溪流揉进他的心田。说他的村子就在支起这道梁七腿八爪中段的两腿间……抱下一片田，抱住一个几百号人的村子；还调侃说他老祖宗的眼真毒！那时，禾源的话语尚未在村中传开，我也没能品出其中"高山之巍巍、流水之洋洋"的奥妙，嚼不出村子的味道。但我却咕咚咕咚畅饮了"美女献花泉"，想必当年那位名叫甘国宝的调皮孩子，定然也常在这里抔水畅饮呢！

一对祖先，弄泉拓荒，开路耕田，筚路蓝缕，像在酿造一坛陈酿，不躁不急，不温不火，渐渐地就燃起了一炷粗壮的炊烟，袅袅的炊烟热炽地缠绕，婴儿落地的啼哭声就在这粗犷的交织中穿出老屋厚厚的土墙，当一幢幢新屋在婴儿成长的脊梁上耸立，就成了一座村庄；一眼泉，叮叮咚咚，耐心汇集，丝丝流淌，如在等待一冬的暖阳，不歇不息，不慌不忙，不但汇成了江河湖海，还孕育出一座座村庄。

"美女献花泉"就是这样的一眼泉，龙漈甘溪就是这样的一条溪。

一眼"美女献花泉"叮咚不息，汇成为小涧、小溪，从坚挺的山梁上、敞开的山腿间飞泻、跌落。经过一道又一道弯，一个又一个漈，像一条巨龙破开山门奔腾而出，祖辈们感叹：於，如龙出海！又有一支流于村尾交汇成漈，村中有嘉庆年间碑文曰"观两涧之交流颜曰龙漈"，凡此种种龙漈溪顺理成名；蜿蜒的溪边多为甘氏聚居村落，这便又有了龙漈甘溪的雅称。甘漈下是甘溪边上最大的村落，上游的洋头寨是这里的一根枝芽，下游的板兜村是这里的一根枝芽，一代武将甘国宝的出生地小梨洋村仍然是这里的一根枝芽……

甘漈下犹如一棵参天古树，茁壮的枝条翠蔓于甘溪边上，小小的叶子如片片轻舟，借着悠悠流水，一路欢歌，奔向五湖四海，成为家的细胞，族的血管，村的脉络。

二

　　龙漈甘溪是甘氏子孙的母亲河，沿着这一溪之水触摸甘氏根脉的藤，可追溯到明正统年间。据龙漈《甘氏族谱》嘉靖十二年（1533年）序记载："吾宗籍棣浙江处州景宁县四都六源张村……至吾祖得英公兄弟四人为充里役，解纳坑课钱粮，中途失盗，倾家赔偿。乃于明正统二年（1437年）率子侄二十余口弃祖基于张村，择迁居古田县龙漈。"原来先祖甘得英原本为官府之人，食皇家俸禄，因遇难不得已而背井离乡迁徙避难啊！在这条古老的藤上，我仿佛看到了甘得英满脸的无奈，以及那一群跟在他身后老幼妇孺疲惫不堪不知所措的身影了。

　　历史的长河像股市的走势线，在起起落落的风云间蜿蜒流淌；那条小小的龙漈甘溪也随着跌宕起伏，山那边远在浙江处州府景宁县张村的潮水也傻乎乎地随着涨涨落落，"坑课钱粮案"很快有了眉目并被官府破解。翌年，思乡心切的甘得英听到"坑课钱粮案"已经平息，就决定启程返乡。

　　一粒弱小的草籽随风漂泊，随波逐流，只要遇上适合的土壤就不管风吹雨打，烈日炎炎，都会执着地生根发芽，开花结果。而后又把它的种子，播在风里，撒进水里，借大自然无形之手，传播它的后代，让它的后代成树成林。茫茫大山一眼泉，泉边有豺狼虎豹虎视眈眈；丝丝流水汇成河，河边有激流险滩喜怒无常，落地、生根、发芽、成长是这一粒草籽执着的梦想。

　　甘细旷就是这样执着的一粒草籽！

　　甘得英带着原班大多数人马返回浙江，他的孩子甘细旷从抔起第一捧

"美女献花泉"起，就痴心爱上了这眼圆圆的、清清的、甜甜的泉，他要与龙漈溪为伴，开辟甘家的另一片天地。此时，漈下村零散分布有三十六个村庄，居住着周、吴、林、梁、柯、江、任、双等十多个姓氏。俗话说："独木不成林！"这一炷孤烟如何在夹缝中生存、成家，想必这个桀骜之子定成为甘得英的一块心病吧！

从此，龙漈溪边上有了一个知难而上披荆斩棘的茕子身影。

<h1 style="text-align:center">三</h1>

从儿时的记忆，或者更往前一大段的历史中，漈下就已经不是昔日多村共处同饮一溪水的"大漈下"，而是甘姓聚居传统血缘村落甘漈下。那么，这一大段历史究竟有多长呢？

再一次陪同两位台湾学者走进漈下村，这个人口 1700 多人的村庄面朝横卧欲立的马鞍山，背倚古树葱郁的伏凤坡，左引巍峨挺秀的文笔峰，右傍蜿蜒盘绕的洁霞岭，龙漈甘溪洋洋洒洒穿村而过，水尾龙虎守关。村弄呈"臼"字形排列，"臼"方言与"活"同音，故而村弄就被村民命名为意味深长的活字路。登高俯视，整个村庄呈意味深长的"臼"字形布局，外形恰似一根钓鱼竿钓住一尾大锦鲤，意象"钓住吉利"，如此圆融合一自性无二之地，子孙定出达官贵人。想必出身吏役家门精通堪舆之术身怀绝技的甘细旷放弃父辈丰厚家业，留此开疆拓土成家立业，定然是看中了这块"飞凤落祥"的福地。

臼，《说文》曰："舂也。古者掘地为臼……"甘氏子孙并不"掘地为臼"，而是筑屋为臼，一屋一臼，环环相扣，步步为营。甘细旷先在堡里弄筑屋为臼，后反客为主，从异姓手上接管了寨子，再对柯、钱、任、双、林等村寨逐个突破，经第二代奋力开拓，至第三代就基本完成一统，并成为与富达蓝、洋角郑并称古田（时屏南隶属古田，至雍正十二年分治）三大望族。翻开清嘉庆版龙漈《甘氏族谱》，明末清初漈下就已经发展成为甘姓聚居传统血缘村落。

与人斗，解村忧；与天斗，致家富。这是先民生存的法则，村子统一，人心已定，消灾为要，水火之灾为上。龙漈甘溪二水交汇处有一漈，暴雨时洪水泛滥成灾，卦象显示此间藏有一条孽龙从中作怪。"马辞虎豹怒，舟出蛟鼍恐。"为降孽龙，除水患，筑坝围湖除漈，又于三角洲处砌舟形护岸，上建龙漈仙宫，大有"篷舟出海"之势，由马氏仙姑坐镇降龙治水佑民。

村中屡发火灾，堪舆观测说马鞍山上潜伏有一条睡火龙，甘家即在钱满地上砌日、月、双星四个水塘，只要火龙睡醒一抬头，就有四塘之水合力制之。如今当你穿过聚宝桥，登上飞来庙前的石阶，上得来钱家遗址，虽然日潭与星潭早已淹没于漫漫历史长河，但是仍可一睹波光摇漾的半月形月潭风采，任时间流逝仍不离不弃，坚守岗位，抚慰着村民的心灵。

甘氏精湛的堪舆术代代相传，其后裔迁居小梨洋、洋头寨、板兜、长岭等地，皆可看到诸如此类以堪舆术应对天灾及选址肇基祈福之举。如根据山形地势将甘国宝出生地小梨洋设计成太极形状，又将甘国宝故居和八卦亭建在太极的两极上，亭中地面用五彩鹅卵石镶嵌成长寿龟图案，寓意龟阁延龄，故居内九级台阶上厅堂与九星宿辉映，前朝巨门之水锁明堂，预兆出大官，己丑人见之。受乾隆皇帝"此系重地，非他处可比，非见识明澈，才干优长者不可胜任"之重托，两度出任台湾挂印总兵，御赐福字，赏戴花翎，官至广东提督、福建陆路提督、诰授荣禄大夫的清一代武将甘国宝，正是己丑年农历五月十四日辰时呱呱坠地，验之，巧乎？

奇也！

五百多年来，龙漈甘溪境内人才辈出，除甘国宝外，还有开县武举甘攀龙，贡生甘燮鼎，监生甘圣安、甘圣宁、甘利世，"人得其寸素，视若拱璧"的书画家甘炳焜，以及近代中国海军少将甘联璈等历史文化名人，不胜枚举。

四

厚重的历史是漈下时光深处的宝藏，如掘地之臼，将这一溪的文化舂得墨迹斑斑。幸存的明代城门楼、古城墙、跑马场等古迹中，隐藏着一段鲜为人知的甘氏先祖带领子孙习武健身，又为建筑防御工事而险些吃官司的辛酸史。至今村中依然保持着习武健身的传统，你若走进官厅还有机会一睹虎虎生威的甘家虎桩拳风采呢！城门前苍劲雄浑的"漈水安澜"四个大字宛如一块功德碑，或记载先祖一统三十六村的功绩？或铭记祖辈完成治水大业的功德？抑或歌颂甘国宝力挽狂澜完成安定台湾之伟业？这一连串涌动的问号无不让人浮想联翩。

走在漈下村，一不小心就踩到了一具村子的躯壳。江墩寨、梁州峦、钱满地、柯坪、周厝墩、双井、嵩顶岩等一个个带着浓厚血缘传承色彩的三十六村（寨、堡），无不在"强者胜"的自然法则中迁徙，甚至淘汰消失。一些村子连同缥缈的影子一起被臼入地下，偶尔也会在一些老人的口中、发黄的族谱、残缺的村史中抬一下头或露一下脸，以证明她曾经的存在。江墩寨，又称江家堡，是甘细旷接管的一个村寨，虽然她也被臼入地下，但村中老少妇孺无不记得她的芳名，如同记住开基始祖的灵牌。钱满地因有月池，又称钱满池，这么吉利的名字村民怎能忘记？何况她还在行使着降火龙的神圣职责！嵩顶岩原是村东的一个古寨子，如今成了地瓜园地、柿子树林，寨影全无，人们只能从族谱和村史中依稀窥探她昔日的倩影了。

小花桥前溪中的"鸡啄牛蹄"记载了甘吴两姓最后角逐争斗的风雪岁月，聚宝桥下的"马腿"诉说着林家孤注一掷守护领地的决心。"一人得道，鸡犬升天"是村中老人带着调侃味，又夹杂着些自豪感的言语。那些原本土掉牙的地名，在甘国宝中进士当大官后都鎏金更名，如后门岭、东田垅、梯子岗、城门路变成带着功利色彩的侯门岭、恩诏门、爵阶亭、云门路；大虫寨、院里成了迎合虎精传说的伏虎坡、猛虎跳墙；鸡角石、米筛垅则成为诗意的瑶台石、美沙堤……

稍作流连，不觉间，暮色已浓！

返程时，炊烟正旺，红霞满天。回望无数欢快交织的炊烟，我突然记起，俗话还说："知子莫如父！"如此，五百多年前，吏役出身的甘得英率领一家人返回浙江时，没有将孩子甘细旷强行带走，应该是对他经营好那一眼"美女献花泉"滋润出的"天赐鸿禧"之地有十足的信心吧！

沈钟：以茶治县一茶人

据《吴人稿本丛书经眼录》记载："沈钟字鹿坪，号霞光，江苏武进人。康熙四十七年（1708 年）举人，乾隆元年（1736 年）官福建屏南知县，后调闽清，罢归。沈氏关注世事，潜心学术，著作颇丰，但流传甚稀，乾隆以来公私书目仅见著录《霞光集》《柳外词》二种。"事实上，流传于世的还有乾隆版《屏南县志》《安溪县志》等。沈钟作为屏南首任县令，开县第一茶人，其人其事最为屏南人所称道的是"以茶治县策略"。

乾隆元年（1736 年）正月初，刚过完春节，沈钟便捧檄从古田水口往屏南赴任。轿上嵩洲峻岭，山陡崖峭，雾浓风寒，如驾云中，如入另一重天。沈钟加裘沉思，前人"联峰迷晓雾，孤蹬入寒云"，"山临水上云根湿，水出山中石骨寒"，等诗句，无不让他触景生情感慨万分。

"奈新设岩疆，百姓未识有官长，与生苗无异，其朴陋山野之状，难以言喻。""是时，仅一空署，尚在野田荒草间，每夜猛虎聚于墙外，人烟寥寥，不过四五十灶，在西南一隅。""地广林深，最易存奸……多有罗源、宁德等地惯贼，流入屏境，或与当地讼棍勾结为乱。""屏地素无医药，民间遇有疾病，但伏枕无措……"入屏后，他才知道这个穷山恶水之地绝非仅仅是贫困，堆积如山的问题纷沓而来，必须一一解决。

面对重重困难，沈钟，这位出身于鱼米之乡"巨富"家庭的举人，如新制松萝隐忍而不露锋芒。

初抵县治双溪时，仅 40 多户人家，县衙"仅一空署"，又无店无栈，随从皆有去意。据乾隆版《屏南县志》廪生周天麟在序文中写道："吏役悉由古田分出，吾师来，皆裹糇被从行，僦屋而居，躬爨而食，稍加严厉督责，即纷然思去……"沈钟语重心长地劝戒道："食皇禄，忠皇事。"他率先垂范与随从同甘共苦，经三年奋战，城垣、衙署、坛、祠宇、义学、主官道、桥、亭等诸多项大工"皆以告竣"。

"地广林深"仅是"最易存奸"外因，而"鞭长莫及，缺乏整治"才是内因是根本。犹如"茶滋于水，水藉于器，汤成于火"。火为成汤之本，法为治县之纲，除奸之器。对顾为棘手的讼棍王子开等三积案，沈钟跋山涉水谒见抚宪，陈其始末，说悉具折，禀请发县审究。积案除，刁风刹，跳梁止，民风渐善。

沈钟没有满足于眼前成绩，而是"水一人铫，便需急煮"乘势敕缉勾结宁德、罗源等县的积匪韦九开，经全县撒网，耐心伏击，"始能弋获，严刑以治，不使复归巢穴"。于是屏南大地如茶之清澈，俾共享太平之福。沈钟在《治屏管见》中记道："都民咸称夜不闭户，他盗亦不敢入境，惩一警百良然。"

沏茶之要，须高冲低斟。治民之要，宜惩恶亲民。沈钟认为，高冲则壶内翻滚，茶香自溢；低斟则水缓优雅，茶香团聚。惩恶则警百扶正，文明大启；亲民则心存百姓，呼吸相应。"故争籍一案，不惜置一官于度外，不惮再三陈请，力为挽回者。""予每于地方公事，悉捐俸以办，不使一毫累及于民。凡一出一入，夫役俱给以口粮；所过地方，即疏食菜羹，亦必厚酬其值……"由于"屏地素无医药……"沈钟就自制金丹，赠予百姓治疗寒暑、感冒之症。其父母之心，天地可鉴。

茶叶劣与好，最终看口感。治县有无方，还要观民生。优美的茶道修身养性，陶冶情操，增加茶趣，但茶叶的好坏最终还是由口感说了算。沈钟上述业绩无疑在一定程度上，促进了屏南社会经济文化的发展，但他治县的最大功绩是在于教民耕种织新法，推动农业发展，改善民生。"载酒春山自劝耕，官亭杂沓共欢迎。溪回树绕青旗转，风定花随翠盖轻。已荷恩纶蠲宿赋，更占丰穰报秋成。太平乐事原多众，野老休夸长吏清。"二百多年前，沈钟哼唱出的《春日东郊劝农》诗，记录下了这位一县之长劝农勤耕的良苦用心。

乾隆版《屏南县志》记载了沈钟教民耕种织新法。主要有：一是教民蓄水灌田法。"……教以蓄泄之法，每田一丘，于丘边留出水路一条，略开一小口，将水灌满，则用土壅住，放入下丘，以次递灌……如此则丘中之水被日蒸晒，土膏发旺，再加撒以灰粪、豆屑之类，禾苗自茂矣。"二是教民种粮豆麦法。"……若一切山坡平垄无水之处，可垦而种杂粮者，则听民自垦，永免升科……至于田塍之种豆，尤属自然之利……于收割早稻之后，多种麦子，每岁可多收熟……"三是教民设猪圈屯灰粪肥田法。"……各家砌成一圈，安一半截门，将猪栏入于圈内……可囤积粪土若干挑，用以肥田……"四是促民妇织绩。"……冬后唯闭门向火，男妇皆然，良可笑也。地甚寒，虽不宜种棉，然麻葛颇裕。若勤于织绩，以夏布一疋易棉布一疋，尚属有余……"以上尚不足以供国课，真正让百姓不受饥饿，并解决国课问题的是推广茶叶种植。

茶圣陆羽说："茶者，南方之嘉木也……上者生烂石，中者生砾壤，下者生黄土……"所谓烂石，是指未种植过作物，且发育良好风化完整的土壤，其矿物等养分齐全，最适宜茶树生长。自上嵩洲岭，初入屏南境，沈钟见到诸山云雾缭绕，皆烂石，乃天赐茶园。他在《物产》中记道："茶之属，各山皆有，或似武彝，或似松萝，惟产于岩头云雾中者佳。"说明当时红绿茶皆有，云雾茶最佳，并已形成一定的规模。但屏南地广人稀，完全可以大力推广种植以供国课。为了鼓动百姓种茶，这位书生可谓费尽心机。

据乾隆版《屏南县志·赋役志》载："……收获浅薄，更别无生息，惟恃枲谷完粮，以致催追不前，地方官徒受参罚，实亦民力有限也。倘后之宰斯邑者多方劝导，广种杂粮，并茶、竹、麻、靛之类，岁有万金之获，以供国课，庶几户有盖藏，输将亦易，民不扰而官无累矣。"从中可以看出，茶在国课中的重要地位。

茶，不仅供国课，而且在义学、文昌阁、廊桥等公共建筑修缮中发挥重要作用。现从乾隆版《屏南县志》中抄录两例如下：

其一"以上皆知县沈钟买基一亩六分建造，余田留作菜圃，以供诸生之用。其义学后山及左右两岗，知县沈钟又捐俸插杉树三千余本，并多栽茶竹，不独可荫庇风水，而日久倾颓，亦可藉为修理之资焉。并附识于此。"

其二"又批给子民张德余承种义学后山杉树印照。特授福州府屏南县正堂加一级沈：今将本县义学后山及左右两岗批付在城子民张德余承管，包种杉木三千株，议定给工价银壹拾两正，其银三次给领。自承之后，永远照管，逐年修整，不得有误。其山内一切榛、松、茶、竹等树，亦一体看管。倘有居民侵损，许尔告官究处，尔亦不得自行砍伐。此照。右批给在城子民张德余，准此。"

"板桥东跨柳西飞，时有行人趁落晖。十五采茶何处女，野花还插满头归。"

"乡村日落渐黄昏，伛偻行人入市忙。一阵风香肩贩出，旗枪争上买茶场。"

以上两首诗抄录于江版《屏南县志》，诗中描述了光绪年间屏南茶叶的产销盛况。前一首诗描述了夕阳归路，采茶女往来杂沓，花香人语的一幅乡村采茶图；后一首描画了落日余晖，茶商仍然云集，茶市交易空前繁忙的景象。

"凿破寒云岭被耕"，随着杂粮和茶叶种植的推广，荒山变茶园，沈钟欣慰地留下不朽诗篇。在沈钟的推动下，屏南茶叶进入了开县后的第一个鼎盛期，并一直延续了近二百年，直至欧战爆发后才走向衰亡。民国版《屏南县志》载："茶行，在城、棠口、漈头、官寿兜各乡，每年谷雨后，采买红绿各茶，运售外洋。欧战后，销路稍减。"

"……予捧檄赴屏南任，甫入境，闻邑中父老啧啧称颂，不绝于口。询之，盖即吾毗陵族兄鹿坪先生也……"壬申春，沈宗良赴屏南任，挥毫记下百姓对沈钟的称颂言辞以自勉。

"公罢官后……清风两袖，几无以自存，民争析薪饷粟，以继晨夕。然公虽去，其功业可垂青史，心事可质鬼神。"廪生周天麟在《序文》中如是记载。"茶之为用，味至寒，为饮最宜精行俭德之人。"借用茶圣的一句茶经，来概括屏南开县第一茶人沈钟是再恰当不过了。

坍头龙冈上的马蹄声

一

连日细雨，难得放晴。几位文友邀我去户外散心，我不假思索地建议去薛公墓走走，竟意外成行。

薛公墓在坍头龙冈上，距县城不到 10 公里，几分钟的车程，打开了我沉闷的思绪。薛公，薛文潮（1753—1788 年），字长纲，号飞澄，屏南旧治双溪人。乾隆四十年（1776 年）中武庠第二名，四十四年中武举人，四十九年补选驻京省塘。据道光版《屏南县志·武职》记载："历任宁德麵岭等汛千总，调升台湾守备。"公乐善好施，廉洁勤政，身先士卒，威震海台，是一位著名的清代戍台名将。每年清明前后，皆有全国各地薛氏宗亲、台湾同胞、海外侨胞等千里迢迢前来拜谒，也有众多游客慕名前来参观。而我们这些本地文友却一次次地错过身边的风景。为此，促成本次成行亦在情理之中。

车在千乘桥边上的坍头自然村停下。村前长澜溪悠悠而过，村中高层洋楼林立，气象万千；几幢土墙青瓦的老屋夹在其中，不亢不卑；幸存的浓缩古巷，依然幽幽；村边老树新枝，田塍新锄。走进村中，林立的高楼带给人以现代化新农村的新视觉，斑驳的老屋又给人以熟悉的归宿感，一颗浮躁的心在回归中变得平静。随着往村里的深入，我的心逐渐变得沉重了，因为我们无不例外地发现，村中仅余下几位老人和小孩，青壮年人都在上海、西安等大都市中搏击，山村的心脏已经被掏空，山村繁荣表象的背后有太多的东西值得思考了。

一位老人见到我们这批不速之客，举起手往村边沿溪的古官道指了指，他的脸上没有欣喜，也没有惊讶，平静得像一片落叶。我轻声问道："老伯伯，那条是往薛公墓的路吗？"他点了点头，便悄无声息地离开了，像深秋劲吹过后的余风，慢悠悠的，轻飘飘的，像挂在山尖余晖将尽的落日。可他却看穿了我们的心，像是前来祭拜参观薛公墓人心中的钟子期。

二

沿着"块石 + 鹅卵石"铺就的古官道前行，拐过一个古隘口，眼前突然豁然开朗。一畦水田清波潋滟，田边小溪如金蛇出穴，玉带缠腰，悠扬转折，乘其所来，不知所终。左右双峰踞守，如龙似虎；近山顺势横卧，如印镇中；远山层层环抱，圆圆融融；后山顺势突兀，如龙抬头。不用说，这就是传说中的抬头龙冈了。

传说前溪境内龙潭的龙王，常憩卧于冈，每次醒来抬头之时，必打喷嚏，大水成灾，山下棠口、贵溪等数村村民叫苦连天。为了使龙王能够安心睡觉，逢年过节，村民们必须杀猪宰羊、敲锣焚香上山祭拜，不堪重负。有一年闹饥荒，村民们拿不出供品上山祭拜。龙王醒后大怒，抬头要打喷嚏，恰逢顺天圣母驾临，使用定身术将其定身，这条卧龙就成了抬头龙，圣母封其为掌管五谷的香火龙。此后，龙冈下的小山村就叫作抬头村，久之成了坮头村，龙冈也成了坮头龙冈了。至今，贵溪村仍然保留有去双溪镇前溪村龙潭取神香火，舞香火龙的习俗。为了答谢顺天圣母的恩德，村民们在千乘桥头立夫人庙祭祀。啊，这个有仙、有龙、有水的地方，这个静谧、神奇、灵性的地方，就是清代戍台名将薛文潮的归宿地？

　　我们不约而同地一阵小跑登上薛公墓。坟墓坐北朝南，背枕坮头龙冈，前临稻田清波，占地面积约 260 平方米，墓手 3 层，墓坪 2 层，墓面用花岗岩块石干砌。坟丘呈龟背形，前设祭台，上立半椭圆形墓碑，正中阴刻"皇清特授武信郎督标中镇之潮公之墓"，墓坪上耸立着两根高 5.93 米的六角形花岗岩石望柱。整座坟墓的外观呈"风"字形，如入龙怀，如半月沉江。在那贫穷落后的土地上，在这偏僻幽静的群山中，面对这气势恢宏的坟墓，我仿佛听到了海峡彼岸传来的那一阵急促的马蹄声了。

　　对照清代官员品级表，武信郎仅位于六品。墓中的主人薛文潮即使按道光版《屏南县志》所记载的"调升台湾守备"，也只是大清王朝多如牛毛的一介五品官，而朝廷却给予"旌表忠烈，敕赐国葬"的待遇。那么，墓主人生前对朝廷做出了什么贡献而受此皇恩呢？

三

　　"康乾盛世"是清王朝前期统治下的盛世，也是中国古代封建王朝的最后一个盛世。然而，台湾因是海疆重地，又孤悬海外，为民风彪悍的移民社会，朝廷鞭长莫及，有"未尝三十年不乱"，甚至"五年一大乱，三年一小乱"的说法。但这些在大清盛世统治者眼中，都仅属于鸡毛蒜皮的小事。

乾隆五十一年（1786年），台湾林爽文事件爆发。起初，乾隆皇帝仍不以为然，以致"福建巡抚徐嗣曾未同闽浙总督咨商，便命令闽安协副将徐鼎士率兵度台，这种'越制'行为受到乾隆严厉斥训。"直至"全台震动"时，这位盛世皇帝才猛然惊醒，继而调动京师、湖广、贵州、江浙和广东等数省兵力，才将这场战火扑灭。薛文潮，这位从大山中走出来的年轻武将，作为福康安亲点的将领，在这场战争中，显示出了超凡的神勇和卓越的军事才华。

清乾隆五十一年十一月二十七日（公元1787年1月16日），台湾林爽文事件爆发，岛内烽火骤起。十一月二十七日夜，猝攻北路大墩营盘，北路协副将赫生额、中营游击耿世文、彰化知县俞峻等被杀害。二十九日，林军数千攻陷彰化县，台湾府知府孙景燧、同知长庚、前署刘亨基、署典史冯启宗、北路协都司王宗武等俱被杀害；十二月六日，攻陷诸罗县城，同知董启埏、游击李中扬、守备郝辉龙、典史钟燕超俱殉难。十三日，南路凤山县被庄大田攻陷，知县汤大奎父子双双自刎殉国、典史史谦被害。林军势如破竹，全台震动。至三十日，官军依靠火器优势、参战义民以及澎湖协蔡攀龙率领的700名援台士兵终于守住府城，林军后撤，林爽文退回诸罗。

乾隆五十二年（1787年）一月初，福建水师提督黄仕简、陆路提督任承恩到台湾指挥作战，福建绿营调来的9500名士兵也陆续抵达。清军组织了一轮猛攻，海坛镇总兵郝壮猷收复凤山城，总兵柴大纪收复诸罗城，清军逼近大肚山、八卦山一线。清军进入诸罗城后忙于"清乡"，错失收复彰化良机。林军重整旗鼓攻下凤山城，郝壮猷率残兵逃回府城。林军包围诸罗城，清军由攻转守，台湾再次告急。

三四月之交，乾隆皇帝将郝壮猷军前正法，以黄仕简、任承恩彼此观望，惟事迁延，双双革职拿问。任命从闽浙总督调任湖广总督还未及启程的常青为将军，蓝元枚接任福建陆路提督同时入台。清政府再次派军队增援台湾，林军切断了诸罗、鹿仔港与府城的水陆联系，官军陷入南北各自为战的境地。清军数次解诸罗之围、扫清南路的行动均失败。被乾隆皇帝寄予重望的蓝元枚带病作战，病重去世。柴大纪凭借火铳、大炮拒敌，困守孤城，诸罗岌岌可危。

五月二十八日，常青上奏乞援，希望调动京师、湖广、贵州、广东的军队11000人，并请另派大员来台督办军需。六月十九日，乾隆皇帝接到常青求援奏折，认为调集湖广、贵州等地军队增援缓不济急，又从浙江、广东调拨11000名士兵援台。次日，乾隆帝密谕陕甘总督福康安陛见，预备赴台督办军务。此时，乾隆皇帝还认为台湾局势不至于恶化到再度易帅的程度，只通报军机大臣阿桂和闽浙总督李侍尧征求意见，阿桂认为"福康安心思周到，近复遇事历练，声威已著，实可依仗藏功"。

七月中旬，乾隆皇帝对台湾胶着战事状况不满，军机大臣阿桂指出兵家忌讳添油战术，常青错在将兵力分散，建议官军务必死守住府城、诸罗、鹿仔港等要地，调派擅长山地作战的贵州、湖北军队各一万，再从广东添兵一万，集中二三万精锐部队，由"各省兵丁情形，均所深悉"的福康安指挥攻击敌军要害……

四

八月二日，乾隆皇帝任命福康安为将军，海兰察等为参赞，赴台湾更换常青督办军务。同日，下旨调四川屯练降番二千往援，并谕湖广、贵州各挑选二千人，听候调遣。曾参与第二次平定大小金川等重要战役，身经百战的福康安，轻装减从，迅速赶往台湾。他深知诸罗城重要的战略地位，只有守住诸罗，方有围可解；而解诸罗之围，则南北战场畅通矣！他也记得，柴大纪的急奏"诸罗粮食匮乏，火药缺乏，危如累卵……"若诸罗失守后果不堪设想。

福康安还清楚地看到官兵失利的另一个重要原因是，山地战的能力远不如林军。为此，他在途中对台湾战事做出了两项重要部署：一是命令柴大纪不惜一切代价守住诸罗；二是从福建亲点擅长山地战的将领，提高徐嗣曾部山地作战力，火速支援诸罗。

薛文潮这位从大山中走出的武将，曾任羽林军卫、宁德千总、时任福州南台面岭千总，多次平息宁德、福州等地海陆匪乱，熟悉海陆战，尤其擅长山地战，成为福康安亲点的将领之一。薛按照军令，迅速从屏南、古田等山区募集精悍勇士，扩充兵力至1000人，从面岭出发直渡台湾八里坌，经鹿仔港至大甲溪，遇到清军副将徐鼎士、守备潘国材、同知徐梦麟等正与林军头目何有志、林侯、林棍等激战。薛文潮率兵从后杀入，猛如天兵下降，何有志措手不及兵败撤退。薛文潮进入台湾府报道，效力于徐帅嗣曾府。随即受命火速奔赴诸罗，适逢林爽文以车载枪炮攻城，城墙被打破数个大洞，眼看林军即将破城，薛文潮剑眉倒竖，大吼一声，挥刀骤马，单骑冲入，手起刀落，将大炮指挥官连头带肩削为两段，整个过程迅如电闪雷劈，勇如薛氏先祖仁贵在世，林军溃败而退。薛文潮受赏银牌，擢升守备。如今"仁贵三箭定天山，飞澄一刀解诸罗"的民谣仍在嘉义流传。

乾隆五十二年（1787年）十一月一日，福康安、海兰察等率军登台。福康安亲率主力解诸罗之围，打通南北战场通道。三日，乾隆皇帝以"嘉其死守城池之忠义"下旨，改诸罗县为嘉义县，以褒奖当地百姓急公向义，众志成城。足见守住诸罗城的重大意义。

解诸罗围后，战事转入更复杂险恶的山地战。福康安挑选精兵，重整人马，追剿林爽文主力。薛文潮所率领的山区军犹长山地战如鱼得水，成为福康安手下除云南、贵州、湖南、四川、湖北等擅长山地战军队外的一支重要奇兵。十一月二十日，林爽文集中兵力死守中林，"海兰察等望见贼众，以骑兵蹂之，贼实时奔溃。大埔林、大埔尾之贼闻之，亦溃"。二十一日，攻占斗六门，突破八卦山天险，打通了嘉义到府城的通道，并获得进入内山，攻击大里杙的通道。

十一月二十四日，福康安指挥海兰察主力渡河，徐嗣曾、普吉保扫荡掩护，薛文潮率骑兵厮杀开路，林军万余人乘官军布阵未整，冲出城外，三面攻击官军，被击退。二十五日清晨，官军攻占大里杙，林爽文撤退到集集埔，据险防守。十二月五日，官军攻克集集埔，林爽文带领家眷进入大山。福康安部署官兵搜捕，并派薛文潮、郑其仁等熟悉当地民风的将领联络"生番"（原住民）协助堵截。乾隆五十三年（1788年）正月四日，林爽文被义民拿获，北路平。

福康安马不停蹄麾军南路，"二月五日，庄大田被俘，坐诛，台湾平。"其中，"台湾平"三个字是福康安报给乾隆皇帝台湾的总体形势；事实上，台湾的战事还在继续。五月，福康安还给乾隆皇帝上了两份奏折，都是根据台湾的实际情况，分析林爽文事件发生的原因。一是"乾隆五十三年五月福康安奏，……近山一带地方，如大里杙、水沙连、大武垅、水底寮等处，最称险远。溪深岭峻，僻径纡回，外则番社环居，内则流民杂处"；二是"乾隆五十三年五月福康安奏，前闻府城被贼攻扰时，惟恐贼匪潜为内应，清查城内民数共有九十余万"。从这两奏折中，可以看出台湾战事仍在继续。五月，福康安接到入藏剿廓尔喀军入侵的任务，陆续撤回防守南北两路各征兵，凯旋内渡……巡抚徐嗣曾负责清除林军残部、抚恤百姓、恢复生产、筑立城垣等善后事务。

"至五月，福康安内渡官兵以次凯旋。"大军撤出后，林军残部又死灰复燃，气焰更加嚣张，大有鱼死网破之势。徐嗣曾"授薛文潮拿贼执照"，薛文潮率兵整日穿梭于隆隆炮火，与林军残部展开血战。五月二十七日下午，不幸中弹阵亡。"时北路既平，南路逆焰犹张，潮日往来于枪林弹雨，与贼血战，中敌弹卒于军……诰赠广威将军。"民国版《屏南县志·忠义》寥寥数字将薛文潮生命最后历程的英武雄姿定格；阴刻在第二重墓台中，由举人周大俊题写的"忠节佳城"四个苍劲雄浑的大字，留给后人无限的感叹、敬佩与追思。

乾隆皇帝论功行赏，晋封福康安为一等嘉勇侯；薛文潮"谕台疆卓异"，以身殉国，诰赠广威将军，御赐"忠烈"牌匾，敕赐祭葬，祀台湾昭忠祠。薛文潮弟文涛赴台湾运枢，途经福州、闽侯、古田等县，当地文武官员皆出城公祭。

五

薛公墓占地面积 260 平方米，布局紧凑，石华表线条粗犷，给人以高雅而不简陋，大气而不富丽的美感。但与乾隆年间"占地面积 50 方步，坟高 8 尺，围墙周围 30 丈，置石羊、石马、石望柱各两件"五品官的丧葬规格相比较，薛公墓就显得要逊色多了，甚至还没达到六品官的规格。

这引起我的思考。难道是薛文潮的级别没达到？再次查阅清代官员品级表，我发现广威将军一职早在清朝前就已取消了。那么，乾隆皇帝为什么要诰赠薛文潮为广威将军？若没有，那民国版《屏南县志》又为什么会有如此记载？这简直成为一个世纪之谜了！但不管怎样，守备对应五品错不了，"敕赐祭葬"也无误。难道是他家的财力达不到？可是薛父维广却"富甲一城"啊！

据清光绪十年（1884年）《薛氏宗谱》记载，薛维广幼时逢"蓝定扰乱"，家被冲散，"母林孺人抱公在怀，跟从里妇避难荆棘中，里妇曰幼子在抱，保无啼声，使贼有知，我辈俱无。"林孺人曰："我子有声，愿股坐以毙之……""公睡怀中竟数日默然"大难不死，随母入屏。后历尽艰辛，长大成人，尽行孝道，"以货殖致富"积资巨万，富甲一城。张维广富有后，解囊济贫，力戒奢侈，克勤克俭，持家有方，遐迩称羡。乾隆二十四年（1759年）县令毛大周赠语云："尽孝堪称今石建，好施不让古梁高。"

薛家良好的家政教育，在下一代中开花结果。薛文潮出仕后捐资修桥铺路，扩办县学，修建学宫文庙奎光阁，亲自担任董事修建武庙等义举，《屏南县志》《薛氏宗谱》《双溪村史》和双溪武庙石碑文等皆有翔实记载，乾隆四十七年（1782）屏南县令史恒岱赠送"乐善不倦"牌匾。薛文潮为官期间不受私谒、勤政廉政、振刷整顿，斟酌通变，所任之处无不日趋于善；赴台平乱，安定边疆，更是赴汤蹈火，血洒沙场，威震两岸，名垂青史。

原来，薛家的钱财要用在更需要的地方，自降薛公墓葬规格的答案，乃在维广公"解囊济贫，力戒奢侈"的家训中啊！

薛文潮之后，薛家"乐善不倦"的优良家风，代代薪传不绝传为美谈。从入屏始祖张维广饥年出谷平粜，受县令毛大周嘉奖始，至文潮、凤翔、凤诏、举珍、举臣、鸣枝、云奇等先贤，每个朝代县里每次捐资几乎都有薛家后裔的芳名。《屏南县志》道光、光绪和民国版，《双溪村史》，双溪《薛氏宗谱》光绪、民国版，相关古建筑石碑刻等均有记载。

六

儿时，曾听村里的老人说："村是墓的镜子，墓是村的眼睛。"循着高高的石望柱仰望，我的目光游走于双溪古镇，寻着薛公的足迹走进了薛氏宗祠，一眼就看到了薛文潮使用的那把青龙刀。据说，刀原重 120 斤，刀柄于 20 世纪 50 年代末期，被人拆去炼钢铁了，如今仅余下 38 斤重的刃体。我的目光被宗祠正厅前乾隆皇帝御赐薛公的那块红底黄字的木牌匾吸引，那厚重威严的"忠烈"两字，不知让多少前来瞻仰拜谒的人心生崇敬之情啊！

"瑞气钟英，静听鹿鸣。"阴刻在望石柱上的八个大字，是对薛文潮一生最精练的小结。据 2002 年版双溪《薛氏宗谱》记载，短短 200 多年时间，薛文潮后裔繁衍 3000 多人，除聚居于双溪外，主要居住在福州、厦门、上海、北京、台湾地区和马来西亚、美国等，多有建树，诚为望族。近年来，海峡两岸民间往来密切，多有台湾薛氏宗亲前来薛文潮坟墓和薛氏祠堂祭拜、凭吊。薛公，您尽可"静听鹿鸣"好好歇息了。

"英名留史册，盛德荫儿孙"是阴刻在薛公墓台上的一副对联。透过冰凉沧桑的文字，回溯逐渐老去的时光。我似乎又回到了乾隆五十三年（1788 年）的台湾宝岛上，那一阵急促的马蹄声仿佛又骤然响起……

杨宝吾以"茶租"充膏伙轶事

　　同治十年（1871年），屏南县令杨宝吾以"茶租"充膏伙的举措，成为屏南茶业发展史、教育史上一件要事、大事，至今仍传为美谈。其中所谓"茶租"，实为房租，因租金来源于茶事，时人皆称为"茶租"，并流传至今。

　　杨宝吾，男，道光十一年（1831年）出生，湖南靖州人，咸丰辛酉科拔贡。于剿办粤匪案内出力保奖，咸丰十一年（1861年）十月十一日奉上谕："拔贡杨宝吾，着以知县尽先选用。"同治十年（1871年）三月任屏南县知县，同治十三年（1874年）八月调补彰化县知县。光绪元年（1875年），接替朱干隆，于台湾担任台湾府嘉义县知县，掌管时嘉义县、嘉义市、云林县一带政事。

　　同治十年春，湖南靖州咸丰辛酉科拔贡杨宝吾，雄心勃勃、千里迢迢，经古田县翻越嵩洲岭进入屏南县抵任。这位饱读诗书的一县之长，一路跋涉颠簸，饥困交加。他怎么也想不到，下轿后竟找不到投宿的驿馆，只好僦居于双溪书院，看到求学的学子寥寥无几，感到十分诧异不解。

据光绪版《屏南县志·艺文》记载，等到杨宝吾见到书院先生郑雨香，经咨询，才知道屏南自乾隆元年（1736年）从古田分治后，土地偏僻硗瘠，财源鲜薄，民皆贫困，"规制诸多未备，学校尤为缺如"。乾隆年间，虽然在知县沈钟、张世珍等就添置了学林、学田等产业，但微薄的收入发放先生薪水后，每月就仅剩下二千钱"作膏伙分给"，连学子的伙食生活费都捉襟见肘，怎么谈振兴学校啊！

即便如此，每年五月后的小试还得进行。因为一向都不设考棚，故而考场只能临时设在县署里面，考试只好在县署里面进行。杨宝吾当时看到的情景是，一方面是参加考试的学子仅有百十号人，无比寥落，另一方面是县署里却显得"局蹐拥挤"了。这种考生少却又拥挤不堪的矛盾场面，让这位来自靖州的拔贡感到十分尴尬。

杨宝吾认为即使再艰难，也得有个考棚。可是，屏南乃地偏瘠苦之区，即使建一个仅能容纳百余人的小考棚，对屏南而言都是一笔巨资！况且，就算筹措到资金建成考棚，若筹措不了"膏伙"，招不到学子，不也是前功尽弃吗？在这片贫瘠的土地上，这位曾经踌躇满志的新任县令，第一次感到一筹莫展了。

直到夏天，有乡绅在原来的武届中后殿设置义仓，并投入使用。杨宝吾获悉后亲自前去察看，发现义仓为原来的武庙，武庙搬迁荒废后，中后殿被利用起来做义仓。这位一心想建考棚的父母官，见到栋宇虽然破旧，但墙垣依然牢固。马上想起"欲建考棚，欲置膏伙，欲修馆驿者……"这不是得来全不费工夫吗？他又对义仓及周边环境进行了详细察看，发现义谷不多，可以藏在后殿，正殿外空地多，正可作为考生的待考区。这么好的地方，完全可以改为考棚。至此，杨宝吾主意已定。

考棚可以解决，膏伙怎么办呢？杨宝吾首先想到了县治双溪的茶事活动。

当时，正值屏南茶事繁荣鼎盛，茶商云集，茶叶交易市场火爆，茶叶远销海内外。民国版《屏南县志》记载了当时茶行盛况："茶行，在城、棠口、漈头、官寿兜各乡，每年谷雨后，采买红绿各茶，运售外洋。"而民国八年版《大中华福建地理志·地方志》还有具体的数据记载："屏南茶为大宗，年约六万元。"有诗证为："乡村日落渐黄昏，伛偻行人入市忙。一阵风香肩贩出，旗枪争上买茶场。"杨宝吾想从这繁荣的茶事活动中，弄一点经费作膏伙，他又想到了义仓。

据光绪版《屏南县志·艺文志·改建考棚记》记载："近日茶商云集，间时有租，每年所收租息，是可充作膏伙也。此地旅店逼窄，茶毕仍作行台，凡新旧任交接，大小员之往来，是可资为驿馆也。"回溯这一时期的历史，我们可以看到杨宝吾将考棚租给茶商，又将所得租金用于"膏伙"支出的设想切实可行，并实实在在地解决了膏伙问题。

杨宝吾，这位剿办粤匪案受嘉奖提拔的新任县令，于传统节日"乞巧节"前夕察看了义仓后，爰捐廉俸，马不停蹄，至十月小阳春之初，成功将义仓改建成考棚。其间，主要精力用于筹备材料和挑选能工巧匠上，真正从动工到完工，只不过花了十天时间，总共才花去五百钱。

考棚建成，结束了屏南史上没有考棚、驿馆的历史，在屏南教育史上写下浓重的一笔。成为当时轰动全屏南的一个爆炸性新闻，成为花小钱办大事的典范案例，亦成为当时屏南人茶余饭后的重要谈资而流传近一个半世纪而不衰。

邂逅几位酒人

儿时，父亲带着我从古田老家的一个山旮旯到屏南求学。屏南仅在二百多年前尚属古田管辖，时人称之为"山洞之极险僻处，故人皆呼为'里头'，多不敢深入"的蛮荒之地！且里头人好酒、善斗，其间留下许多怪异之事，又为这块后经沈钟、张世珍、张映斗、仝卜年等父母官呕心沥血教化，终于成为通州举人丁锡畴心中"小桃源"之地，增添不少神秘色彩。

"前路人善酿，里路人好饮"是流传于古田大地上的一句俗语，说的是古田人善于酿酒，其历史可追溯到唐末时期，翻开明版《古田县志》，古田早在唐开元二十九年（741 年）就有"田赋加征酒捐"的记载；同时，古田红曲更是名闻天下，各地皆以"有名古田红曲"酿酒为荣。而里路人善饮，则老幼妇孺皆知，成为千百年来人们茶余饭后的谈资。有嗜酒如命却又惧母讲道义的酒徒；有家贫如洗，父母好饮，儿子"事之十年如一日"毫无怨言的孝子；也有滴酒不饮，甚至不卖高官面子的高人……

张阿兴，夯土墙、砌坂岸等功夫活样样在行，是一位厚道的小土石匠，其终生与酒为妻，却又深明大义，是一位地地道道的酒君子。别看此君平时厚道，酒后却一反常态，黏乎乎的，喜欢与人纠缠，他人拿他毫无办法，每每此时，只要他母亲一呵斥，即停止，其孝德感动百兽之王。奇也！

据民国版《屏南县志·杂志》记载："张阿兴，在城人（现屏南双溪古镇）。性嗜酒，酒后每与人呶呶不休，其母呵之即止。双溪山长、古田举人郑其忠有《张阿兴记》：'辱县治有张阿兴者，耕牧细民也。兼为土石小匠。然大义能知与其兄阿为，顺事母氏，数十年如一日。犯分事又未敢为先，是兴失怙时，其故弟尚在襁褓，母子四人依山为业，尝种薯采蕨以糊其口。偶遇虎，叱而退之，此其苦节有以感乎？阿为有子一，而阿兴不娶室，有暇日则沉酣于曲蘖中，其诸以驻酒为天者耶？余嘉其人，私为记之，后之君子核其实而阐扬焉，庶匹夫慕义，得附青云也。'"

也有身为长者，却无长者之风，竟只顾自己痛快畅饮，而不顾家中无米下炊，甚至毫不体恤残疾儿子的自私母亲。又载："甘端木，澉下人。家贫未娶，事母孝。自少至老，与母同寝室，恐母夜间有所传唤也。无何左手伤废，只仗右手耕作以供母。不幸母患不遂症卧床，饮食、便溺，躬自调护，未尝有愠色。每数日，衣被必浣濯。母嗜饮，偶有不给，则乞诸族人，不忍使母有不欢，事之数十年如一日，乡邻罔不嘉其孝。"天下有此狠心且自私之母，稀也！

无独有偶，亦有为父者酒性、品性毫不逊色于甘母的。如喝光家业的酒徒张清城，不管两个孩子靠出卖苦力赚钱的艰辛，只顾自已喝个痛快。据民国版《屏南县志·孝友》记载："张传务，弟传贵，家赤贫。父清城，一酒徒耳。不治生产，惟耽曲业。无以谋醉，辄索之二子。务兄弟苦力为生，得赀尽以奉父，稍余则沽酿，父子俱饮，欢若友朋，乡里称其孝。"

在那个不孝为大的年代，父亲可以教训鞭打孩子，而不管父亲正确与否，孩子却都无权指责。曲也！

印象中，"高人"应为人外之人。林玉滔医术高明，世间少有，更难得的是他不媚权贵、不贪富贵，真乃人外之高人也！据梅版《屏南县志》记载："林玉滔，字性实，号仁子，明天启间人。幼不茹荤酒，尝侣建古邑紫桥，及屏之瑞竹寺。相传募缘至福清，时值痘疫盛行，滔施符水，无不立效。相国叶向高以其异，留住府中七日，勺饮不入口，归赐《龙华经》、弥勒珠各一。至今瑞竹寺遗像尚存。"奇也！

无名担夫，据乾隆版《屏南县志》记载："酒石，在城外临水宫下路旁，有一酒石。石也尝流有酒，有担夫以扁挑击之，遂绝。"这位无名担夫释担饮酒解渴，嫌量少，不过瘾，才"以扁挑击之"，可以推测是个十足的酒君子。因为贪婪而坏了酒石灵性，成为一个教育后来人的一个典型反面教材。有诗证曰："一拳苔色带晴岚，闻道当年是酒甑。岩穴拍浮香带冷，土花酝酿味偏甘。米颠拜后还长饮，陶令眠时已半酣。似向生公亲受戒，不施涓滴与贪婪。"

程惠泽（1580—1598年），明朝万历八年（1580年）农历三月十八日辰时出生于后樟村，故居尚保留完好。惠泽自幼失去双亲，靠外婆养活。十岁时，到九峰寺当长工，协助酿酒，作为清玉长老的药引酒。十八岁时，已酿得一手好酒。一日，误吞龙珠，羽化为龙。升天时，开龙田"三百丘"报恩九峰寺，龙田上所产出的糯米谷，成为酿造黄酒的母谷。惠泽龙报恩故土的事迹多收录于乾隆版《屏南县志》，被乾隆皇帝敕封为"通海龙王"。如今，时隔数百年，惠泽龙已成为屏南老酒的代名词，惠泽龙商标及图已被认定为"中国驰名商标"，继续造福百姓。神也！

屏南有民谚"醉后我最大，喝鬼骂城隍"。从古至今醉后忘乎所以者数不胜数，如古人张阿兴好饮而唯记尽孝，甘端木倾尽家产供母饮酒等皆孝心可鉴，让人钦佩。无名担夫因贪婪而坏酒石，成为反面教材。叶向高身为大明堂堂相国，"留住"普通僧人林玉滔"府中七日"，林竟然"勺饮不入口"，其清心寡欲淡泊名利之高风亮节，为凡人所不能及。因此，被梅版《屏南县志》录入《外方》一节之中。程惠泽化龙之后，不忘回报故土；而数百年后，"惠泽龙"又造福一方百姓，巧合乎？或冥冥之中已注定乎？

　　夜晚，闲来无事，信手翻阅一位忘年交赠送的《屏南县志》（四种），见书中古代形形色色酒人，竟与儿时所闻无异。虽时过境迁，物非人亦非，但个个仍鲜活于眼前，如一场穿越时空的偶遇。古籍不是记载"屏地人善斗"吗？但是，这些酒人中竟无一人是因打架斗殴而被收录的；可见，"千万经典，孝义为先"啊！嘻，古之事，今之镜，可鉴也！

第七辑　灶间回味

这熟悉而又亲切的味道，让人想起老屋的厨香。从老屋厨房飘出的家常菜味里，我仿佛依稀看到了奶奶迈着小脚忙碌的身影。

吃的记忆

二十世纪六七十年代，生活贫困，温饱尚未能解决，人们一天到晚都处于饥饿状态。常言道："做吃，做吃，有做才有吃。"可这个年代"有力无处使！"是一段不符合常理的岁月。人们只要一听说有东西吃，眼睛就全亮起来了。这种对于"吃"的过度渴望与向往，使人真正遇上"美食"时，就显得有些慌乱，甚至不知所措。由此，催生出许多令人啼笑皆非而又辛酸的往事。

满脸蚂蚁

邻居小朵生性乖巧，倍受大人们的疼爱。一次，小朵吃完饭准备到村里的戏台上玩游戏，恰巧遇上在门口晒太阳的吴奶奶，老人家一见四下没人，就笑眯眯地牵着她回家，往她的小手里塞了半包米糕，心疼地吩咐道，乘着伙伴们还没到，赶紧吃。小朵激动地伸手想捏米糕吃，米糕一捏就碎成粉了，她就用手捧着吃。一阵囫囵吞枣后，拍拍小手，若无其事地上戏台了。

"哈，哈，哈——"小伙伴们一见到小朵就哄堂大笑，小朵以为独享美食的自私行为已露出马脚，一个小脸蛋顿时羞得通红。见到小朵那一副窘迫相，小伙伴们笑得更欢了……

小伙伴们笑什么？事实上，小朵吃米糕根本没有露馅，同伴们也不知道她独享了米糕，而是因为他们看到小朵满脸都是蚂蚁，而小朵的脸蛋变红后，突然受热的蚂蚁更是乱作一团，这自然就成为笑点了。那么，小朵脸上乱爬的蚂蚁到底是从哪里来的呢？

原来，吴奶奶的米糕存放太久了，早成了蚂蚁群的美食，当小朵将米糕捧进嘴里时，蚂蚁们自然而然地就爬上了她的小脸蛋。而独自享受在美味中的小朵对此竟然浑然不知……

甜糖换橘子

那时，想吃到一块甜糖不容易，除非遇上祭灶、过年、吃酒，或者有人订结婚等大好日子才能吃到糖。印象中，有比糖更稀奇的，但似乎没有比糖更好吃的东西了。为此，日常礼尚往来中，糖为大礼。

七弟是个顽皮而机灵的孩子，对新事物有强烈的好奇心，他这一颗好奇心，曾引出一个小笑话呢！

有一年大年初一，七弟跟随奶奶给邻居阿绣婆端年茶。见到聪慧的七弟，阿绣婆笑眯眯地打开茶点盒，让他吃糖，七弟却出乎意料地迅速抓起盒正中的橘子就跑了。奶奶慌了，赶紧拿着一块糖迈开小脚去追赶七弟。老奶奶连招带喊的终于在旁人的帮助下，拦住了七弟，又连哄带骗地用那块糖将那一个橘子换回来了。不就一个橘子嘛！老奶奶干吗要费那么大的劲追回？

要知道，那时村里并没有种橘子，即使在县城也鲜见，而这个橘子则是阿绣婆年前去省城看眼疾时买回来的。她割肉般地买下一个，目的就是放在茶点盘里给村里人嗅嗅味，开开眼界，想不到刚一拿出来就被机灵的七弟抢走了。而谙熟人情世故的七弟奶奶，自然就得费尽心机追回那个被自家调皮鬼抢走的橘子了。

温饼干

刚出炉的饼干是热的，吃了容易上火。我所介绍的温饼干有点温热，不上火，却上心，与热饼干有天壤之别。

堂妹花小时候很听话，大人们最喜欢使唤她。我与她住在同一幢房子里，不仅是堂兄妹，也是儿时最经常在一起玩耍的好伙伴。那年冬天，我要跟随父亲去远方求学了。临行时，花闻后从三伯父的房间里冲出来与我道别。她送给了我一块饼干，我啃了一口，甜甜的，温温的，那种存留在舌尖上的温存陪伴我熬过旅途的艰辛，直到我达到异县他乡，至今仍记忆犹新。但我实在猜不出，花从哪里弄来这块温热的饼干。

多年后，偶然提起这件事。花告诉我，那块饼干是三伯父给的。三伯父年迈，腿脚不方便，懒得走路，特别是冬天蜷于被窝中更是懒得下床，需要小解时，就使唤花帮助他提递夜壶，然后赏给她一块饼干。

堂哥在大城市工作，每年过年回家都会给三伯父带上一两包饼干，三伯父怕饼干被自家的硕鼠（小孩子）偷吃掉，就藏在被窝里，拿出来时，自然就成为明显高于寒冬室外温度的温饼干了。

等"福分"

福州十邑的人们把村集体的食物，按人丁分到个人头上，单个人所分到的部分就叫做"福分"。如宰猪祭祀后分给每一个人的猪肉，生产队屠宰受伤或老去的耕牛时分给每一个人的牛肉，等。如此，孩子们分享到客人所赠予的美食也戏称为"福分"了。

那时，客人来了，主人要煮一碗粉干，煎一个鸡蛋或鸭蛋待客，这就是福州十邑人常挂在嘴边的粉干蛋。别看这普通平常的食物，在那物资匮乏的年代，却是难得的美食，寓意着太平长寿，为家家户户共同的礼节。一些热情的主人还会为客人温上一碗黄米酒，客人们先在胃中垫一些粉干，再啜一口黄米酒，配一片煎蛋，那是一份多惬意的乡村小资生活啊！乖巧的孩子就会乘机帮母亲干些提水、烧火等杂活。待到粉干蛋端到客人面前时，客人们除了赞美几句孩子外，还会向主人要一个小碗，匀出小半碗粉干，一片煎蛋与孩子分享，这无形中也成了客人对待主人家孩子一个约定俗成的小礼节。为此，在孩子们的眼中，只要有客人来，就能理所当然地分享到"福分"。小小"福分"不仅满足了孩子们的食欲，而且蕴含共享太平长寿的暗示，那是一份多美好的分享啊！

记得有一次，来了一个远道客人，进家门时天色已晚，我们一家人都已经吃过晚饭准备睡觉了。见到母亲开始生火，我一下子来了精神，就殷勤地帮她打下手。正要开始煎蛋，母亲却发现家里一个蛋也没有了，她就去隔壁家阿彩婆那里借，恰巧她家也没有了，只好火速敲开柳婶的家……等母亲折腾一番，煎熟鸡蛋，我竟倚靠在灶边的小椅子上呼呼睡着了……

吃"便餐"

便餐，工作餐也！儿时，在我的印象中，便餐并不是工作餐，而是一个特指单位某一个集体聚餐的代名词。

那时，一日三餐多为素食，主食为地瓜米，一周难得有一两餐能够配上肉。同一个单位里的同事饿得慌了，偶尔也会拼一点钱，买几斤粉干，两斤猪肉一起煮着吃，乐一乐。但那叫"拼摊"也不是便餐，文中的所叙述的"便餐"，从字面上理解最为准确。

那年头，粪便是最重要的农家肥之一，很值钱。记忆中，一担粪便从一角钱一路飙升直至一元钱（相当于农民种一天番薯的工钱）。一年可卖两次，一是春播，二是夏耕。农民们来单位买粪便，一担一担地挑走，需要人登记。记得是用木炭在墙上画"正"字，这个轻松活由单位里的孩子来完成。儿时，我因为做事细心认真，多次被选去担任记数工，农民们每挑走一担，就有同伴吵吵闹闹地嚷着要让他们画一笔，体验一下做记数官的感觉，很自豪呢！

用卖粪便所得的收入，买上一袋粉干，几斤猪肉，在单位大食堂中，煮上一大锅。全单位的家属大小老少都来吃上一碗，那香味没齿难忘，是原汁原味的永远被封存的味蕾记忆。这用卖粪便所得收入来聚餐，即为吃"便餐"。

关于吃"便餐"，我在初一课堂上亲身经历过一个小笑话。

初一时，我在一所乡所在地中学上学，学生们多来自偏僻的乡村，与乡村简陋的学校相比，新学校什么都新鲜，对于有资格参与吃"便餐"的老师的孩子，更是羡慕不已。

一次，课文老师读了一篇题为《我的母校》的学生习作，记得读完第一遍时，教室里还是静悄悄的，老师又读了一遍，同学们才恍然大悟，接着整个教室被笑喷了。现摘录如下：

"我的母校坐落在一个青山环抱的山坳里，与南山一顶遥遥相对。

"走进校园，一眼就望见了一个大厕所。厕所里面是教室，教室中传出朗朗的读书声；厕所下面是食堂，大家都在食堂里用餐。我特别羡慕同桌张，他父亲是老师。为此，他有机会与老师们一起在厕所下面吃'便餐'……"

记得在20周年同学聚会时，建在校门口大路边的厕所已经拆除了，位于路下边的食堂也消失了，唯有描述《我的母校》的那一段文字个个都记忆犹新。许多同学的心里感受与我一样，即都心生一种莫名其妙的惆怅！

卤草牛肚

一天，生产队的老牛拉不动犁了，它的确老了，只能宰杀，他的肉平分给队员们做"福分"。按乡村的屠宰惯例，牛头、牛尾巴与内脏归给屠夫。

这位年轻的屠夫小时候养过这头牛，与它有感情，不忍心下手，但他是村里唯一的屠夫，必须下手。为此，动刀前，他暗自许诺将牛头、牛尾巴献给神为祭，牛肚与整个生产队的队员分享，以此抚慰自己不安的心灵。

宰了牛，分完肉，天色已晚，但毫不影响队员们吃牛肚的高涨热情。队里的女队员们有的洗牛肚，有的垒起露天灶，有的搬柴火，有的买粉干、酱料，个个忙得不亦乐乎。男队员们只管唠聊、吹牛，蹭时间等美食。不久，香喷喷的牛肚粉干熟了，先为没来的队员留下一钵头，余下的一人分一碗。只听见呼呼几声，三下五除二，大家的碗都见底了，显然，吃兴未尽。

第二天，那几位没吃到的队员前来吃，柳婶将钵头里的牛肚粉干倒进锅里加热，却发现牛肚根本就没洗干净，牛百叶上的微黄的残余物让人作呕。说来也难怪，昨晚的确太晚了，天色已暗，洗得又匆忙，能洗得干净吗？柳婶拿起筷子想将牛肚捡出来单独洗，炉头公说煮熟的牛肚再洗就没味道了，不能洗；柳婶说没洗太恶心了，还是洗一洗……前来的几位队员在洗与不洗之间，各有看法，相持不下。阿彩婆常为年轻人做媒，见多识广，最后大家请她来定夺。只见阿彩婆慢悠悠地说，牛吃的是青草，残余的仅是经牛肚卤过的草渣，不会脏，不碍事。见柳婶等面无表情，毫无反应，就又补充说，有人会感觉恶心，那是眼睛在作怪，昨晚吃的人没有看到，不是个个都吃得痛快吗？她建议加两勺子酒糟作颜色，用以蒙住眼睛。俗话说"姜是老的辣！"阿彩婆的话全体通过。

加酒糟后的粉干白里透红，染上色的牛肚褐如玛瑙。转眼间，那一钵头的牛肚粉干就被吃了个精光。

"卤草牛肚"，后来成了村里人用来调侃未洗干净肉类品的特定名词，也成了在外游子认识亲友的暗语了。这不，在外地任何一个公共场所，你若确定那里有老乡，只稍喊："卤草牛肚！"就必有人回应你："哦，你也是××村的？"

全猪宴

大食堂年代后期，村里的粮食所剩无几，村民们吃不饱，又无钱可赚，有力无处使，整天处于饥饿昏沉之中。四尾公负责养猪，猪食经常被村民偷吃，猪也处于病饿交加状态，多死。为此，村大队做出规定，饿死的猪杀了充公，病死的掩埋。

初春里的一晚，雷电交加，大雨倾盆。四尾公冒雨敲开了上冈叔的大门，两句耳语后，上冈叔叫醒了他的大侄儿大石，大石迅速回到房间对他的婆娘作了简单交代，就出来了。三人迅速消失在风雨中……

借着闪电之光，有人在大队食堂生起了火，水还没烧开，四尾公也来到了食堂，身后跟着上冈叔和大石，他俩刚把肩上抬的"家伙"放下，四尾公就对他们进行几句简短的吩咐后，又立即消失在风雨中了。

很快，有人陆续向大食堂走来，阿菊婆和六婶还带来了两斤老酒和一捆山苍子根，六婶娴熟地将山苍子根洗干净，混入锅中煮。不一会儿，阿大也抱来了一坛老酒，阿大性子急，一进门抱在怀里的酒还没有放到地上，就直奔灶台边，锅里的热气很大，把锅盖撑得喷喷响，他伸出一只手想揭开锅盖，见没人理会，便又立即缩了回去。烧火的大石嫂并不理会他，只顾埋头烧火。阿大走向橱子，取出一叠碗，排开，想倒酒，借着微弱的灶火，他忽然发现四尾公毫无表情，就急忙靠墙将那一坛酒放在地上。此时，他才注意到周围的人或坐或立，都静悄悄的，与屋外强烈的雷雨声形成鲜明的对比。

肉香味越来越浓，该来的人都来齐了，雨也停了，人们都在静静地等待，俨然像赴一场盛宴似的。

"熟了！"大石嫂掀开锅盖，用筷子捅进最大的一块肉后兴奋地说。

"尽量煮烂一点，让四尾公能咬得顺溜些。"有人插嘴道。

"我不碍事，能熟就好。"四尾公苍老的声音大有风范。

……

锅里煮的是整头猪的肉，来的人一起享用，这可是一次难得的"全猪宴"。大家吃肉喝酒，快活极了。"一壶酒，一竿身，快活如侬有几人"的意境也不过如此吧！

多年后，终于有人透露出那次"全猪宴"的秘密，首功非四尾公莫属。原来，四尾公在大食堂负责养猪，小猪病死，经工作队队长审批后掩埋了。这个大秘密仅队长和埋猪人四尾公清楚，于是乘着雷雨交加大好夜色的掩护，四尾公带着上冈叔和大石一起将那头病死的小猪挖回来，痛痛快快地举办了一次久违的"全猪宴"。

如今，亲身经历过这场"全猪宴"的人大多数仍然健在，只要有人稍稍一挑起这个话题，就没有一人的诉说不是神采飞扬活灵活现的。

猪肉不好吃

日出而作，日入而息，村民的脚步总是跟着日头跑。凿井而饮，耕田而食，村民的衣食取之于土地。能离开土地跟着日头到山外讨吃的人，是为灵活人，倍受村民们的尊重。

狗娃爹常在山外跑。他将村里的柿子、地瓜米、麻布等土产品，挑到城里卖，返回时顺便带回些盐巴、虾皮和带鱼等山外货供村民们选用。偶尔，还把"城里的婆娘白又嫩"等新鲜事发布一下。因此，狗娃爹是村民公认的灵活人，大伙有事没事都爱围着他闲侃。

大厝坪是村民们的聚会场所。茶余饭后，忙里偷闲的村民们就聚在一起侃大山，日子过得飞快飞快。

狗娃爹不但心肠热，而且也守信用。每次饭后，必到大厝坪发布新闻："猪肉这东西啊！油腻腻的，又容易塞牙缝，不好吃——"他这一句开场白太吸引村民眼球了，特别是开场白后，先用舌尖舔一下亮油油的嘴唇，再用一根尖细的锅刷枝剔牙缝的动作，更是高雅无比，令人叹服！成了他发布新闻的标志。

一日，日头西斜，余晖灿灿。小小的山村窝在青翠的大山中，伸着懒腰，霞光映红了村庄的脸。大厝坪早已围满了侃大山的村民，他们似乎要把一整天的劳累，都在这一块小小的土坪上发泄。

面对此情此景，狗娃爹的声音特别洪亮："猪肉这东西啊！油腻腻的——"狗娃爹正在唾沫飞溅地发布新闻，他的儿子狗娃却焦急万分地朝爹奔来，说他那块专门擦嘴巴的肥肉让猫叼走了……狗娃爹发布的新闻还没有切入正题，他假装吃腻猪肉的事，却成了大厝坪的爆炸性新闻。

吃猪肉就能做派，吃腻了猪肉就是最大的做派，如今的孩子是无论如何也摸不着其中的笑点了。

山巅一壶酒

一

"巍巍天湖顶，顶上两天湖。顶上古树参天，华荫绿盖；湖边鸟语花香，曲径通幽；湖水清澈如镜，波光涟漪。"这是祖辈对天湖顶的描述。"山顶有平湖，广三里，内有水如池，大旱不绝。"乾隆五年《屏南县志》对于天湖顶的记载验证了祖辈描述的准确性。

据说当年天湖顶的上天湖（即小天湖），每至秋后，湖水渐枯，湖边奇花异果熟透蒂落进入湖中。冬至过后，湖面金黄"有滃萋萋"，香气弥漫四野，掬一捧湖水入口，花果清香绵长，爽心之极。多饮，则面色酡红，气力倍增，烦恼尽消，心旷神怡。再饮，则恍若神仙酣然入睡。

一代高僧万松老人云游四方，循着香味，踽踽独行，进入了天湖顶奇观。"独坐幽篁里，弹琴复长啸。"身处奇观异景，面对玉液琼浆，耳边响起了唐人悠闲的吟唱。高僧用清瘦的手指捻起一片花瓣入口，呷一口甘美清冽的湖水，眉轻轻展，口连连啜，禁不住仰天长叹，妙哉，妙哉，"郁积成味，久蓄气芳"也！

据《梵天庐丛录》记载，有古人因兽乳发酵而偶得佳酿。受此启发，当地村民酿造出一种色似牛奶，乳白如练，汁稠甘甜，味如桂花的黄桂稠酒。赵衍在《老饕漫笔》中说，起源于商周时期用来祭拜时供奉的"醴"，就是这种酒。黄桂稠酒，来自古都西安的特产名酒，因发现而偶得。天湖金波，出山之巅，以湖作坛，花果为料，天然酿成，不正是上苍恩赐给天湖顶下村民的琼浆玉液吗？

二

历史长河，百年一瞬。

走进天湖顶，树仍是参天古树，花还是珍稀奇花，寺已不在，湖也干涸，唯有残基断垣，双湖轮廓依稀可见。湖成了两片绿草如茵的湿地。踩在湿地上，一串串气泡夹杂着黑乎乎的泥炭颗粒从脚底下汩汩冒出，取一根长竹竿往脚底下探去，深不见底！仅仅两百多年，天湖顶已物是景异，演化成被誉为"地球之肾"的泥炭湿地了！

湿地上细流汩汩，汇成山涧奔腾流淌。"山巅一寺一壶酒（3.14159），尔乐苦煞吾（26535），把酒吃（897）……"在叮叮咚咚流水声中，我隐约听到这首关于记忆圆周率的打油诗，当年高僧在天湖顶立寺与山下教书先生畅饮，"幡幡瓠叶，采之亨之，君子有酒，酌言尝之"的世外桃源生活浮现于眼前了。

顺流而下，谷深水幽，奇潭星罗棋布，唯以"一池两潭"聚拢天湖顶原酿之气而最为耀眼。"水不在深，有龙则灵。""一池两潭"因与龙结缘更添神秘色彩。相传九峰寺的俗家弟子程惠泽误吞龙珠后，全身发热难忍，就潜入寺前的池塘中浸泡，清玉长老前往池塘探望惠泽时，出现七星拱月的天象，有联为证："七星拱月，煌煌气象盈福地；九鲤朝天，袅袅香烟绕祥峰。"七星池由此得名。池水被泡热，体热仍难耐。惠泽前往附近上洋村（今四坪村）溪尾潭浸泡，潭又被泡热，就前往虎潮潭浸泡。虎潮潭两岸悬崖峭壁，古树参天，悬崖上雄瀑飞泻，雾气腾腾，声如洪钟。瀑顶有一柏树顺崖倒长，如游龙俯首映潭，对影千年。潭如特大酒坛，深不可测，传说是万松老人的贮酒神坛。虎潮潭因万松老人的左右护驾——天湖双虎，在瀑顶争潮而得名。七七四十九天后，程惠泽得道成龙，虎潮潭又被称为龙潭。惠泽龙上天时，广开龙田三百丘报恩九峰寺，报恩养育他成长的这一方水土。

飞龙升天，成为惠泽一方的东海龙王。村民们在九峰寺右廊建了一个龙王殿，龙潭崖顶建起了龙王庙祭祀惠泽龙王，千百年来香火不绝，信徒如织。许多信徒烧完香返回时，带上一瓶虎潮潭水，作为酿酒的引子水，所酿出的酒格外醇香。九峰寺以虎潮潭神水加三百丘龙王田产出的糯米酿酒，酿出了天湖琼浆的原味，酿出了万松老人的影子，酿出了山巅一寺一壶酒的绝唱，成为两岸村民的母酒。九峰寺名扬四海，明崇祯二年（1629年），宰相叶向高挥毫题写了苍劲雄浑的"九峰禅林"匾额。

涧水长流，越流越壮，经龙潭溪、管洋溪、暗溪，汇入金造溪，一路咆哮奔腾，归于东海。两岸村庄龙潭村、长洋村、管洋村、溪里村和前塘村等皆氤氲天湖酒香，沐泽虎潮潭神水，以九峰寺母酒为引子酒，而得天独厚盛产黄酒。据《屏南县志》记载，清至民国期间，家家户户都酿酒，屏南老酒远销祖国各地。"闽中公私皆曲酒"出自宋·庄绰《鸡肋篇》，"田家多制曲，畲客少租山"见于明万历《古田县志》，古籍记载盛况，黄酒香飘千年。

三

"飘飘酒旆舞金风，短短芦帘遮酷日。瓷盆架上，白冷冷地满贮村醪；瓦瓮灶前，香喷喷初蒸杜酝。未必开樽香十里，也应隔壁醉三家"，水泊梁山下的这家酒馆有点小，有点简单，但喝酒的客人却个个都"大口吃肉，大碗喝酒"，喝得干净利落，豪放豁达，豪情万丈。正如清人王望如所云："皆藉酪酊以佐其神威，酒之动气甚矣哉！"

相比之下，天湖顶下的人喝起酒来有点雅致，犹如婉约的宋词。客人来了，随便提一壶黄米酒，顺手抓一把黄豆夹或花生仁，就在厅堂边或屋檐下把盏小酌，农田活、家常事等话题都悄悄地化为可口的下酒菜。一些棘手的事情，如三叔公的小丫头要出嫁谁当"鸭头"，四婶的水渠堵塞了哪一位大叔帮助通一通，等等，都在你一杯我一盏中不知不觉地解决了。若遇上风雪飘摇的日子，几个人围在暖暖的炉子边，温一壶热乎乎的黄米酒，撕两条陈年腌菜，炒两碟面豆干，运气好时，还可以焖一瓮红糟狗肉，则可以吃得大汗淋漓，酣畅之极。好一个"绿蚁新醅酒，红泥小火炉"的小酒情调啊！

黄酒的饮用方便简洁，不拘一束，具有很大的随意性。年轻人多喜欢直接饮用，凉而不冰，口感细腻，酒性慢行。年纪稍长些的，喜欢温热饮用，温而不烫，香味浓郁，酒性快行，三五杯下口，话匣子往往就打开了。"无酒不成席，无蛋不成茶。"在物资匮乏的年代，蛋茶是白水洋人最常用的待客礼节，而蛋酒则是接待上宾的大礼节。冲蛋酒与泡蛋茶方法大同小异。客人围着火炉就座，炉上用陶瓷壶温酒。女主人将碗顺着灶台一字排开，每个碗打入一个鸡蛋，打开壶盖，将碗置于壶口上加热至碗沿烫手，再将放回灶台，一手持一根筷子，往蛋黄中一插，另一手提起酒壶沿着筷子往蛋黄冲，冲得蛋黄膨胀如球，足至八分碗，像一个熟透的大柿子，更像一张少女羞涩的脸。女主人撒些糖后，一碗蛋酒宣告完成，客人接过蛋酒，只稍用筷子轻轻一拨，蛋黄立即破裂，伴随着黄白相间的蛋絮，往四周散开，整个碗变成一朵盛开的大菊花了，养眼之极。黄酒蒸鱼，腥味全无。鱼类食品与黄酒同蒸同煮，不但腥味全除，而且肉质特别鲜嫩。黄酒焖肉，仙家享受。黄酒焖狗肉、炖猪蹄等，是倍受神仙青睐的美味佳肴了。

孕育于天湖顶上的这一壶酒，沐天光，吸地气，受神性，男儿常饮可强筋健骨，女人常饮则皮肤润滑。《本草纲目》记载，米酒具有止痛去积，暖胃健脾，多唾温心，延年益寿，等功效。妇人产后多饮黄米酒，可收到活血化瘀的功用，推进恶露行畅，促使身体康复。这种以糯米为主要原料，酿造出来的黄色米酒，村里人称为黄米酒、黄酒。黄酒的功用多得数也数不清，天湖顶下的人世世代代守着这壶黄酒，过着悠闲的乡村生活。

四

岁月流转，世事难料。这样一壶伴随着天湖顶下村民走过千年风雨岁月的黄酒，一度濒临绝迹。

上世纪末，年轻人多外出打工，众多村庄成为"空巢"村，许多被当地人称作曲埕的古老制曲作坊，无人打理荒废倒塌，黄酒回归于个别老人的家庭酿造，酿造工艺后继无人。

一位老人孤独地走进虎潮潭，寒冷的山风撩起他发白的两鬓，露出了他消瘦而凝重的脸庞。老人的名字叫陈官唱，曾经是指挥大几百号人马的屏南县国营酿酒厂厂长，天湖顶脚下的大小酿酒作坊，都曾成为这个厂的原酿基地。在他的带领下，这个厂多次荣获福建省和国家轻工部授予的大奖，成为全国创汇先进企业。

受大环境影响，屏南县国营酿酒厂倒闭，天湖顶脚下的大小酿酒作坊，随之停产，工人下岗，多进城打工去了。

如今走在天湖顶脚下，仍可看到许多曲埕的残垣断壁。这种古老的制曲作坊年轻人瞧不懂，只有年事稍长的才能从中读出上一代制曲人忙碌操劳的影子，品上好酒时的陶醉神态，不经意哼出的欢快歌谣；才能闻到弥漫在曲埕残址四周的酒香；才能感受到曲埕上空醉人的历史气息。曲埕废墟上的残土足以醉倒蝼蚁，是儿时下笱捕黄鳝做诱饵的上好基料。信步蹀进曲埕残址，一幅采曲埕土、挖蚯蚓、制饵料，挑着竹笱晃悠悠地踩在田埂上，投笱捕鳝的童年画面揉进醇厚的酒香里了。

溪水潺潺，雄瀑依旧。那一汪碧绿剔透的龙潭水，深邃得让人顶礼膜拜。老人仿佛从瀑声中听到了祖辈的嘱咐，从潭水的倒影中，看到了万松老人逍遥的影子，从雄瀑激起的水雾中，目睹了惠泽龙王腾飞的矫健雄姿……"一定要重整旗鼓，将这一壶酒发扬光大！"老人握紧拳头暗下决心。

五

"闪闪酒帘招醉客，深深绿树隐啼莺。"

仅短短几年，国内"篱笆中挑着一个草帚儿在露天里"式的乡村小酒店，屡屡飘出"虎潮潭"的黄酒香。"杏花深处""荷花荡中"的乡村小酒店，在浓浓的黄酒香中，点燃起了众多游子的家园记忆。

"歌管盛宴集，簪裾合群僚。"随着政府高调反腐工作的深入推进，高端白酒和葡萄酒等悄悄退出大型宴会。以乡村家酿为底色的"虎潮潭"黄酒，因价格低廉，口味纯朴醇正，堂而皇之地登上大雅之堂。在高端酒业曲终人散时，"虎潮潭"却唱起"清风歌"走进辉煌。

翻开"虎潮潭"说明书，该酒生产于福建白水洋酒业有限公司，公司位于天湖顶下的龙潭村，董事长正是当年独自徘徊在虎潮潭边的那一位老人。正是他让发源于天湖顶的这一壶土生土长的乡村黄酒，登上了大雅之堂，为天湖顶下的村民提供了数百个就业岗位。在他的带领下，黄酒制造技术于 2007 年入选第二批省级非物质文化遗产代表作名录，成为福建黄酒行业唯一入选非物质文化遗产名录的传统手工技艺。陈官唱——这位执着的老人，成为福建黄酒酿造技艺非物质文化遗产传承人。

长剑一杯酒，神潭万层波。

天湖顶下的人说"人生三杯酒"，生、婚、死都离不开酒。出生一杯酒，走上漫漫人生路；成家一杯酒，挑起重担负起责；入土一杯酒，酸甜苦辣从此了。天湖顶因为有了这杯酒，才更加郁郁葱葱。

都市喧嚣，夜色斑斓。"客散酒醒深夜后，更持红烛赏残花"，酒醒夜深，面对遍地残红，山里人这番于醉眼蒙胧中赏花的闲情雅趣，城里人恐怕是难以领略了！

循着酒香漫步

一

在第三届中国廊桥国际学术（屏南）研讨会上，来自厦大嘉庚学院建筑系讲师缪远，作了"古韵新声廊桥涅槃——宁德火车站建筑造型设计赏析"的精彩主题发言。其中，关于宁德火车站建筑造型设计利用木拱廊桥文化元素，以全国最长木拱廊桥万安桥为参照的文化创意设计的介绍，赢得了雷鸣般的掌声。

掌声中，我的思绪被牵往一排如长虹卧波，外观酷似万安桥的大红色建筑上。这一排外表写满地域文化特色的雄伟建筑，她的真实面目是否也与传统文化挂上钩或搭上边？

"好酒，来——干一杯！"面对香气扑鼻的好酒，有客人主动向东道主敬酒了。

"来——干杯！"东道主与客人激情碰杯，一饮而尽。客人的豪爽，主人的热情，将晚宴的气氛推上高潮。

有人问："这酒，来自何方名产？"

有人答："就在当地，福建惠泽龙酒业有限公司！"

有人补充说："位于宁屏二级公路边的那一排大红色建筑就是惠泽龙，与县政府遥遥相对呢！"

"哦，原来近在咫尺！"客人的脸上挂满了惊讶。

"惠泽龙——？"我的心轻轻地"咯噔"了一下。

二

都市节奏，烈如劲舞。小城乐章，亦如快三。

曾经有一段时间，上下班都得经过那一排大红色的廊桥式建筑前，总会闻到一种熟悉的酒香。每次，都很想进去看一看，却都在瞎忙中擦肩而过了。

一个初夏的傍晚，挂得高高的天空渐渐俯向大地，酡红色的晚霞，向天边退去，大地一片金黄，美丽极了！因椎间盘突出，我不得不接受连续一个月的牵引，脸上写满了疲惫。在妻子的陪伴下，我踩着轻巧的脚步，信步漫步户外。突然，几缕清风带来了一阵阵熟悉的清香，拂去了我满脸的疲惫。我抬头一看，那一排大红色的廊桥式建筑就在眼前了，顶部"惠泽龙"三个红色大字如龙飞凤舞。妻子建议说，进去看看吧！

走进惠泽龙，我看到公司实际上，是由前排的综合大楼和后排的生产车间两排建筑组成。综合大楼凹间部分是高大巍峨的办公大楼，左边是黄酒博览园，右边是产品展示及品鉴区。远远望去，恰如正中廊屋抬起成二重叠檐的木拱廊桥，两排大楼一上一下，依山而建，又增加了立体感。在视觉上带给我的冲击，丝毫不逊色于宁德火车站木拱廊桥式建筑造型设计。据介绍，当初设计时，并没有考虑到古老的木拱廊桥文化，这种文化层面上的碰撞，真是冥冥中的巧合啊！

三

"龙行天下，惠泽九州。"

进入闽派黄酒博览园，一条金黄色的巨龙腾飞于照壁上，将数百年来，流传于屏南大地上的惠泽龙王形象，刻画得栩栩如生。惠泽龙，一条惠泽九州的龙，早在成龙之前就与黄酒结下了不解渊源，是惠泽龙酒文化的根脉。顺着这条根脉，我的心飞翔于鹫峰山脉去追寻龙的传说。

传说云：明成化年间，九峰寺清玉长老医术高明，采用自酿黄酒为药引，患者无不药到病除，求医者络绎不绝。后樟村一程姓童子，投为徒，法号惠泽。

一日，惠泽往园摘蔬，见两蛇争戏一珠，遂逐之，蛇舍珠去，泽拾珠含于口，忽而吞下。是夜，全身发热难忍，就在寺内石水槽中浸泡。槽水被泡热了，便到寺前的池塘浸泡。清玉长老前往池塘探望惠泽时，出现七星拱月的天象，有联为证："七星拱月，煌煌气象盈福地；九鲤朝天，袅袅香烟绕祥峰。"七星池由此得名。池水被泡热，体热仍难耐。惠泽前往上洋村溪尾潭浸泡，潭水又被泡热，只得跳进深不可测的虎潮潭浸泡。虎潮潭峰险瀑奇，传说是一代高僧万松野老畅饮天湖琼浆时，留下的贮酒神坛。

七七四十九天后，惠泽得道成龙，虎潮潭又被称为龙潭，潭水成为酿造黄酒的神水。惠泽龙羽化升天时，广开龙田三百丘报恩九峰寺，龙田上所产出的糯米谷，成了酿造黄酒的母谷。每次邂逅九峰寺，我总不忘记顺手捎上一把"龙田米"，带回一瓶龙潭水送给母亲，这对于喜欢酿酒的老母亲来说，就是最好的礼物了。

惠泽化身为龙，广施恩泽，福荫八闽。被收入《九峰寺志》《后樟村谱》，或流传于民间的传说有："为官井洋鱼族除病害""给外婆送黄瓜鱼""从后樟村迁母亲棺木于三都澳悬崖福地"，以及助清大将施琅奉旨收复台湾，被康熙皇帝敕封为"东海龙王"等。至今，三都澳悬崖那副悬棺和墓窟都成了香客朝拜的圣地。

飞龙远去，香火不绝。酿酒技艺，火尽薪传。村民们在九峰寺右廊建龙王殿，龙潭崖顶建龙王庙祭祀惠泽龙王，信徒如织。九峰寺以龙潭神水加三百丘"龙王米"酿酒，传承了清玉长老的酿造技艺，酿出了惠泽龙绝唱。

四

逝者如斯夫，传说口口传。

翻开乾隆版《屏南县志》，我惊奇地发现，志中关于惠泽龙的记载，除了惠泽出家的时间与传说的小有出入外，其他内容几乎如出一辙，其真实性让人毋庸置疑。程惠泽出家时间《后樟村谱》《九峰寺志》与民间传说都说是"明成化"年间，而县志记载却是"元成宗"年间。为了解开这个小小谜团，我接连查阅了《屏南县志》道光、光绪和民国版，结果都与乾隆版相一致。按《屏南县志》所述，程惠泽出家的时间还得往上推两百多年时间，惠泽龙这壶酒距今就该有七百多年了。那么，仅仅是七百多年吗？

我小心翼翼地打开了一本略黄的《古田工业史》，据记载："唐时，酒、曲作坊在古田县兴起。"我禁不住心生自豪，远在一千多年前的唐朝，酿酒业已经在古田兴起，那时，屏南正隶属于古田。倘若这还不足以为凭，那么《古田县志》上，关于唐开元二十九年（741 年），古田就有田赋加征酒捐的记载，则足以证明，早在一千二百多年前，古田大地上不但酿酒业已经兴起，而且已经出现了比较成熟的税赋——"酒捐"。我虽然还没有足够的理由提出，惠泽龙酒的酿造历史是否可以追溯到千年以前，但虎潮潭边上的这一壶酒，在惠泽出家前已经开始酿造，又因龙王的横空出世而名扬四海，却是不争的史实。据《屏南县志》记载，清至民国期间，家家户户都酿酒。1949 年，全县有专业的红曲作坊 87 家，年产红曲 75 吨；有专业酿酒作坊 98 家，年产黄酒 128 吨。1988 年，由屏南酒曲厂选送的"白鹭"牌轻曲，分获"首届中国食品博览会银质奖"和轻工部"优秀出口产品铜质奖"，屏南老酒远销大江南北。

"金酱园，银酒库。要致富，开酒库。"这首在古田大地上传唱了千百年的民谣，是指开酱园和酒库是致富的两大法宝。为此，酒库酿造技艺历来被视为传家之宝，生财之道。虎潮潭边上一代又一代的村民就这样，静静地守着这壶酒过着悠闲的田园生活。

五

"快看，这里竟有我们儿时使用过的土砻！"妻子小跑上前，握住砻臂熟练地砻了起来。妻子的惊喜，将我放飞的思绪拢了回来。"砻砻谷，谷砻砻，糠养猪，米养人。瘪谷养鸭母，鸭母生蛋还主人……"一曲古老而温暖的砻谷歌谣回荡在我的耳边了。

"哦，这里还有用老饭甑蒸糯米饭的场景！"妻子像发现新大陆一样兴奋。酿酒在那个年代对农家人来说，是一件喜事、大事。开酿前，奶奶要先上一炷香，诵酿酒经，祈求酿酒顺畅，风调雨顺，五谷丰登。糯米饭蒸熟时，要送一些给左邻右舍，分享酿酒带来的喜悦。记忆中，送糯米饭是我喜欢干的活，每到一家，必有三叔六婶等夸我长得像父亲，长大做干部，有出息……

漫步在面积达 2 万平方米的闽派黄酒博览园，一件件带着酒香的老什物，犹如一个个多年未曾谋面的老朋友，倍感亲切。许多远去的记忆，逐渐清晰起来。这个以"一坊两馆三区"为主题的博览园，勾起了远去的乡村酒生活的记忆，展现了源远流长的闽派黄酒文化魅力。2007 年，以惠泽龙酒业有限公司为代表的屏南红曲制作与黄酒酿造技艺，被成功列入"福建省非物质文化遗产"名录。2012 年，博览园荣获省级工业旅游示范点称号。这次短暂的游览，使我感到，当初自己对惠泽龙廊桥式建筑的外表内，是否与文化搭边的想法是多么粗浅啊！

返回时，遇到风尘仆仆前来的董事长邱允滔。据介绍，公司累计总投资 3 亿元，占地面积 120 亩，是全省规模最大的黄酒生产企业，也是国内首家有机黄酒生产企业。品牌获得了"国家地理标志保护产品""中国驰名商标""福建老字号"等多项称号。企业获得了"中国食品工业科技进步优秀企业""省优秀龙头食品企业"等数十项荣誉称号，已成为福建黄酒生产企业的一面旗帜。

"惜别倾壶醑，临分赠马鞭。"告别邱允滔先生，走出惠泽龙公司，突然发现，不知啥时，自己已经挺直了椎疾见曲的脊梁。在这片养育我成长的故土上，拥有这样一壶满载龙王文化、享誉五湖四海、为民带来实惠的惠泽龙酒。不自豪，还真的不行！

兔子的"新装"

"小苍斜阳弄影，老屋厨味飘香。"

接到县作协去"乡下厨房"采风的通知，我的眼睛一亮，立即浮现出奶奶迈着一双小脚，在厨房忙碌的身影，在这一单薄的身影旁，常常有几个幼小的影子像精灵一样围着团团转。奶奶常常无奈地叹息："这伙鬼仔，真没办法！""哈哈哈，玩游戏喽！"随着一阵嘻嘻哈哈的笑声，这些小小的影子立即消失得无影无踪了。

老屋的厨房有点黑也有点乱。晴天，孩子们上山下地当大人的"小帮手"，偶尔也"呼啦啦"地成群结队去采蘑菇、拾田螺和捞小鱼等搞些小自由；雨天，多在老屋里玩"闹洞房""老鹰抓小鸡""捉迷藏"等游戏，这"闹洞房"游戏催醒了一些孩子懵懂的爱，堂哥与堂嫂的爱情，就是在"闹洞房"中酝酿而成的，成婚那天，奶奶笑眯眯地对着亲友说："这一对，一凑合就成了，贼快啊！"

印象最深刻的莫过于"捉迷藏"游戏了，每遇做饭时间，我就躲藏进厨房的柴火丛里，让伙伴们满屋找，而奶奶则会把一些刚煮熟的家常菜给我"品尝"，让我美滋滋地享受美味与玩游戏的双重乐趣！一次，父亲捕着一只野兔，奶奶将它制作成米烧兔，在熏的过程中，香气扑鼻，我嘴馋难忍，就问奶奶熟了没有？奶奶笑眯眯地回答："不急，还差一点呢！"接下来，我都在不停地追问，奶奶每次总是耐心地回答。后来，我竟然不知不觉地睡着了，梦中见到堂哥闻到香味后，偷偷地溜进厨房，拿了两块米烧兔肉就逃之夭夭了。"站住！"我大吼一声，醒了过来，一下子蹦出柴火丛，问奶奶堂哥偷吃米烧兔的事，奶奶摇了摇头，我稍一愣就往老屋墙弄边上的阁楼冲去。

在有点昏暗也有些温馨的阁楼里，一个充满诗意、充满童真、带着些许朦胧的最纯洁最真实的浪漫故事上演了。只见堂嫂一边美滋滋地分享着堂哥送给她的香喷喷的米烧兔，一边快乐地听着堂哥讲述摘取胜利果实的精彩故事，看堂哥那一副眉飞色舞的模样，分明要把尚不谙世事的自己描述成时迁再世，侠客独行。我的心跳得突突响，生怕自己的不慎会打碎这份属于他俩的初萌而羞涩的梦，而蹑手蹑脚地离开了。奶奶她老人家若撞上了此情此景，不知道是否还会发出"贼快"的感叹。

"到了，马上就到了！"笔友的提示让我从翻飞的思绪中回过神来，汽车已经在宽敞笔直的宁屏二级公路边减速，左边是机声隆隆忙于施工的大片黄土工地，右边是高楼大厦，成片厂房，似乎向世人证明，这是一个颇具规模的现代化企业。除了大门口火红的"乡下厨房"四个大字外，眼前的景象实在难以让人将乡下厨房与这个现代化企业挂上钩或搭上边啊！

俗话说："打肿脸皮充胖子。"这说明瘦的人果真要打肿了脸皮，尚且还可以冒充一下胖子。但是，胖子是万万不能冒充瘦猴的，即使你将肥头大耳，换成精瘦的猴头，你仍然还是胖子，因为你的丰乳肥臀和圆滚大肚是无法掩盖的，为此，猪八戒装小生成为千古笑柄。眼前这个已经搭上现代化快车的企业，竟然挂出了一块"乡下厨房"的牌子，这个大葫芦卖的是什么药呢？

在与企业高层的座谈会上，一系列包装精美各具特色的即食产品登场亮相，我仔细观察了这一系列产品的外观——真空包装工艺细致，图案设计古朴精美，与这个现代化企业的身份相一致，也就是说，不上这个档次，是难以或干脆说不可能生产出这么精美的高品质产品。我们都迫不及待地撕开了，一股老屋厨房的味道直透心脾，这熟悉而又亲切的味道，让人想起了老屋厨房的家常菜。夹一块米烧兔入口，香碎生津，吞下去后，唇齿留香。这就是久违了的奶奶制作的米烧兔的味道啊！这味道的背后有我奶奶迈着小脚忙碌的身影，还有米烧兔牵线堂哥堂嫂的浪漫往事……"采菊东篱下，悠然见南山"。这味道不知能勾起多少游子对田园生活的美好回忆与眷恋啊！

随后，我们参观了生产线，从种养到加工上市，每个环节都采用传统的生产加工方式，以米烧兔生产为例，公司在岭下乡配备有一个天然的养殖基地，采用手工杀兔，传统调料配方，传统米烧工艺……而眼前的现代化机械设备，只有提速与美容的功能。

我终于恍然大悟了。原来，"乡下厨房"的牌子，并不是一种表象，而是以拥有几千年传统厨艺文化历史为背景的文化创意企业。她以传统米烧兔制作工艺为代表的乡下厨房系列传统营造技艺，制造出来的地道的传统农耕家常菜。为顺应市场需求将兔子等系列产品穿上"新装"，让灰姑娘变成了白天鹅，登上大雅之堂，并配套现代化生产线，来推进传统工艺的速度化，以达到批量生产的需求。用现代化手段演绎传统的老故事，是更深层次的非物质文化遗产的挖掘与生产性保护，是一项大有作为的文化创意产业啊！

漈头扁肉

前不久，宁德市作家协会应屏南耕读文化博物馆馆长张书岩邀请组织采风团，前往鸳鸯溪畔的中国历史文化名村、中国传统村落漈头古村采风，一位漈头籍的女作家，一定要慷慨解囊请作家们尝尝她家乡的扁肉。我素来对漈头扁肉情有独钟，早就想写些文字了。女作家对漈头扁肉的自豪感，再次勾起我在键盘上敲下些关于漈头扁肉文字的决心。

漈头扁肉皮薄且滑，漂在碗中，如祥云绕月，又似鸥飞雾海，让人浮想联翩。舀入口中，口感细腻润滑，温婉如玉。稍稍咀嚼，肉脆而不腻，皮薄而不黏，稍不留神便已滑入你的喉咙了。听上一辈老人说，清朝时每一任知县都会特意去尝一尝漈头扁肉呢！香港《成报》曾以"漈头云吞，滑进喉咙"作了图文并茂的报道。可惜这道小吃如今会尝的人多，会做得地道的人却不多了。

漈头扁肉的做法主要有擀皮和打馅两道工序。

扁肉好吃，吃出了一批吃货。"讨老婆看脸，吃扁肉察皮。"这就是漈头吃货常挂在嘴边的一句顺口溜。说的是扁肉皮犹如姑娘的脸，姑娘美不美写在脸上。扁肉好不好吃、地道不地道就看皮质，吃货们只要瞄一眼扁肉皮就心中有数了。为此，擀皮是做好漈头扁肉的第一道关。

擀扁肉皮的面粉要选择"土粉"，就是看上去有点黑的本地面粉。比起精加工过的"精粉"，用"土粉"擀出的扁肉皮色泽虽然暗淡些，但揉起来却更软，拉起来也更韧。面粉与水按比例配妥后，即可着手和面团。和面团时，水不要全部倒入，而要一边倒水一边搅拌逐层和成面团，才能做到匀而不糊。通过揉、抻、压、切、搓、挤、拉、捏等手法反复和，直至和成光滑而富有弹性的面团，将面团置于大木盆内盖上布，约饧 30 分钟备用。

"擀面杖吹火———一窍不通。"这是流传于屏南民间的一句歇后语，暗指擀面要花大力气，通常是两个人各持一端合作擀，擀面杖要承受较大的力，为此竹节不能打通。将面团摊在案板上，用擀面杖往同一侧方向，用力推擀成片状，撒上一层"土粉"，对折面片再擀。如此周而复始，直至将面片擀成像纸张一样薄为止，再用刀切成一沓沓正方形扁肉皮即大功告成。记得儿时，每逢节日，父母必擀面条或扁肉皮，我就快乐地在一旁帮助撒"土粉"或包扁肉，小小年纪不吃白食，感觉特别自豪呢！

"皮为面上物，馅是腹中功。"精致的扁肉皮，容易勾起顾客的食欲，具体好不好吃就要看做馅的功夫了。漈头扁肉最讲究选择做馅的肉，通常是"柳肉为上，上排次之；下排可用，杂肉弃之"。柳肉为猪前腿间的夹心肉，每头猪只有两块，据说吃了这种肉做的扁肉，还可以驱风寒感冒呢！排骨肉从上而下分等级使用，其他杂肉则基本不用。

肉从骨头上剔除下来后，切片剁碎备用。骨头扔入锅中熬汤，要熬到骨汁流出，汤水发白，清香四溢，方可作为扁肉汤底。主要调料有小葱、香菜、葱油、盐巴、老酒、酱油和酸醋等。其中，小葱和香菜要切成细而不烂的碎花，按比例调好后备用；老酒得选择三年以上屏南老酒，才有那种说不出的醇香。还得另炸些葱白油备用，即将葱白加入猪油中炸至微黄即可。

将碎肉码在大松木菜桩上，用大木棒槌朝着同一方向捶打成薄扁的肉片，折叠多层后再打，经无数次的反复，直至将肉片捶打成可随意涂抹的肉泥为止。再把备好的调料调入肉泥中，搅拌均匀，上好的扁肉馅就做成了。"千捶始闻扁肉香"就是指捶打的次数，我想若单张肉片可以摊开的话，应该是薄如锡箔纸了。这种捶打功之精湛，简直可以与锡箔纸的锻打功相媲美，据漈头村老人介绍说"扁肉"之名即出于此。

包扁肉似乎是一道粗活，却粗中有细花样不少。常见的形状有官帽形、雨伞形、抄手形和裙摆形等不一而足。漈头人多包成裙摆形，即用特制的竹签挑出适量的馅，置于扁肉皮一条对角线上的黄金分割点处，折起一个角优雅地将馅盖上，再用"三指法"轻巧地一捏，一个如少女美丽裙摆的扁肉就降生了。

焯扁肉是最后一道技术活，看似简单，但要领没掌握的人，却极易焯煳而前功尽弃。这其中有些小窍门，首先要烧松木火，这种火厚而不烈，煮出的扁肉有一种自然的清香；其次要等水沸腾后再下扁肉，数十秒后，要用筷子搅拌几下，以防止扁肉粘连；最后要盖上锅盖，等水再次沸腾扁肉浮起来后，即可捞起来倒入预先准备好的汤底中，撒些葱花。根据各人的品味，还可以加些酸醋、老酒和葱白油等，一碗香喷喷的扁肉足以让您垂涎欲滴。

走进漈头古村炊烟袅袅的扁肉店，你会发现这里吃扁肉的顾客，特别是情侣，无不加点一碗干拌的棒面。这两碗小吃一干一汤，一刚一柔，在鸳鸯溪鸳鸯文化的熏陶下，被纯朴的村民会意为一山一水，一阴一阳，既相辅相成又各有千秋，而备受年轻情侣们的钟爱，成为经典的"鸳鸯套餐"。

蛋 茶

　　我国人民在长期的生产劳动中，通过饮茶，解渴消疲，放松身心。其自然本质无喧嚣之形，无激扬之态，参透到人的生活领域，表现出人对生活的理解和品鉴，延伸到人们的精神世界，则是对更高一种理念与境界的追求，这就奠定了中国茶道的基础，进而发展为博大精深的茶文化。屏南人在这漫长的"饮"的过程中不知不觉形成了一种以现实需求为基础的极为独特的饮茶习惯——饮蛋茶。

　　屏南山高水冷自古贫穷。据《古田县志》载："如二十八、九诸都，或地确而谋生之难……故顽讼逋赋……"二十八、九诸都，正是之后分治的屏南县。在温饱尚不能解决的年代，蛋乃滋补品，茶为提神物。客人来了泡蛋茶，蛋茶是待客的首选，既当点心又充茶；孝顺长辈敬蛋茶，经常为长辈泡蛋茶的儿媳妇，在村中往往传为孝顺的美谈；女儿出嫁喝蛋茶，眼看女儿要上轿了，母亲匆匆泡一碗蛋茶来饯行，盼望自己的心头肉早日熬成婆，女儿喝完蛋茶，进轿后随即抛出茶米，交出锁匙……此后，姑娘已是泼出去的水，管的是他人家的柴米油盐酱醋茶了……屏南这一婚嫁习俗知县沈钟在《屏南县志·节序·嫁娶》中作了如下记载："上轿，新人袖藏茶、米、锁钥，茶米进轿即抛出，锁钥交会兄弟。"如此等等不胜枚举，总之，屏南人的日常生活离不开蛋茶，成"比屋之饮"。

七岁那年，我从古田老家到寸棠"五·七"学校读书，汽车在三十多公里的崎岖泥土公路上颠簸了三个多小时，一路上我因晕车吐得晕头转向。到校后我喝了一碗父亲的一位同事给我泡的蛋茶，顿时觉得气爽神清，昏倦全消。真是"此物清高世莫知，世人饮酒多自欺"。这便是我对蛋茶的第一次印象。

"前路的荷包，里路的蛋茶"指的就是古田与屏南两县在没有分治之前，同一个县南北两地人不同的待客方式，前路人（泛指今古田人）常用荷包蛋接待客人，而里路人（泛指今屏南人）常用蛋茶接待客人。陌生的客人来了泡一碗蛋茶聊聊天，生疏的距离无意间就消除了；同学来了泡一碗蛋茶，叙叙旧，不知不觉地走得更近了；亲戚来了泡一碗蛋茶，拉拉家常，显得更亲了……亲朋好友、左邻右舍有事没事常常串串门，特别是寒冬时节，大伙围着炉子谈秋收、盼春播，拉呱、吹牛不例外，喜怒哀乐全都有，再加上一碗热气腾腾的蛋茶，足以让每个人都暖透心。在这暖融融的氛围中，怨恨消除，决策敲定，大小事情常在这不经意间解决了。

随着年龄的增长及饮蛋茶数量的增加，我逐渐发觉屏南人饮蛋茶可谓"粗中有细，丰富多彩"。"粗"指在泡蛋茶时多用粗茶和艾叶，也有用清明花、茉莉花以及一些农家常用的青草药，随意性较强，这或许与贫穷年代农家人治病的方式有关。"风寒茶米水，外伤嚼茶敷。溃疡茶炭撒，肚疼浓茶服。积食吃茶粉，泛力喝蛋茶。"这一顺口溜就是当时茶治百病的最真实写照。"细"所表现的方式多样。首先是对茶壶的使用上，首选陶壶，瓷壶次之。农家人认为陶壶泡出的茶最提神，所泡的青草药茶，药力最佳。其次是温度的掌握上，"水开、碗烫、一次冲成"便是泡蛋茶的诀窍。它指的是泡茶时茶水一定要开，蛋打入碗内，拌匀后，要放在炉子上加热至碗烫即止，茶水冲进碗，一次就要冲熟蛋，如果不熟，第二次再冲，泡出的蛋茶味道就会带腥味。再就是泡出的蛋茶不仅要香脆可口，而且还要有极佳的观赏性，泡蛋茶是农家人的拿手绝活，许多人家泡出的蛋茶都会像一朵盛开的黄菊花，饮起这蛋茶不论是谁都会觉得既暖和可口又大饱眼福。古镇双溪人常在蛋茶中加入橘皮、炒豆子等，使蛋茶的味道更香、更可口，而比这些更绝的大概要数"珍珠"蛋茶了。

一次，我在白水洋附近的一个小乡村做客，女主人招呼我们入座后，排开瓷碗泡蛋茶，每个碗打入一个蛋，并不搅拌，待茶壶冒出白汽后，她打开壶盖，将碗架在壶口加热后迅速端起放在灶上，随即一手抽出一根筷子对准蛋黄一插，另一只手撩起青麻围裙一角垫壶手，高高地提起茶壶，顺着筷子往下冲至八分碗。最后她抽出筷子横在碗上，撒些糖，用双手端着递给离她最近的客人，并吩咐："稍稍拌一拌。"接过碗，我见到蛋黄在滚烫茶水的冲泡下，整个膨胀起来了，像一个紧鼓鼓的气球。足足占去六分碗，被冲散的蛋清像一朵轻盈的白云，缭绕着蛋黄，又像一层薄薄的面纱半遮着一张美丽的公主的脸。用筷子搅拌后，热气升腾，清香扑鼻，碗里同时升起许多圆圆的蛋粒，有白的、有黄的，晶莹剔透，像仙女随手撒下的一把珍珠，美极了。我忍不住饮了一口，茶水清香绕舌，"珍珠"不但香脆口感好，还有一点嚼劲呢？这时女主人已经欠身将第二碗蛋茶递给我身边的一位老者了。一圈下来后，我碗里的茶水已经不多了，女主人微笑着为我斟了点。这种先敬来宾、尊敬老者，并随时留意着每个人的碗，为别人添加茶水的礼俗，几乎通行大江南北，古老之极。

一位来自古田老家的客人，对屏南蛋茶之绝美早有耳闻，疑有夸大其词；这次在他一饱口眼之福后，不禁叹道："真乃一绝也！"数年之后，这位客人对这次饮蛋茶仍赞不绝口，他说清香可口的蛋茶固然给他留下了深刻印象，但他更惊叹于女主人泡蛋茶时"撩裙提壶"的迷人姿态，丝毫不逊于当今流行的所谓茶艺表演。这或许是蛋茶文化的又一特色吧！

后 记

　　罗丹说:"生活中不是没有美,而是缺少发现美的眼睛。"的确,与村里的阿公阿婆三姑四婶一样,从小长在乡村的我,哪晓得乡村美不美?仅知道村里的弄巷好幽深,水碓房后的水车转得特勤快,嗑聊坪上空的月儿大如盘,老屋的炊烟袅袅不绝……

　　随身子骨长高,眼界也一次次提高,抬高一寸发现村子就有寸短,抬高一尺,村子就有许多的不是,按古人说的我长成七尺男儿时,我会道出乡村的种种差,总觉得村外的世界什么都比村子强。后离家不离村,走那乡住那村,感觉到村子真的好,好到多脏的脚可能蹚到那溪水中洗得干干净净,好到很累躺在村风水树下可以睡个够,好到渴了随意埋头到一眼泉边,就能吸个足。村子成了我走南闯北的行囊,成了我梦乡。

　　路走远了,接触的事多了,视野宽广时才需要寻找归宿。从 2009 年起,我走出山外,看到外面的世界,有缘结识了许多专家学者。听他们说故事，说乡村，说学术，置身其中感觉得村子是一个肥沃花圃，庆幸着自己有这样肥沃的村子。便有了草子般那种自信，根卯村子，昂头吸阳光雨露，长出自己几片绿意。我信马由缰中又找到自己归宿时，除了写些论坛需要的论文外，便写了些有着自己温度的散文。

心灵的家园，可以说是在专家学者审美引导中找到，又在《闽东日报》《采贝》《生活·创造》等各个报刊发表中砌基起步，慢慢步入《闽都文化》《山东青年》《福建文学》《台港文学选刊》……每一次发表，如同输入一次强心剂，提神加力，感觉自己的灵魂成了乡村守望人，那种渴望与自信不断地行走在村中，廊桥、老宅、风水树、古井，还有许多农事，一样样都在我守望中苏醒与我亲密地对话。我要记下这些对话，它们不嫌我说的粗糙，说做农叫粗作，"粗平直"就行了。就这秉性，写着写着就写成了一本书。

2015 年秋，经近两年时间的创作完成书稿，但真正到了出版的节点时，我却犹豫了。一是对自己的文笔缺乏自信，虽然发表不少，也得些小奖，但置身于文学大花园，还是一株小小的含羞草。同年底，作为屏南耕读文化博物馆的一位文化志愿者，我有幸与馆长张书岩一起，应邀参加了在北京举办的"第三届中国爱故乡大会"。其间，我认识了中国作协会员、河南三门峡市作协主席杨凡，她的鼓励给我以巨大的信心；我还亲身感受、见证了来自五湖四海诸多的专家、学者、作家、摄影师、学生、农民、工人、残疾人等社会各阶层人士，对乡村复兴所做出的不懈努力和无私奉献。才知道热爱永远是前行最可靠的呵护者。

　　虽然说自费出版经费是个问题，但不能让它成为一堵挡住前行的墙。在我成书之前，福建省作协副主席黄文山在百忙之中为本书作序；县政协主席周芬芳还常常鼓励，有诸多文友还为我写下多篇评论，还有许多文友也时常关注，嘘寒问暖。我没有理由在半路回头，建一个半拉子工程，辜负乡村及这些长辈与文友们对我的信任，决心付梓示谢。

　　尚有诸多贻笑方家之处，我会与乡村诉说，让他原谅我的粗浅。

2016 年 5 月 25 日凌晨

于吟风轩